LUSSUREGGIANTE E BELLISSIMA

UNA STORIA D'AMORE CON UNA RAGAZZA FORMOSA
DI UNA PICCOLA CITTÀ

GRANDE E BELLA
LIBRO DUE

MARY E THOMPSON

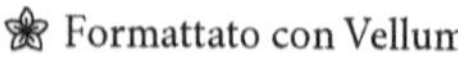

GRANDE E BELLA

Bentornate a Grande e bella. Dove la taglia è solo un numero e gli uomini amano le donne formose. Amate la vita e godetevi ogni giorno, perché la vita è più bella con i cupcake.

Lussureggiante e bellissima

A volte gli amici sono i migliori amanti.

Eravamo amici. Solo amici. Lui che mi chiedeva sempre di uscire? Era solo un flirt innocente. Non era serio.

Ma è stato serio quando ha rifiutato un appuntamento con un'altra perché avevamo dei piani. È passato a prendermi, ha parlato con i miei amici e si è assicurato che stessi bene per tutta la serata. Come a un appuntamento. E quel bacio della buonanotte?

Non aveva nulla di amichevole.

Ha baciato come un uomo che sapeva esattamente cosa voleva. E io? Non potevo negare di volere la stessa cosa. Speravo soltanto di non farmi male, lasciandolo entrare.

Ai miei figli, che mi danno più amore di quanto avrei mai immaginato possibile.

CAPITOLO 1

Volevo credere nell'amore, davvero. Con così tanti esempi d'amore nella mia vita, si sarebbe pensato che per me sarebbe stato facile crederci. Il matrimonio dei miei genitori andava ancora a gonfie vele dopo trentadue anni, mia sorella maggiore era felicemente sposata, persino la mia migliore amica aveva trovato l'amore.

Ma io ero ancora scettica.

Pensai di essere innamorata una volta, ma dopo quell'esperienza imparai quanto l'amore potesse essere a senso unico. L'amore non è equo né giusto. L'amore non è una collaborazione. L'amore è manipolazione e inganno. L'amore è mettere sé stessi davanti a qualcun altro.

L'amore non è la favola che ti raccontano nei film.

I film ti facevano credere che l'amore potesse essere felice, persino giusto. Mostravano persone che si facevano in quattro per aiutare e prendersi cura della persona che dicevano di amare. Ma io conoscevo la verità.

L'amore mostrava sempre la sua vera natura. L'amore ti diceva sempre una cosa e ne faceva un'altra. L'amore ti feriva quando abbassavi la guardia.

L'amore non era mai incondizionato.

Ma l'amicizia potevo gestirla. L'amicizia era facile. Potevo amare i miei amici perché non pretendevamo mai niente l'uno dall'altro. L'amicizia era diversa dall'amore, in tutti i modi giusti.

Me lo ricordai quando entrai al lavoro, un sabato mattina presto. Conoscevo Aidan Matthews da anni, da quando lavoravamo insieme all'Aeroporto Regionale di Winterville per la Transportation Security Administration, o TSA. Aidan era esattamente il tipo d'uomo per cui una donna avrebbe sbavato. Aveva i capelli castano scuro che sembravano sempre un po' troppo lunghi, occhi castani e dolci che custodivano i suoi segreti, spalle larghe, bicipiti grossi come la mia testa, un petto su cui banchettare per giorni, addominali da sogno e mani che potevano far urlare una donna.

Almeno così avevo letto.

La parte delle urla, non quella sulle sue mani.

Il sesso era finito nel dimenticatoio insieme all'amore per me, entrambi scomparsi dalla mia vita tempo addietro. Aidan quasi mi fece venire voglia di riprovarci, ma non potevo rovinare la nostra amicizia. Avevamo un'amicizia comoda e divertente. Del tipo in cui era buffo quando mi chiedeva di uscire ogni settimana. Da qualche mese a quella parte. Ogni singola settimana. A dire il vero, mi stava sfiancando, ma sapevo che non era serio. Se aveste potuto vedere Aidan, avreste capito. Era un uomo che ogni donna voleva e io ero la donna che nessuna donna voleva essere.

Con la taglia 54, non ero di certo ciò che un uomo avrebbe considerato un buon partito. Ero quella da ributtare in mare. Quella che avrebbero guardato chiedendosi perché non mi prendessi mai cura di me stessa, non cosa potessero fare loro per prendersi cura di me.

Certo, non glielo avrei permesso se ci avesse provato. A

nessun uomo, non solo ad Aidan. Mi prendevo cura di me stessa da sola.

C'era una volta, ero uno schianto, magra e vivace. Facevo la cheerleader al liceo. Il tipo di ragazza che tutte le altre odiavano, con un gran sorriso, un bel seno e quella coda di cavallo perfetta che solo le cheerleader sembrano saper fare. Attiravo un sacco di attenzioni dagli uomini e dai miei compagni di liceo. Trovavo fidanzati con facilità e fui così stupida da innamorarmi di uno di loro.

Imparai la lezione da lui. Tutte le lezioni che mi hanno reso chi ero, le imparai da lui.

Imparai anche che le ragazze grasse non vengono violentate. Fu una ragione sufficiente per me per mettere su chili.

Il che mi riportava ad Aidan. Se non fossimo stati amici, avrei presunto che pensasse solo che fossi una preda facile, ed era per questo che continuava a chiedermi di uscire. Ma man mano che ci avvicinavamo, capii che era un bravo ragazzo, oltre a essere più sexy dell'inferno. Poteva avere qualsiasi donna, ma sembrava che stesse dando la caccia a me. Immaginai che pensasse solo di tirarmi un po' su il morale.

Almeno era divertente parlarci.

Entrai nella sala riunioni all'inizio del nostro turno. Aidan e io facevamo gli stessi orari, il che rendeva sempre le cose interessanti. Si potrebbe pensare che lavorare in un aeroporto sia eccitante, ma in realtà era una vera seccatura. La maggior parte dei viaggiatori si comportava come se fossero dei VIP, anche se non erano diversi da chiunque altro lì fuori. In un aeroporto piccolo come quello di Winterville avevamo un solo checkpoint di sicurezza, quindi tutti dovevano aspettare in fila insieme. La maggior parte delle volte non era poi così male, ma ogni tanto capitava uno di quei passeggeri che pensava che la fila dovesse aprirsi al suo passaggio. Poteva diventare movimentato.

Aidan mi porse una tazzina di caffè, una panna e due zuccheri, proprio come piaceva a me, quando lo raggiunsi. Quando lo ringraziai, lui disse: «Spero solo di conquistarti. Sto iniziando a chiedermi se tu sia una di quelle donne a cui piace solo un uomo che deve inseguire.»

Gli sorrisi da sopra il bordo della tazzina. «Sono una di quelle donne a cui non piacciono gli uomini.»

«Oooh, davvero? Lasciami assaporare l'idea per un minuto. Posso farne un video?» scherzò, fraintendendo di proposito la mia affermazione.

Gli diedi uno schiaffo sul braccio, senza perdere l'occasione di apprezzare il muscolo sodo sotto la sua camicia. «Sai che non intendevo quello. Intendevo solo che ho smesso con gli appuntamenti. Gli uomini sono troppi problemi e l'amore non è realtà.»

Vidi un lampo attraversargli gli occhi, come di dolore o rabbia. Lo mascherò rapidamente e riattivò il suo fascino mentre si chinava verso di me. «Semplicemente non hai ancora incontrato l'uomo giusto. I perdenti non ne valgono la pena, ma un vero uomo, uno che sa come trattarti, come me... Se solo mi dessi una possibilità, mi supplicheresti di non lasciarti mai.»

Buttai la testa all'indietro e risi con lui, amando la luce nei suoi ricchi occhi castani. «Questa frase funziona mai?»

Lui rise più forte e mi fece l'occhiolino. «Dimmi tu. Ti sta facendo riconsiderare l'idea di uscire con me?»

Alzai gli occhi al cielo, ridendo della scintilla maliziosa nei suoi occhi. «Se pensassi che sei davvero serio ci penserei, ma so di essere solo una distrazione al lavoro. Quando esci di qui non ho dubbi che una fila di donne ti segua ovunque, supplicandoti di non lasciarle mai.»

Gli occhi di Aidan si strinsero, lanciandomi una sfida. Si avvicinò di più e aprì la bocca per dire qualcosa, ma la nostra capa, Miriam, entrò prima che potesse rispondere.

«Okay, a tutti. Oggi dovrebbe essere una giornata abbastanza normale. Ieri è stata una buona giornata qui e la notte scorsa è andato tutto bene, quindi dovremmo avere una giornata tranquilla. L'unica novità che abbiamo è un ordine di Divieto di Volo per un uomo. Il suo nome è Robert Stewart. Ecco la sua foto. L'ho aggiunta alla lista e ho affisso i nuovi aggiornamenti alle vostre postazioni. Iniziamo là fuori.»

Scolai l'ultima goccia di caffè e uscii in fila dalla sala riunioni con gli altri. Aidan mi prese per il gomito mentre uscivamo dalla porta.

«Cosa fai dopo il lavoro oggi?»

L'angolo della mia bocca si sollevò mentre pensavo ai miei piani. Erano passate solo poche settimane da quando avevo conosciuto Charlie, la proprietaria della mia nuova pasticceria preferita, Mordimi!, ma già le volevo bene. Era divertente e dolce e i suoi cupcake erano abbastanza buoni da rimpiazzare qualsiasi uomo. Quel pomeriggio c'era la sua festa di inaugurazione.

«Incontro delle amiche all'inaugurazione di Mordimi!, la nuova pasticceria in città. Perché?»

Aidan sorrise, un sorriso tranquillo e consapevole. Mi rese nervosa. All'improvviso cominciai a sudare. Non sapevo perché stesse sorridendo, ma era un sorriso che mi diceva che pensava di avermi in pugno. Le carte in tavola stavano cambiando e io gli avevo dato la chiave.

«Posso unirmi a voi? Mi piacerebbe molto conoscere le tue amiche e vederti più rilassata.»

Rilasciai il fiato che stavo trattenendo. Non era così male come pensavo. Non stava pretendendo niente, né mi stava manipolando. Stava semplicemente chiedendo di unirsi a me a un evento pubblico. Uno dove ci sarebbero state le mie amiche. Uno che avrebbe significato lasciarlo entrare nel mio mondo. Uno che mi avrebbe dato la possibilità di sbavare un altro po' per lui.

«Certo, perché no. La festa dura quasi tutto il pomeriggio, quindi ci vado dopo il mio turno. È su Lake Effect Lane, in quel centro commerciale».

Aidan annuì e mi lasciò il gomito. «So dov'è. Non vedo l'ora di passare il pomeriggio con te. E, tanto perché tu lo sappia», disse avvicinandosi. Il suo respiro mi solleticò l'orecchio e mi mandò il cervello in pappa, «sono sempre serio quando ti chiedo di uscire. Ora che so che non l'hai mai preso in considerazione, farò in modo che le mie intenzioni siano più chiare in futuro».

Le pulsazioni mi accelerarono mentre il tono possessivo di Aidan mi inondava le vene. Invece di sentirmi spaventata, come avrei pensato, ero inspiegabilmente eccitata. Per poco non volli provocarlo per vedere esattamente cosa avrebbe fatto per farmi cambiare idea.

Aidan indietreggiò così in fretta che quasi caddi. Non mi ero resa conto che mi stavo appoggiando a lui, con le dita che sfioravano la sua camicia, finché non si allontanò. Un sorriso sornione gli attraversò le labbra perfette e si voltò per camminare al mio fianco verso la nostra postazione.

Per mia fortuna, Aidan e io fummo posizionati insieme dietro la macchina a raggi X. Di solito, quando lavoravamo a quella postazione, io guardavo la macchina e lui ispezionava più attentamente le borse. Per me andava bene, perché potevo nascondermi. Essere fuori dalla vista dei passeggeri e dell'equipaggio che passavano per l'aeroporto significava che era improbabile che ricevessi commenti sprezzanti o sentissi battute sul mio peso.

Penseresti che la gente in viaggio abbia di meglio da fare che prendermi in giro, giusto? Be', sfortunatamente, quando si incazzavano se la prendevano con chiunque si trovasse nei paraggi. Dato che nessuno si sarebbe mai sognato di prendersela con Aidan, mi beccavo io il peggio della loro maleducazione, soprattutto se dovevo ispezionare le loro borse.

Aidan sapeva che mi piaceva nascondermi, anche se non capiva bene il perché. Era solo un'altra di quelle cose che dimostravano quanto fosse un buon amico. Faceva cose per aiutarmi a sentirmi a mio agio senza bisogno di sapere perché le faceva.

Come potevo anche solo considerare di perderlo?

Il mio corpo traditore avrebbe dovuto richiudersi a riccio e tornare alla vita di castità che aveva condotto. Perdere un amico come Aidan non valeva poche ore di quello che, comunque, non sarebbe stato divertente. Preferivo di gran lunga sedermi e parlare con lui per qualche ora piuttosto che averlo sudato sopra di me e dover fingere quello che ero sicura sarebbe stato un altro orribile surrogato del sesso. Non ne valeva nemmeno la pena.

Sapevo che mancava qualcosa nella mia vita, ma ero abbastanza certa che non l'avrei trovato sotto Aidan. Non sapevo dove l'avrei trovato, ma il sesso non era mai stato una risposta per me e non c'era modo che lo diventasse ora.

Allontanai i pensieri su Aidan e sul vuoto nella mia vita mentre i dipendenti della compagnia aerea si avvicinavano al checkpoint di sicurezza. C'erano tre gate all'interno del terminal e ogni gate serviva una compagnia aerea diversa, quindi dovevamo controllare i loro dipendenti. Con gli anni avevamo imparato a conoscerli un po' tutti, anche se ci vedevamo solo di passaggio.

Ma per alcuni di loro era più che sufficiente.

Zoey Sanders era una di quelli. Pochi secondi per scannerizzare la sua borsa firmata erano sempre più che sufficienti per ricordarmi quanto fosse stronza. Non aiutava il fatto che fosse perfetta, con i suoi lunghi e lucidi capelli castani e perfetti colpi di sole ambrati. I suoi occhi marroni erano truccati con quello smoky eye che sarebbe stato più adatto a un locale notturno che a un aeroporto, ma in qualche modo le stava bene. La sua gonna a tubino color antracite e la camicetta bianca attillata mettevano in mostra il suo fisico super magro, con qualche bottone di troppo slacciato, nel caso qualcuno non fosse sicuro di quanto fossero perfette le sue tette.

«Ciao Aidan», tubò lei.

«Ehi Zoey. Come stai stamattina?» chiese Aidan con un sorriso. Odiavo quando le sorrideva. Quella stronza aveva fin troppa fiducia in sé e poi lui doveva sorriderle come se facesse sorgere il sole. Mi mandava ai matti.

Il che mi dava un fastidio cane.

«Sto molto meglio ora che so che ci sei tu a tenerci al sicuro. Cosa fai dopo il lavoro oggi?» I suoi occhi lo percorsero, senza nascondere il fatto che lo stava squadrando. Le sue intenzioni erano fottutamente ovvie. E anche se non avevo alcun diritto su di lui, odiavo non poter fare un bel niente se non stare lì ad ascoltarlo mentre faceva piani per scoparsela più tardi invece di uscire con me.

Stupida, stupida, stupida.

«Mi dispiace, Zoey, ho già dei piani».

Non so chi fosse più sorpresa, se lei o io. Aidan continuò a muoversi, facendo scivolare la borsa di lei fino alla fine del nastro e poi trascinando la borsa della donna dietro di lei.

«E il prossimo weekend?» ritentò Zoey.

«Non so. Probabilmente no. Ho un sacco di cose da fare, Zoey».

Lei allungò la mano per prendere la borsa ma si chinò verso di lui, offrendogli una vista sulla scollatura della camicetta mentre inarcava la schiena. Lui non distolse lo sguardo dai suoi occhi e sentii la mia troia interiore esultare un po' per il fatto che non solo l'aveva respinta, ma non le aveva nemmeno divorato le tette con gli occhi.

«Sai dove trovarmi. Quando vuoi, Aidan», fece le fusa prima di voltarsi e allontanarsi ancheggiando. Alzai gli occhi al cielo ma non guardai Aidan. Zoey era decisamente una di quelle donne che facevano sembrare il sesso divertente. Doveva essere più brava di me a fingere. A chi importava? Non avevo motivo di essere gelosa di Zoey, giocavamo in campionati completamente diversi, quindi non era come se fossi davvero in competizione con lei. Ma era bello che Aidan non avesse disdetto i suoi piani con me per uscire con lei, e che avrebbe passato la giornata a parlare con me invece di palpare Zoey.

«Allora, cosa pensi che abbia fatto quel passeggero della No Fly list?» domandò Aidan. «L'ultimo non aveva pagato gli alimenti per dieci anni e stavano cercando di mandarlo in prigione. Che ne pensi di questo?»

Sorrisi, accogliendo con favore il ritorno della conversazione tra me e Aidan. Era uno scherzo ricorrente tra noi, inventare storie per tutti i passeggeri della No Fly list. Faceva passare la giornata un po' più in fretta trovare aspetti divertenti nel nostro lavoro.

«Penso che sia un figlio di papà scappato di casa quando suo padre gli ha detto che non poteva unirsi al circo».

Aidan rise con me, le sue mani sfiorarono le mie mentre allungava il braccio per mettere in pausa lo schermo, osservando più da vicino la borsa sotto i raggi X. Rimise la borsa in movimento e mi guardò. «Io pensavo che la sua ex avesse scoperto che aveva scambiato il suo anello di diamanti con uno zircone e aveva impegnato i diamanti».

«Ooh, questo mi farebbe incazzare. Be', se mi piacessero i diamanti».

«A quale donna non piacciono i diamanti?» chiese Aidan, divertito.

«Be', a me. Immagino di pensare che nessun altro dovrebbe dirmi quali gioielli dovrei indossare. I diamanti sono belli, ma mi sembra che tutte abbiano un diamante, almeno tutte quelle sposate o fidanzate. Preferirei qualcosa di insolito, come la tanzanite».

«Davvero?»

«Sì, è bellissima. Ed è diversa. Sono anche una fan dell'ametista, degli zaffiri e del peridoto, che è la mia pietra di nascita. Sono stupende, ma diverse da un banale diamante. D'altra parte, non ha molta importanza. Nessun uomo mi comprerà mai dei gioielli».

«Io lo farei», disse dolcemente Aidan, le labbra così vicine che potevo sentire il suo respiro sul collo.

Gettai la testa all'indietro e risi. «Sei esilarante. Questo è al livello di quando mi chiedi sempre di uscire. Devi pensare che abbia un'autostima bassissima per continuare a far finta che ti piaccio».

Gli occhi di Aidan incontrarono i miei e il respiro mi si bloccò in gola, ma prima che potesse dire qualcosa, iniziò la nostra ora di punta mattutina, dandomi la fuga perfetta dai suoi occhi ardenti. E dalla pura lussuria che vi vidi dentro.

CAPITOLO 2

CON AIDAN AL MIO FIANCO, il nostro turno di nove ore volò. Prima che me ne rendessi conto, stava arrivando il turno successivo e io e Aidan ci dirigemmo verso le aree riservate al personale.

«Posso passarti a prendere per la festa?» mi chiese mentre entravamo nella sala relax.

«A dire il vero, pensavo di andarci a piedi. Abito abbastanza vicino e mi è più comodo lasciare la macchina a casa e fare due passi.«

«Ancora meglio. Che ne dici se ti accompagno?»

Non capivo perché volesse andarci a tutti i costi, ma di certo non capivo perché volesse andarci con me. Eppure, mi ritrovai a fare una fatica tremenda a dirgli di no.

«Okay, certo. Io abito al Tree Branch Apartments, numero 307.»

«Perfetto. Vado un attimo a casa a cambiarmi e arrivo subito.»

Annuii seguendolo fuori dalla porta. In un solo giorno, tutto tra me e Aidan era cambiato e sentivo di non poter più essere me stessa con lui. Mi aveva lanciato altre di quelle sue occhiate fameliche durante il giorno e sembrava che mi toccasse più del solito. Non sapevo cosa significasse tutto ciò, ma iniziavo a chiedermi se fosse davvero serio tutte quelle volte che mi aveva chiesto di uscire. Non riuscivo a capire perché potesse essere interessato a me, ma... Forse aveva battuto la testa a mia insaputa. O era stato ipnotizzato. Funzionava, no?

Ma non aveva importanza. Aidan stava per invadere la mia vita privata, conoscere i miei amici e vedermi fuori dal lavoro. Non potei fare a meno di chiedermi cosa avrebbero pensato i miei amici vedendomi arrivare con un uomo, soprattutto uno che non conoscevano.

Sapevo che la mia amica, Sam Reed, sarebbe impazzita per lui, ma lei impazziva per ogni uomo anche solo lontanamente attraente. Volevo bene a Sam, ma a volte proprio non riuscivo a capirla. Era come se parlasse una lingua completamente diversa quando parlava di uomini, una che non ero mai riuscita a comprendere.

D'altra parte, ultimamente anche Mandy era d'accordo con le valutazioni di Sam. Mandy e il suo ragazzo, Xander, erano innamorati. Si erano conosciuti per caso quando lui aveva chiamato il servizio clienti dove lavorava Mandy e si erano innamorati alla follia.

Ovviamente, io aspettavo solo che scoppiasse tutto. Non che lo desiderassi per la mia migliore amica, ma sapevo che sarebbe successo. Avevano già avuto un problema e sapevo che ne sarebbe sorto un altro. E come al solito, sarei stata lì per Mandy ad aiutarla a raccogliere i pezzi.

A casa, sostituii la divisa con un paio di pinocchietti marrone chiaro e una maglietta nera. I miei capelli color miele non volevano saperne di stare a posto, ma ci passai una spazzola e decisi che doveva andare bene così. Con un po' di mascara e del lucidalabbra, ero pronta. Vicino alla porta d'ingresso presi il guinzaglio di Brownie, il mio pastore tedesco di tre anni.

Aprii la porta e trovai Aidan che stava per bussare. Brownie, solitamente un buon cane da guardia, mi guardò prima di strofinare la testa contro la mano di Aidan. Lui si inginocchiò davanti a noi e grattò dietro le orecchie di Brownie. «Non sapevo che avessi un cane. È bellissimo.»

«Grazie. Ha tre anni. L'ho preso al canile. Non pensavano che fosse di razza pura, ma se è un incrocio deve essere con qualcos'altro di grosso. Si vede che è un pastore tedesco da un miglio, però.»

Aidan continuò a coccolare Brownie, che si era steso a terra per farsi grattare la pancia. Aidan alzò lo sguardo verso di me, riparandosi gli occhi dal sole del pomeriggio. «Stavi per portarlo a fare una passeggiata o viene con noi?»

Risi. «No, Brownie non può entrare nei negozi. Mangia tutto quello che non è inchiodato a terra. Stavo solo per portarlo a spasso un po', visto che è stato a casa da solo tutto il giorno.»

Aidan si alzò e si spolverò la terra dalle ginocchia, attirando la mia attenzione sulle sue cosce massicce che lottavano contro la stoffa dei suoi pantaloncini cargo. Indossava scarpe da ginnastica e una maglietta dei Buffalo Bills.

Per qualche motivo, sembrava delizioso.

«Andiamo. Ti accompagno. Chiudi la porta a chiave.»

Sorrisi alla sua richiesta, poi scesi le scale fino all'area cani dietro il mio palazzo. Brownie saltellò su e giù eccitato quando vide il cancello. Una volta dentro, gli sganciai il guinzaglio e lo lasciai correre nell'area erbosa che il complesso teneva per i residenti. Era uno dei motivi per cui avevo scelto il Tree Branch. I cani come Brownie avevano bisogno di correre.

«Stai bene,» disse Aidan, senza mai staccare gli occhi da Brownie. «Non ti ho mai vista senza divisa.»

Improvvisamente timida, sussurrai un ringraziamento.

Cercai di ricordarmi che Aidan era mio amico. Eravamo amici da anni e non c'era motivo per cui dovessi sentirmi a disagio con lui. Anche se fosse stato veramente interessato a uscire con me, non era come se dovessi preoccuparmene. Non sarebbe mai durata.

Brownie ci balzò incontro, masticando felicemente un bastone che aveva trovato dall'altra parte del recinto. Aidan si chinò per prenderlo e Brownie saltò via in attesa del lancio. Aidan lo stuzzicò un paio di volte prima di lanciare il bastone attraverso il prato. Brownie scattò all'inseguimento, afferrandolo da terra mentre correva.

Brownie tornò da noi e Aidan gli lanciò di nuovo il bastone, poi si girò verso di me. «Ti sto mettendo a disagio? Essendo qui, intendo. Mi sembra che tu non mi voglia qui.»

Mi chiesi, non per la prima volta, come facesse a sapere sempre cosa stavo pensando o provando. Sapevo di dovergli la verità, ma non sapevo come dirgliela. O anche solo una versione che lo aiutasse a capire.

Ma d'altronde, non riuscivo a trovare una versione che aiutasse me a capire. Averlo lì, a lanciare un bastone al mio cane, sembrava troppo una cosa da coppia. Troppo come se stessimo iniziando qualcosa. Qualcosa per cui non ero sicura di essere pronta. Anche se si trattava di Aidan, di cui mi fidavo più di quanto mi fossi fidata di un uomo negli ultimi dieci anni.

Lui non conosceva il mio passato, le bugie e il trauma che avevo subito. Non aveva modo di saperlo. Ma era disposto a lottare contro qualunque cosa mi stesse frenando. Erano mesi che mi chiedeva di uscire e io avevo finalmente accettato. Anche se non era un appuntamento, era più di quanto avessi avuto da più tempo di quanto volessi ricordare.

«Credo di non sapere come comportarmi con te. Al lavoro abbiamo questa amicizia naturale, ma è tutto diverso quando non siamo lì. Non sono sicura di cosa dirti o di come agire in tua presenza.»

Brownie guaì ai nostri piedi quando Aidan lo ignorò e si voltò verso di me. «Claire, senti, tu mi piaci. Non te l'ho mai nascosto. Be', forse per i primi anni mentre imparavamo a conoscerci, ma non ultimamente. Sono sempre lo stesso ragazzo con cui pranzi e che tormenti ogni giorno. Se tra noi non succederà mai niente, voglio comunque che restiamo amici.»

Feci un respiro profondo, sapendo che aveva ragione e che mi stavo comportando da sciocca. Non era cambiato nulla. E non doveva cambiare. Aveva detto che gli piacevo, non che voleva uscire con me. Era sempre lo stesso amico con cui avevo passato la giornata a parlare, solo che indossava abiti che mi permettevano di apprezzare ancora di più il suo corpo incredibile.

«Hai ragione. Mi dispiace. Va bene, andiamo da Mordimi!»

«Mi piacerebbe molto,» borbottò Aidan, abbastanza forte da farsi sentire. Rimasi a bocca aperta e lui si limitò a stringere le spalle, per poi lanciare il bastone un'ultima volta per Brownie.

Una volta richiuso Brownie nell'appartamento, io e Aidan ci incamminammo verso Mordimi! Capii che il posto era strapieno ancora prima di avvicinarci. C'erano persone sedute ai tavolini da bistrò all'esterno e una fila che usciva dalla porta.

Ci facemmo largo per entrare e notai Mandy, Xander, Sam e Addi a un tavolo in fondo. Avevano una sedia in più ma, a giudicare dalla folla, stavano facendo di tutto per tenersela stretta. Li indicai ad Aidan e lui mi seguì tra la gente, con la mano appoggiata sulla parte bassa della mia schiena mentre camminavamo.

Non mentirò, la sua mano calda su di me mi mandò brividi lungo la schiena.

Sam fu la prima a vederci e i suoi occhi si illuminarono quando notò Aidan che mi seguiva. Diede di gomito ad Addi, che quasi si strozzò con il suo cupcake. Mandy e Xander erano troppo preoccupati per la tosse di Addi per accorgersi che ci stavamo avvicinando al tavolo.

«Stai bene?» chiesi ad Addi quando arrivammo al tavolo.

Lei annuì, con le lacrime che le rigavano le guance per la mancanza di ossigeno. Sam le diede un'altra bella pacca sulla schiena, poi rivolse i suoi occhi castani e il suo sorriso sbalorditivo ad Aidan. «Sono Sam. Sei un amico di Claire?»

«Per ora, sì. Sono Aidan», disse lui porgendole la mano. «Sam? Sei tu la fotografa, vero?»

Sam gli sorrise, sbattendo le ciglia in un flirt. «Esatto. Temo di non sapere nulla di te, però, Aidan. Come conosci Claire?»

Prima che potesse rispondere, Xander tirò Mandy dalla sedia e la fece sedere sulle sue ginocchia. Spinse la sedia di Mandy verso Aidan. Lui mi lanciò un'occhiata, poi prese posto tra Sam e Xander. Io mi lasciai cadere sulla sedia dall'altro lato di Xander, accanto ad Addi.

«Io e Claire lavoriamo insieme per la TSA. Tu devi essere Addi», disse, rivolgendo lo sguardo verso di lei. «E non ho dubbi che voi due siate Xander e Mandy.»

Xander allungò la mano dietro la schiena di Mandy e strinse quella di Aidan. Mandy e Addi gli sorrisero. Sam si avvicinò e disse: «Allora Aidan, parlaci di te. Cosa fai nel tempo libero?»

«Non molto. Sto risparmiando per comprare una casa, quindi in realtà lavoro parecchio. Di solito faccio uno o due turni extra a settimana, quindi lavoro circa sei giorni su sette.»

«Non lo sapevo», sbottai prima di potermi fermare.

«Dove stai cercando di comprare? Io vivo in un quartiere fantastico. Dovresti passare qualche volta a dargli un'occhiata», disse Sam, protendendosi verso di lui.

Strinsi i pugni sotto il tavolo e cercai di non irritarmi. Non avevo alcun diritto su Aidan e Sam poteva flirtare quanto voleva. Avevo rifiutato gli inviti a uscire di Aidan per molto tempo e Sam corrispondeva alla descrizione della sua donna dei sogni tanto quanto me. Avevamo la stessa taglia, ma lei aveva un seno più grande e quella lunga chioma fluente che sembrava fatta apposta per i sogni erotici. I suoi profondi occhi castani attraevano le persone e spingevano a rivelare tutti i propri segreti.

Naturalmente, era in parte questo che la rendeva una fotografa così favolosa. La gente voleva stare con Sam. La gente voleva sorriderle e si fidava di lei abbastanza da lasciarle catturare quei momenti nascosti che nessun altro vedeva.

Ero sempre stata invidiosa della facilità con cui parlava con la gente, facendo sembrare semplice il chiacchierare del più e del meno. Laddove io mi ero sempre nascosta nell'ombra, Sam non aveva paura di farsi avanti quando necessario.

Aidan si voltò verso Sam e disse: «Sembra fantastico. Non ho ancora deciso dove voglio comprare. Adoro Winterville, quindi so che rimarrò in città, ma non so ancora in che zona. Mi piacerebbe molto avere un cane, quindi spero di trovare un posto con un giardino, più due o tre camere da letto. Mi piace cucinare, quindi vorrei una bella cucina.»

«Hai considerato una casa da ristrutturare? Ho comprato la mia per un tozzo di pane e l'ho rifatta tutta da solo», chiese Xander. All'improvviso adorai il ragazzo di Mandy per aver deviato l'attenzione da Sam.

«Ci ho pensato. Mi piace lavorare con le mani, ma temo di fare il passo più lungo della gamba e di non finire mai.»

Xander rise. «So esattamente cosa vuoi dire. Mi sono

sentito così anche io. Mi ci è voluto circa il doppio del tempo che pensavo per finire casa mia. La chiave, però, è trovare qualcosa in cui puoi vivere mentre la sistemi.»

Aidan annuì, voltandosi verso Xander per continuare la loro conversazione. «Sì, voglio trasferirmi il prima possibile. Se trovo qualcosa con più di un bagno, so che non sarà così male ristrutturare la casa, purché sia strutturalmente solida. Sembra che tu ti intenda di case.»

Xander sorrise. «Sì, lavoro alla Colton Construction come project manager. Sono un ingegnere elettrico, ma ho anche delle discrete capacità meccaniche.»

«Non farti ingannare. È fantastico. La sua casa è stupenda. Dovresti venire a vederla. Ha le foto del prima per darti un'idea di cosa è stato fatto. È incredibile», si vantò Mandy parlando di Xander.

Rischiai un'occhiata a Sam e la vidi osservare tutta la situazione. Per fortuna non era arrabbiata, stava solo osservando. Inoltre, non credevo sapesse che io fossi interessata ad Aidan.

Aspetta. Merda, non volevo che mi piacesse.

Sam era mia amica. Se lo voleva lei, dovevo farmi da parte e lasciarlo a lei. Dopotutto, negli ultimi dieci anni mi ero detta che l'amore non avrebbe fatto parte del mio futuro. Sam doveva avere la sua occasione.

«Potrei farlo. Grazie. È travolgente pensare di comprare una casa e a tutta questa roba. Ho 31 anni, ma mi sento ancora come se non fossi abbastanza grande per le responsabilità. Allo stesso tempo, sono stufo di essere in affitto.»

«Il mio quartiere ha alcune case più vecchie, ma la maggior parte sono in buone condizioni. Ti do il mio numero e puoi passare a vedere casa mia. Possiamo anche fare un giro per il quartiere così puoi vedere come sarebbe essere mio vicino», si intromise di nuovo Sam nella conversazione.

«Grazie, Sam. Sembra fantastico. Sono davvero contento che Claire mi abbia permesso di unirmi a voi oggi. Parla sempre di voi, ma non avevo idea che sareste stati tutti così accoglienti.»

Xander rise e accarezzò la schiena di Mandy. «Basta che non fai incazzare una di queste signore. La pagherai cara se ferisci una di loro. Ho imparato la lezione in fretta.»

«Già», intervenne Sam. «Sono dovuta andare a prendere Mandy a una festa qualche settimana fa, quando pensava che Xander si stesse comportando da stronzo. Non l'ha trovata per più di 24 ore. Noi ci proteggiamo a vicenda.»

«La lealtà è una qualità molto importante in una persona. Non prenderei in considerazione l'idea di essere amico o di uscire con qualcuno che non sia leale. Il fatto che siate così amiche la dice lunga su tutte voi.»

«Claire e Mandy sono amiche da sempre, ma io e Addi le abbiamo conosciute al college. Noi quattro ci siamo incontrate al primo anno e da allora siamo migliori amiche. Faremo di tutto l'una per l'altra.»

Sussultai quando Sam appoggiò la mano sul braccio di Aidan. Lui la guardò, poi tornò a guardare lei con un sorriso. Volevo essere felice per loro. Lasciar perdere tutto e accettare semplicemente che a una delle mie migliori amiche piacesse un altro mio amico. Erano perfetti l'uno per l'altra, supposi.

Volevo lasciare che accadesse, ma non riuscivo a combattere la nausea che mi attanagliava. La gelosia che era spuntata dal nulla e mi avrebbe messa al tappeto se non fossi già stata seduta.

Avrei dovuto dire di sì. Anche solo una di quelle volte che mi aveva chiesto di uscire, avrei dovuto accettare. Una sola volta e sarei stata io la donna con cui stava flirtando. Invece, stava flirtando con una delle mie migliori amiche. Qualcuna per cui non avrei mai combattuto per un ragazzo.

Ed era per questo che dovevo andarmene, perché non potevo restare lì a guardare.

CAPITOLO 3

Balzai dal mio posto e mi precipitai al bancone. Charlie stava parlando con una donna un po' più bassa di me che indossava un paio di pantaloncini neri e un top rosso a spirali. Aveva i capelli biondi lunghi fino alle spalle e occhi azzurri del colore del cielo in una giornata di sole. Emanava un'aria di sicurezza.

Era una donna da cui potevo imparare qualcosa.

«Ciao Claire», mi salutò calorosamente Charlie. «Come stai?»

«Ehi, Charlie. La festa è fantastica. Sembra che tu stia riscuotendo un successone», risposi, evitando la sua domanda su come stessi. Charlie mi piaceva, ma ci conoscevamo solo da poche settimane. Mi aveva fatto quella domanda per fare conversazione, non perché volesse conoscere tutta la mia storia incasinata.

«Sì, sono piuttosto contenta di come è andato tutto. Claire, questa è la mia cara amica, Alexandria Mack.»

Mi voltai verso la bionda e sorrisi. Era cordiale e amichevole, e capii subito che saremmo andate d'accordo. «Piacere di conoscerti, Alexandria.»

Lei alzò gli occhi al cielo e rivolse un sorriso a Charlie. «Alla mia amica qui piace fare la spiritosa. Mi faccio chiamare Lexi, almeno fuori dal lavoro. È un piacere conoscerti anche a te, Claire.»

«Posso offrirti un cupcake?», chiese Charlie.

L'unica cosa che mi aveva impedito di prendere un cupcake non appena ero entrata era il fatto che ci fosse la fila. I cupcake di Charlie erano densi e umidi e si scioglievano in bocca. Avrebbero dovuto seriamente portare i suoi cupcake ai negoziati di pace. Garantisco che avrebbero fatto sorridere chiunque.

«Assolutamente. Cosa ti è rimasto?»

Charlie sfornava tutti i suoi cupcake durante il giorno mentre il negozio era aperto, mantenendo l'odore di bontà appena sfornate nel locale. Ogni mattina, prima di aprire, era lì presto a glassarli tutti per la giornata e a volte a infornarne altri. Era così impegnata durante il giorno che raramente aveva tempo di rifornire le vetrine, quindi sapevo che i suoi gusti più popolari — red velvet, baccello di vaniglia, mousse al cioccolato e Oreo — sarebbero stati esauriti.

«In realtà, ti ho tenuto da parte un cupcake al Baccello di Vaniglia perché so che è il tuo preferito. Ho anche lavorato a un cupcake S'mores e a uno al cinnamon roll.»

Gemei. «Dopo la giornata che sto passando, li proverò entrambi. Sei la mia salvezza!»

Charlie sorrise e si allontanò per prendere i miei dolcetti. Mi rivolsi a Lexi, ma prima che potessi dire qualcosa, lei chiese: «Conosci quel ragazzo laggiù? Stupendo, capelli scuri, muscoli da vendere?»

Lanciai un'occhiata verso i miei amici e vidi Sam che rideva per qualcosa che Aidan aveva detto. «Sì, io e Aidan lavoriamo insieme. Perché?»

«È da quando ti sei avvicinata che continua a guardare da questa parte. Stavo iniziando a chiedermi se avessi un pezzo di carta igienica che mi spuntava dai pantaloncini o qualcosa del genere, ma poi ho capito che stava guardando te. È il tuo ragazzo?»

Per qualche strana ragione, sentii il bisogno di svuotare il sacco. Vedere Aidan e Sam flirtare mi spezzò qualcosa dentro. Era stata una lunga giornata, iniziata con quella stronza orribile di Zoey che flirtava con lui e poi, solo poche ore dopo aver capito che forse provavo qualcosa per Aidan, mi era toccato guardare Sam che ci provava con lui. Potevo essere più incasinata di così?

Scossi la testa mentre distoglievo lo sguardo da Aidan e Sam. «Non è il mio ragazzo. Siamo amici e mi ha chiesto di uscire un paio di volte, ma ho sempre pensato che scherzasse. Insomma, lui è uno schianto e io no. Non funzionerebbe mai.»

«Perché no?»

«Lui è come un dio e io sono così lontana dall'esserlo che non potrei nemmeno leccargli gli stivali. Lui è perfetto e io sono tutto il contrario. E poi, la donna con cui sta flirtando adesso è una delle mie migliori amiche.»

Lexi guardò di nuovo verso il tavolo dove erano seduti i miei amici più cari. Io guardai lei anziché il tavolo. Non ero sicura di poter sopportare di vederli ancora. Per quanto volessi sostenere Sam, sarebbe stato difficile guardare lei e Aidan innamorarsi.

«Se è la tua migliore amica, perché dovrebbe flirtare con un ragazzo che ti piace? Non sembra un'ottima amica.»

Sorrisi alla sua onestà. Mi sarebbe servita una persona come Lexi nella mia vita. Qualcuno che mi dicesse la verità, che fosse facile o meno. Lexi era una tosta.

«Non sa che mi piace. Non ho mai parlato di Aidan a nessuno di loro perché non ho mai pensato che fosse davvero interessato. Inoltre, il mio passato è piuttosto incasinato e non è che mi fidi proprio dell'amore.»

Lexi sbuffò. Mi guardò come se fossi pazza e in quel momento mi sentii proprio così. Eccomi lì a svuotare il sacco con una quasi sconosciuta. Non sapevo nulla di quella donna tranne il suo nome e le stavo dicendo tutte quelle cose che non avevo detto nemmeno a Mandy. Le stavo confessando i miei sentimenti per Aidan e stavo praticamente denigrando Sam.

E avevo fatto passare Sam per l'amica orribile.

«Senti, nessuno si fida dell'amore. I miei genitori si sono separati quando ero piccola e l'amore era inesistente nella mia vita. Ero una pedina di scambio per entrambi i miei genitori, senza mai sentirmi veramente amata, a meno che uno non volesse usarmi per ferire l'altro. Da adulta, accetto semplicemente che l'amore non esista e vado avanti.»

La fissai a bocca aperta, chiedendomi dove fosse stata per tutta la mia vita. «Sei per caso la mia sorella perduta da tempo o qualcosa del genere? Giuro che la penso allo stesso modo.»

«Allo stesso modo su cosa?», chiese Charlie mentre mi posava i cupcake davanti. Annusai ognuno di essi, assaporando il profumo intenso dello zucchero che aveva usato per la glassa. Mi venne l'acquolina in bocca mentre decidevo quale avrei mangiato per primo.

«Sull'amore», le disse Lexi. «Sia io che Claire crediamo che l'amore non esista. Il problema per lei è che ha un uomo molto carino che la sta osservando dall'altra parte della stanza. Ed è il suo collega e amico, ma la sua migliore amica sta flirtando con lui perché non sa che a Claire piace.»

Sbuffai, ridendo a metà per la descrizione concisa della mia vita fatta da Lexi. Se si fosse trattato di chiunque altro sarei stata divertita, ma siccome si trattava di me, avrei voluto piangere. Come avevo fatto a cacciarmi in tutto questo?

Invece di commentare la storia fin troppo accurata di

Lexi, diedi un enorme morso al cupcake S'mores. La prima cosa che assaggiai fu il biscotto graham che rivestiva il fondo del dolcetto. La torta al cioccolato circondava un marshmallow dolcemente ammorbidito. Sopra c'era una glassa al sapore di marshmallow con briciole di biscotto graham spolverate su tutto.

Mi ero innamorata.

L'estate a Winterville di solito significava falò dopo il tramonto, arrostire marshmallow e mangiare S'mores. Un morso al cupcake di Charlie e seppi che durante l'estate avrei preso i miei S'mores da Mordimi! invece che dal fuoco.

«Sei una maestra. Credo proprio che mi trasferirò qui. È meno complicato quando la vita è piena di cupcake invece che di uomini.»

Charlie rise, e la sua risata cristallina riuscì a fendere la tristezza che provavo in quel momento. Alzai lo sguardo sulle rughette intorno ai suoi occhi e invidiai tutto ciò che aveva nella sua vita e che le dava gioia. Avrei voluto avere anch'io quel tipo di gioia. Mi colpì di nuovo il fatto che mi mancasse qualcosa nella vita. Più di un uomo, più di un lavoro. Uno scopo. Una missione. Qualcosa che mi facesse sentire viva. Qualcosa che mi portasse gioia.

«Vivere qui ti fa solo ingrassare, credimi. Non risolve alcun problema con gli uomini. O con le migliori amiche. È Sam, giusto? È lei la fotografa?»

Annuii. Erano alcune settimane che io, Sam, Addi e Mandy andavamo da Mordimi! per la nostra serata settimanale tra ragazze. Un'amica insegnante di Addi aveva portato dei cupcake a scuola e Addi lo aveva suggerito quando una sera Mandy aveva avuto bisogno di un posto dove nascondersi da Xander. Ci eravamo innamorate tutte del locale al primo morso e avevamo deciso che ci saremmo incontrate lì ogni settimana.

Aver conosciuto Charlie a poco a poco era stato un piacevole extra. Era dolce come i suoi cupcake, ma di solito era bloccata dietro al bancone mentre noi chiacchieravamo. Era sempre felice di vederci, ma era difficile sedersi così vicino e non coinvolgerla nelle nostre conversazioni.

Sembrava che tutte sapessimo istintivamente che Charlie sarebbe diventata una delle nostre migliori amiche. Addi era di solito la prima del nostro gruppo ad arrivare, quindi aveva conosciuto Charlie meglio di noi altre, ma piaceva a tutte. Ho sempre trovato più facile fidarmi delle altre donne che erano in sovrappeso come me, c'era qualcosa in loro che le rendeva meno propense a essere delle stronze traditrici rispetto alle ragazze magre che frequentavo al liceo. Quello era un enorme punto a favore per Charlie, secondo solo ai suoi cupcake.

«Sì, Sam è una fotografa. E più carina di così non si può. Per quanto è stupenda potrebbe essere lei a stare davanti all'obiettivo.»

Lexi squadrò con apprezzamento il look casual di Sam: un paio di jeans capri attillati, un top a maniche corte leopardato e i fluenti capelli color castano. Gli occhiali dalla montatura rossa incorniciavano i suoi occhi castano intenso e la facevano passare da carina a una fantasia erotica sulla secchiona sexy.

Sempre che ti piaccia un po' di carne in più sulle ossa.

Sam portava la mia stessa taglia 52, ma ho sempre invidiato quanto le stesse meglio. Quando la guardavo, vedevo una donna meravigliosa e sempre impeccabile. Al contrario, il mio specchio mostrava solo una donna grassa.

Certe cose non erano proprio giuste.

«Non lo so. È molto carina, ma non è che tu sia un cesso. Hai un sorriso fantastico e un viso davvero amichevole. Chiedi pure a Charlie, di solito non parlo con gli sconosciuti, ma tu hai una di quelle facce che mi fanno venir voglia di confessare tutti i miei segreti. In più, sei attraente quanto la tua amica. Ma niente di tutto questo ha importanza. Quello che conta è che il tuo amico l'ha guardata solo quando lei ha distolto la sua attenzione da te. È chiaro che è cotto a puntino», mi disse Lexi, interrompendo la mia autocommiserazione.

Mi voltai a guardare e sorpresi Aidan che mi stava osservando. Mi rivolse un sorriso smagliante prima che Sam riuscisse di nuovo ad attirare la sua attenzione e notai che la luce nei suoi occhi si affievolì un po' quando la guardò. Forse Lexi aveva ragione, forse non era interessato a Sam.

Tornai al mio cupcake, giusto per tenere la bocca occupata. Non sapevo mai come accettare i complimenti, e sentire una donna sicura di sé e bella come Lexi dirmi che le piacevo era quasi tanto sconvolgente quanto se Aidan avesse detto che ero la donna dei suoi sogni.

«Non guardare adesso, ma il tuo schianto sta venendo a prenderti», sussurrò Charlie.

D'istinto mi voltai verso Aidan, guardandolo avvicinarsi a ogni passo deciso nella mia direzione. I suoi occhi erano inchiodati ai miei e vi vidi un misto di fastidio e desiderio. Mi mancò il respiro quando mi resi conto che entrambi erano rivolti a me, e non avevo idea di cosa fare né dell'uno né dell'altro.

Quando mi raggiunse, mi bloccò tra le sue braccia, appoggiando le mani sul bancone alle mie spalle. Si chinò verso di me, mi baciò sulla guancia e poi strofinò il naso contro il mio orecchio. Sussurrò: «Sono venuto qui per passare del tempo con te, non con le tue amiche. Sono simpatiche, ma sono qui per te.»

Un sussulto mi sfuggì dalle labbra, sia per la vicinanza delle sue labbra sia per l'intimità delle sue parole. Forse anche un po' perché non sembrava minimamente interessato a Sam.

Aidan si allontanò da me quel tanto che bastava per guardarmi negli occhi, i suoi fiammeggianti, facendomi seccare la bocca. La sua mano si allungò dietro di me e tornò con il mio cupcake alla cannella, quello che stavo mangiando poco prima. Ne prese un grosso morso, lasciando i segni dei suoi denti proprio accanto ai miei.

La glassa al formaggio cremoso si attaccò alle sue labbra mentre chiudeva gli occhi e mangiava il boccone che aveva preso. La mia lingua scattò fuori per leccarmi le labbra, desiderando di potermi semplicemente sporgere e leccargli via la glassa, chiedendomi che sapore avrebbe avuto su di lui. La sua lingua rosea scivolò fuori e tirò la glassa dalle labbra nella sua bocca e lui gemette come se fosse la cosa più buona che avesse mai mangiato.

Probabilmente lo era.

«Capisco perché vieni qui. È fantastico», mormorò, abbastanza vicino da sentire il suo respiro sul mio viso, il profumo di cannella che mi avvolgeva.

«Charlie è la proprietaria. Prepara lei tutti questi cupcake. E quella è la sua amica Lexi», gli dissi, facendogli un cenno verso di loro. Rischiai un'occhiata alle mie amiche e le trovai entrambe con la mascella a terra mentre guardavano Aidan continuare a divorare il mio cupcake tenendomi bloccata contro di lui.

Dopo altri due morsi, il mio cupcake sparì. Una parte di me era infastidita dal fatto che non mi avesse mai offerto un altro boccone, ma guardarlo mangiare valeva bene il prezzo del cupcake. Aidan si leccò l'ultima traccia di glassa dalle dita, poi finalmente si voltò verso Charlie e Lexi. «È un piacere conoscervi. Sei bravissima in questo. Che ne dici di altri due di quelli che ho appena mangiato, così posso sostituire quello di Claire e prenderne un altro per me?»

Charlie annuì, sconcertata dall'intera situazione quanto me, e andò a prendere i due cupcake richiesti da Aidan. Lui rivolse il suo sorriso a Lexi. «Lavori anche tu qui?»

Lexi scosse la testa. «Sono la Vicepresidente della Produzione Snella alla EAAC Pigments. Io e Charlie abbiamo seguito un corso di management insieme qualche anno fa. Siamo andate subito d'accordo e da allora siamo buone amiche.»

Aidan annuì con apprezzamento e io guardai Lexi a bocca aperta. Non avevo idea che fosse così intelligente e potente. Merda, Vicepresidente? Ero lì a parlare con una vicepresidente comportandomi come se fossimo vecchie amiche. Sapevo che doveva pensare che fossi una stupida.

«Di solito non dico alla gente cosa faccio finché non mi conoscono, perché poi mi guardano come sta facendo Claire. Sono solo una persona normale che ha avuto successo nella sua carriera perché non ha paura di comandare gli uomini», rise educatamente. Mi sforzai di cancellare il panico dal mio viso e sapevo che aveva ragione. Lei mi piaceva. Non potevo giudicarla solo perché era intelligente. Non era giusto nei suoi confronti, né nei miei. Un'amica in più faceva sempre comodo.

Charlie porse ad Aidan la scatola con dentro i due cupcake e lui le diede la sua carta di credito. Ancora bloccata da lui, non ebbi altra scelta che apprezzare il muscolo del suo braccio che si tendeva mentre si allungava oltre il bancone, senza che i suoi piedi si spostassero da dove mi teneva prigioniera.

E finalmente mi resi conto che non avevo paura.

L'ultima volta che un uomo mi aveva immobilizzata era stato il momento peggiore della mia vita. Ma trovandomi lì con Aidan, sapevo di fidarmi di lui più di quanto forse volessi ammettere persino a me stessa.

CAPITOLO 4

AIDAN PRESE uno dei cupcake nuovi dalla scatola che Charlie gli porse e me lo tenne davanti. Lo guardai, chiedendomi se volesse davvero che ne prendessi un morso o se stesse semplicemente cercando di darmelo.

Allungai la mano per prendere il cupcake, ma lui scosse la testa, i suoi occhi si sgranarono leggermente quando la mia lingua mi passò sulle labbra. Mi chinai verso di lui e diedi un morso al cupcake che teneva tra le dita. Mi sorrise, poi portò il cupcake alle sue labbra, dando un morso accanto al mio.

Quasi soffocai mentre lui guardava me e io guardavo lui. Non avevo mai provato qualcosa di così innocente che sembrasse così sensuale e… eccitante. Quando mi offrì di nuovo il cupcake, le mie labbra si aprirono da sole per poterne prendere un altro morso. Gli occhi di Aidan si sgranarono quando le mie labbra si richiusero sul suo dito e io feci di tutto per non morderlo, ma sapevo che non era quello a cui stava pensando.

Si mise in bocca l'ultimo boccone, con gli occhi fissi nei miei, mentre si succhiava il dito che era appena stato nella mia bocca. Le mie mutandine si inumidirono e le ginocchia mi tremarono mentre lo guardavo. Non avevo mai desiderato che un uomo mi riservasse quel tipo di trattamento ma, per qualche ragione, riuscivo a immaginare Aidan che mi faceva urlare.

E, caspita, se volevo che ci provasse.

Per un po' avevo pensato che ci fosse qualcosa che non andava in me. Forse ero rotta e semplicemente non riuscivo a godermi il sesso. Certo, essere violentata da adolescente non aiuta l'entusiasmo per il sesso. È quello che diceva sempre la mia terapista.

Ma lì, in una pasticceria affollata, con i miei nuovi amici che guardavano Aidan imboccarmi con i cupcake, tutto ciò a cui riuscivo a pensare era quanto bene avrebbe potuto farmi sentire. E quanto potesse valerne la pena.

Quando Aidan tirò fuori il secondo cupcake, diede lui il primo morso. Me lo porse senza una parola e io ne presi un pezzo. Guardò le mie labbra mentre masticavo e i miei occhi si chiusero, godendomi i sapori gloriosi e la sensazione dell'uomo sexy premuto contro il mio corpo. Sapevo che anche lui si stava divertendo, o quello o aveva una pistola in tasca.

Aidan prese un altro morso, poi mi offrì l'ultimo pezzo del cupcake. Inarcò un sopracciglio, sfidandomi a prenderlo. Sapevo cosa significava. Sapevo cosa voleva lui. Sapevo cosa volevo io.

Volevo leccargli le dita fino a pulirle. E non solo perché erano coperte di glassa.

Chiusi gli occhi, incapace di guardarlo nei suoi, e lasciai che la mia bocca si aprisse. Le sue dita scivolarono tra le mie labbra, precedute dall'ultimo boccone del nostro cupcake. Avvolsi la lingua attorno al boccone e lo liberai dalle sue dita, poi passai la lingua sui suoi polpastrelli, chiedendomi cosa avesse fatto per renderli così ruvidi e sexy. Avevo sempre amato un uomo che sapeva usare le mani.

Feci roteare la lingua attorno alla punta del suo indice e del pollice, assaporando ogni ultima goccia di glassa, poi lasciai che i miei denti si chiudessero sui polpastrelli, mordicchiandogli la pelle. Il suo gemito soffocato mi attraversò e i miei occhi si spalancarono per incontrare i suoi, pieni di bisogno e piacere. La stessa cosa che avrei visto se mi fossi guardata allo specchio.

Delicatamente mi allontanai da Aidan e lui sfilò le dita dalla mia bocca. Abbassò lo sguardo sulle mie labbra come se stesse cercando di decidere cosa fare. Un piccolo suono sfuggì a Charlie o a Lexi e ci voltammo entrambi verso di loro.

L'imbarazzo mi inondò quando vidi le espressioni scioccate sui loro volti. «Ehm, scusatemi un minuto», borbottò Aidan, poi si diresse verso il bagno in fondo al negozio.

Senza di lui a tenermi premuta contro il bancone, quasi caddi. Chiusi gli occhi e cercai di ritrovare l'equilibrio, ma vedevo solo i dolci occhi castani di Aidan.

«Dovrò chiamare Mike quando uscirò di qui», mormorò Lexi ad alta voce, continuando a guardarmi.

«Chi è Mike?», chiesi, nel disperato tentativo di cambiare argomento.

«Mike è il mio amico… di letto. Ci aiutiamo a vicenda a scaricare stress e tensione e, dopo aver guardato voi due con quei cupcake, sento un sacco di tensione. Devo scaricarla stasera, e lui non dovrà faticare molto per averlo. Merda, voi due avete quasi fatto un buco nelle *mie* di mutandine. Non so come tu faccia a stare ancora in piedi.»

«Non è stato così…», cercai di protestare, ma sapevo che era esattamente così. Era stata la cosa più sexy che avessi mai provato. Qualcosa che mi fece chiedere cosa mi fossi persa per tutto quel tempo, e mi diede il desiderio di andarmelo a prendere.

Di andare a prendermi lui.

«Sì, è stato esattamente così. Vorrei avere un Mike da chiamare perché sarò frustrata per giorni dopo aver visto quella scena. Credevo avessi detto che eravate solo amici?», disse Charlie. Non lo disse in tono accusatorio, era solo confusa. Nessun giudizio, di cui avevo bisogno. Ci teneva. Era una bella sensazione.

«Eravamo solo amici. Lo siamo da anni. Mi ha chiesto di uscire, ma non ho mai pensato che facesse sul serio.»

«Oh, fa sul serio», interruppe Lexi con enfasi.

«Ora me ne rendo conto. Stamattina mi ha detto che in futuro avrebbe chiarito le sue intenzioni.»

«Le sta chiarendo di certo», scherzò Lexi.

Guardai di nuovo verso i bagni e lo vidi uscire, con uno sguardo serio negli occhi prima di fissare i piedi. Quando finalmente alzò lo sguardo, i suoi occhi incontrarono i miei e sorrise. Un sorriso che mi diceva che ero la persona più importante nella stanza. Che ero io quella che voleva guardare. Ero io quella che lo faceva sorridere come l'uomo più felice del pianeta.

«Sì, è piuttosto chiaro», dissi a Lexi, incapace di staccare gli occhi da Aidan.

Quando Aidan mi raggiunse, si accoccolò di nuovo vicino al mio orecchio e mi baciò il punto del polso che pulsava veloce. Il suo affetto disinvolto mi stava facendo qualcosa, qualcosa che non sapevo come gestire. Qualcosa che sapevo mi sarebbe piaciuto se gli avessi permesso di continuare.

Invece, trascinai lui e Lexi al tavolo dei miei amici. Presentai Lexi a tutti e lei mi fece l'occhiolino quando si sedette accanto a Sam. Feci un sorriso segreto, ma fu rapidamente cancellato quando Aidan mi tirò giù sulle sue ginocchia. «Ti schiaccerò», protestai prima di sedermi.

«Mi schiaccerai se non ti siedi, per favore. Posso reggerti, Claire.»

Cedetti alle sue dolci parole e mi sedetti con cautela sulle sue gambe. Mi girò di lato in modo che la maggior parte del mio peso fosse sulla sua gamba destra e io fossi di fronte a Mandy e Xander. Mandy inarcò le sopracciglia verso di me e sorrise, dando silenziosamente la sua approvazione a qualunque cosa stesse succedendo con Aidan.

Peccato che io non ne avessi la minima idea.

I miei amici parlavano intorno a me, conoscendo Lexi e parlando dei loro mondi. Addi era finalmente in vacanza per l'estate e passava le giornate ad aiutare Sam con la fotografia e a frequentare la spiaggia. Addi stava raccontando a Sam e Lexi dei bei ragazzi che aveva visto in spiaggia e tutte concordarono di andarci insieme un giorno.

Sorrisi alla scena intorno a me. Ero seduta sulle ginocchia di un uomo molto carino, condividevo un pomeriggio con i miei amici più cari e mangiavo deliziosi cupcake. Non pensavo che potesse andare meglio di così.

Mentre la conversazione continuava intorno a me, persi il filo di ciò che tutti stavano dicendo. La mano di Aidan saliva e scendeva lungo la mia spina dorsale, accarezzandomi dolcemente. Non stava toccando la mia pelle nuda, ma sentivo le sue dita fino alle ossa. Mentre queste si liquefacevano e io mi scioglievo tra le sue braccia, capii che dovevo andarmene. Dovevo uscire da lì.

Prima di essere troppo coinvolta per fermare qualunque cosa stesse succedendo.

Saltai in piedi rapidamente, scioccando tutti.

«Devo tornare a casa. Io, ehm, ci vediamo dopo, ragazzi», balbettai, pronta a scappare. Mandy mi lanciò uno sguardo preoccupato prima di fulminare Aidan con gli occhi. Scossi leggermente la testa per farle capire che lui non aveva fatto nulla di male. Il suo sguardo si addolcì, ma sembrava ancora preoccupata. Prima che potesse afferrarmi, mi voltai e corsi verso la porta, salutando Charlie con la mano mentre uscivo.

Una volta fuori, feci un respiro profondo. Il panico che avevo provato cominciò a dissiparsi e finalmente mi sentii in grado di pensare con chiarezza, anche se ero ancora confusa da morire.

Un attimo prima ero perfettamente felice seduta con Aidan, a parlare con i miei amici, a godermi la giornata. L'attimo dopo stavo perdendo il controllo semplicemente perché mi stava toccando.

I miei demoni erano profondamente radicati e ovviamente non li avevo superati. Non sapevo se li avrei mai superati, ma sapevo di volerlo fare. Volevo essere come Sam e flirtare con Aidan. Volevo essere come Lexi e godermi il sesso. Volevo essere come Addi e apprezzare gli uomini. Volevo essere come Mandy e lasciarmi amare.

Solo non sapevo se sarei stata in grado di fare una qualsiasi di queste cose.

Sentii il mio nome alle mie spalle prima di girare l'angolo. Qualcosa mi diceva che Aidan mi avrebbe seguito. Anche se non stavo giocando con lui, e non l'avrei mai fatto, ero segretamente elettrizzata che mi avesse seguita.

I miei passi rallentarono mentre i suoi accelerarono, correndo per raggiungermi. Quando fu al mio fianco non mi toccò, non mi fermò, non mi guardò. Si limitò a camminare accanto a me in silenzio, dandomi il tempo di elaborare.

Dandomi la possibilità di ricordare che era prima di tutto mio amico, prima di qualunque cosa stesse succedendo tra noi.

Mentre tornavamo al mio appartamento le nostre dita si sfiorarono e i nostri corpi si toccarono. Il suo fianco scivolò contro il mio e la mia spalla urtò il suo bicipite. E alla fine le nostre dita si trovarono e si strinsero, intrecciandosi come un tessuto complesso.

Sulla soglia di casa, Aidan aspettò che aprissi la porta e prendessi il guinzaglio di Brownie. Scendemmo di nuovo le scale e andammo all'area cani, ancora mano nella mano. Brownie aspettò che gli sganciassi il guinzaglio, poi sfrecciò attraverso il prato, trovando un punto dove fare i suoi bisogni e poi cercando il bastone di prima.

Aidan mi strinse le dita e io finalmente alzai lo sguardo su di lui. «I'm sorry. Non avrei dovuto trattarti in quel modo e mi scuso per averti messa a disagio,» disse, con dolore e rimpianto negli occhi.

Sconcertata, lo fissai. Non poteva davvero pensare che fossi arrabbiata con lui, vero?

«Non sono arrabbiata con te. Lo sai, vero?»

Gli occhi di Aidan si strinsero per un attimo, poi distolse lo sguardo. Mi lasciò la mano e si allontanò di qualche passo. «Perché te ne sei andata? Se non era perché eri arrabbiata con me, per cos'era?»

Soffiai fuori un respiro, incerta su come spiegare ciò che nemmeno io capivo. Come potevo fargli capire che quello che stava succedendo mi spaventava, perché non mi fidavo di me stessa per prendere decisioni intelligenti con lui. Non sapevo come gestire me stessa e i sentimenti che stava tirando fuori da me. Lo volevo come non avevo mai voluto nessuno in vita mia. Mai. E questo mi spaventava a morte.

«Io non esco con gli uomini. Mai. Ho pochissima esperienza con loro e non so come si fa. Tu sembri così a tuo agio con tutto e la cosa mi sopraffà un po'.»

Aidan si voltò di nuovo verso di me e si avvicinò. Sollevò le sue mani grandi e forti verso il mio viso e mi prese le guance con una delicatezza che non avrei mai creduto possibile. I suoi occhi castani fissarono i miei verdi e lui fece un respiro profondo. Per un secondo pensai che mi avrebbe baciata. Fino al punto che la mia lingua passò sulle labbra per prepararle alla sua bocca.

Capii con improvvisa lucidità che volevo che mi baciasse. Speravo che lo facesse. Le mie labbra formicolavano in attesa di incontrare le sue. Quando le sue labbra si dischiusero, i miei occhi si chiusero lentamente e aspettai, con il fiato sospeso nei polmoni.

«Sono a mio agio solo perché si tratta di te,» disse Aidan. Riaprii gli occhi di scatto e il suo viso era a pochi centimetri dal mio. Le sue parole mi inondarono con il fiato delle sue labbra e io sorrisi. «Non sono un donnaiolo seriale. Anzi, non sono uscito a molti appuntamenti da quando ti ho conosciuta, perché paragonavo sempre le altre donne a te. Non è giusto e non voglio sembrare uno che ti sta scaricando addosso tutto questo. Voglio solo che tu capisca che non sono qui perché sto cercando di giocare con te. Sono qui perché mi piaci sinceramente.»

Come avrei dovuto rispondere a una cosa del genere? Quest'uomo era qualcuno che conoscevo da anni, con cui avevo condiviso pranzi e cene, lui sapeva come mi piaceva il caffè e io sapevo come piaceva a lui, ci prendevamo in giro, ci lamentavamo della vita e del lavoro, e non avevo idea che fosse così dolce e romantico.

O che gli piacessi così tanto.

«Allo stesso tempo, non voglio metterti a disagio. Voglio stare con te, uscire con te. Ma se non è quello che vuoi, mi farò da parte e torneremo a essere amici. Ti ho detto che in futuro avrei chiarito le mie intenzioni. Se questo è il tuo modo per dirmi che non sei ricettiva, ti lascerò andare subito.»

Il terrore mi attraversò come nulla che avessi mai provato prima. Sapevo che non potevamo tornare indietro. Niente sarebbe più stato come prima tra noi.

Non volevo tornare indietro. Volevo andare avanti, scoprire dove stava andando a parare questa cosa. Dove poteva portare ciò che stavamo iniziando. Volevo fidarmi di nuovo di un uomo e sapevo che quell'uomo poteva essere solo Aidan.

«No,» sussurrai. «Non voglio che tu ti faccia da parte. Ti ho respinto perché pensavo che flirtassi per passare il tempo, non perché ti piacessi. Non credo di poter tornare a essere solo amici, non dopo il modo in cui mi hai fatto sentire oggi. Come se fossi speciale, come se contassi qualcosa.»

«Tu sei speciale, Claire. Hai sempre contato per me. E mi dispiace ma non posso aspettare un altro minuto per baciarti.»

Prima che potessi rispondere, le sue labbra si posarono sulle mie. Le sue mani, che ancora mi tenevano il viso, si addolcirono quando le nostre labbra si incontrarono. Una scintilla, piccola ma ardente, scoccò e mi infiammò. Il solo sfiorarsi delle sue labbra con le mie mi fece sentire più viva di quanto non mi sentissi da molto tempo. Quando le sue mani scivolarono via dalle mie guance, emisi un leggero sospiro di piacere.

Una mano si strinse tra i miei capelli, tenendomi proprio dove Aidan mi voleva. L'altra mano scivolò dalla gola alla spalla, poi lungo il braccio dove cercò la mia mano, le nostre dita che si intrecciarono di nuovo. Aidan mi portò il braccio dietro la schiena e appoggiò le nostre mani unite sulla parte bassa della mia schiena, il suo pollice agganciato a un passante dei miei pinocchietti.

Baciava come un uomo che sapeva come muoversi con una donna. I suoi leggeri baci a stampo viaggiarono da un angolo all'altro della mia bocca, assaggiando dolcemente ogni centimetro delle mie labbra. Quando immerse la lingua nell'angolo in cui le mie labbra si univano sospirai di nuovo, schiudendole leggermente.

Aidan, sempre in sintonia con me, centrò di nuovo le sue labbra sulle mie e approfittò della fessura tra le mie labbra; la sua lingua danzò tra loro e mi tentò ad aprirmi. La mia mano libera lo cercò mentre le mie labbra si separarono e la sua lingua scivolò dentro la mia bocca nello stesso momento in cui il mio braccio si avvolse attorno al suo collo.

Tirandolo più vicino, Aidan colse l'incoraggiamento e mi baciò profondamente. Le nostre lingue scivolarono l'una sull'altra, intrecciandosi nella più pura espressione d'amore. Mi tenne stretto a sé mentre imparava a conoscere la mia bocca, accarezzando la mia lingua con la sua e immergendosi nelle cavità delle mie guance.

Feci lo stesso, imparando ogni parte della sua bocca, dalle sue labbra fino all'estremità dei suoi denti, catalogandolo per dopo, per quando inevitabilmente se ne sarebbe andato. Sapevo che questo bacio era il bacio che avevo aspettato per tutta la vita. Questo era il bacio di cui avevo letto nei libri e di cui avevo sentito parlare le mie amiche. Il bacio che avrebbe cambiato la mia vita per sempre e mi avrebbe resa una persona diversa.

Tutti pensano che un primo bacio sia speciale. Segna qualcosa, dice qualcosa di te. Se sei troppo giovane, eri una sgualdrina. Se sei troppo vecchia, sei una puritana. Se usi troppa lingua o sei troppo brava, allora stai mentendo sul fatto che sia il tuo primo bacio. Ma niente di tutto ciò conta davvero, perché un primo bacio non è poi così speciale. Un primo bacio è di solito impacciato e goffo e dà una sensazione strana. È qualcosa che racconti alle tue amiche ma che non ti godi mai veramente. Nessuno sa cosa sta facendo la prima volta, quindi non hai idea se sei brava o no.

Ma quel bacio, il mio primo bacio con Aidan... Quello era un bacio che significava qualcosa. Un bacio che poteva spostare le montagne e guarire i malati. Era un bacio che mi dava forza e me la toglieva tutta allo stesso tempo. Era un bacio che mi diceva che la vita con Aidan non sarebbe mai stata noiosa o monotona, ma sarebbe stata piena di passione.

Era un bacio che mi rese una donna nuova.

Quando Aidan finalmente si staccò da me, non riuscii ad aprire gli occhi. Erano pesanti di lussuria e desiderio. Volevo trascinarlo a letto e lasciargli fare di me ciò che voleva. Se poteva farmi sentire così bene con un solo bacio, potevo solo immaginare cosa potesse fare se fosse stato lasciato libero sul resto del mio corpo. Volevo sapere come ci si sentiva a perdersi in un uomo, a godersi il sesso e a urlare il suo nome mentre lui gemeva il mio.

Tutti questi pensieri mi attraversavano la testa mentre Aidan stava lì, tenendomi stretta. Il suo cuore batteva all'unisono con il mio e sapevo che il bacio aveva colpito lui tanto quanto me. Eravamo entrambi alla ricerca di parole, ansimanti, disperati di spiegare cosa fosse appena successo.

Ma non ci riuscimmo.

Tutto ciò che potevamo fare era stare lì e stringerci l'un l'altra. Le nostre mani intrecciate erano ancora premute sulla mia schiena e il suo sesso premeva contro il mio ventre. Ognuno di noi aveva una mano tra i capelli dell'altro e nessuno dei due sembrava pronto a lasciarsi andare. Pronti ad affrontare quello che era appena successo.

Rimanemmo lì, stretti l'uno all'altra per qualche minuto, prima che Brownie ci si avvicinasse saltellando. Aveva ritrovato il suo bastone di prima e lo stava spingendo orgogliosamente verso Aidan. Entrambi ci chinammo e guardammo il mio cane, che aspettava non molto pazientemente che Aidan giocasse con lui. Potevo capirlo.

Aidan mi strinse la mano e mi diede un bacio sulla fronte, poi si chinò per recuperare il bastone. Lo lanciò attraverso il prato e Brownie gli corse dietro felice. Non appena il bastone lasciò la mano di Aidan, lui mi cercò di nuovo, attirandomi contro il suo corpo, tenendomi stretta come se non ne avesse mai abbastanza ma allo stesso tempo non sapesse cosa dire o fare dopo il bacio che ci eravamo appena scambiati.

Passammo il resto del pomeriggio così, alternandoci tra

lanciare il bastone a Brownie e stringerci. Quando Brownie fu stanco, Aidan ci riaccompagnò a casa, poi mi baciò sulla guancia, andandosene senza un'altra parola.

Ma sapevo che era scosso quanto me. Fino alle mie viscere frementi.

CAPITOLO 5

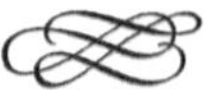

IL MARTEDÌ seguente tornai da Mordimi! per la nostra serata settimanale tra ragazze. Ero entusiasta di rivedere le mie amiche, ma un'inquietudine mi si annodò allo stomaco. Sapevo di cosa si trattava, ma non volevo pensarci. Volevo ignorarla, anche se non sarebbe servito a niente.

Avevo paura di affrontare Sam.

Era una delle mie migliori amiche. Ci conoscevamo dal primo anno di college e, dopo nove anni, eravamo unite come non mai. Eppure, in tutto quel tempo nessuna di noi aveva mai litigato per un ragazzo. Non sapevo se io e Sam stessimo davvero litigando per Aidan, ma temevo che si sarebbe incazzata. Che avrebbe pensato che glielo avessi rubato.

Anche se lo conoscevo da prima e tecnicamente lui era venuto all'inaugurazione con me. Se qualcuna avrebbe dovuto essere incazzata, quella sarei dovuta essere io. Però non avevo niente di cui arrabbiarmi. Sentivo ancora i brividi del bacio che io e Aidan ci eravamo scambiati. Già, tre giorni dopo. Non mi era mai capitato di rivivere un bacio tre minuti dopo, figuriamoci tre giorni dopo.

Entrai da Mordimi! con qualche minuto di ritardo, solo per assicurarmi di non rimanere da sola con Sam. Sapevo che prima o poi avremmo dovuto parlare, ma non ero ancora pronta.

Il dolce profumo dei cupcake mi avvolse non appena varcai la soglia, e stavo già scegliendo quali avrei preso. Il mio preferito era sempre stato il Vanilla Bean prima di sabato, ma le cose erano cambiate quando Aidan mi aveva imboccato con il cupcake al cinnamon roll. Guardai attraverso la vetrina e vidi un vassoio pieno zeppo, e i brividi mi percorsero il corpo, con i capezzoli che facevano da apripista per vedere se Aidan fosse lì per un altro round.

Quando il cliente davanti a me se ne andò, chiesi a Charlie un cupcake Vanilla Bean e uno Cinnamon Roll da accompagnare alla mia acqua. Mi sorrise con aria complice, ma non disse nulla. Le porsi la carta di credito e portai le mie delizie al nostro tavolo, dove tutte mi stavano aspettando, persino Mandy, che di solito era in ritardo.

Sganciarono tutte di parlare quando mi sedetti, cosa che sapevo significava che stavano parlando di me o che stavano aspettando che arrivassi. Alzai lo sguardo verso i dolci occhi castani di Addi e capii che era la seconda opzione. Anche Addi mi stava rivolgendo un sorrisetto.

«Che c'è?» chiesi mettendomi sulla difensiva, sapendo, non appena le parole mi uscirono di bocca, di aver solo peggiorato la situazione.

Addi e Sam tornarono ai loro cupcake, ma Mandy sostenne il mio sguardo. «Aidan è stato carino.»

Mi stava provocando. Cercava di farmi vuotare il sacco su di lui, e su di noi, senza doverselo sudare. Be', eravamo amiche da più di vent'anni e non avevo intenzione di cascare nei suoi giochetti.

«Già,» fu tutto ciò che dissi.

«Lo rivedrai?» domandò.

«Certo. Facciamo lo stesso turno. Lo vedo ogni volta che vado a lavoro.»

Chiaramente non era la risposta che Mandy sperava, e strinse le labbra e inarcò un sopracciglio verso di me, in attesa di altro.

«E fuori dal lavoro? Sembravate piuttosto intimi quando eri rannicchiata sulle sue ginocchia,» disse Sam. Fui sorpresa di non cogliere alcuna traccia di rabbia o gelosia nel suo tono, solo curiosità.

Non sapevo come risponderle. Anche se avevo pensato al bacio di Aidan per tre giorni, non l'avevo più visto né sentito. Non lavoravamo, quindi non mi aspettavo né avrei dovuto aspettarmi di vederlo. Ma dopo il nostro bacio… be', mi aspettavo di sentirlo.

E mi faceva male ammettere che non mi aveva chiamata e che non avevo idea di cosa stesse succedendo tra noi.

«Non vedo Aidan da sabato,» risposi infine. Era la verità, omettendo tutto su quanto mi facesse male non averlo sentito o qualsiasi cosa riguardo al nostro bacio.

«Eravate intimi quanto Mandy e Xander. Avrei scommesso che andavate a letto insieme. Lasciami dire che sono sorpresa che non lo vedi da giorni,» disse Sam onestamente.

Mandy e Addi annuirono in accordo, tutte che mi guardavano in cerca di più informazioni, più dettagli, che semplicemente non avevo. Volevano tutta la storia, lo scoop sulla mia relazione con Aidan. Dettagli che stavo ancora cercando di capire, dettagli che si sarebbero chiariti solo quando avessi rivisto Aidan.

«Sei arrabbiata con me, Sam?» chiesi finalmente, in parte per cambiare argomento e in parte perché dovevo saperlo.

«Per cosa dovrei essere arrabbiata? All'inizio pensavo che foste solo amici, ma ho visto come ti guardava. Come se fossi persino meglio di uno dei cupcake di Charlie. Mi sono tirata indietro prima che tornasse da te, prima che ti imboccasse con quel cupcake. Ho solo una domanda, però… Ha un fratello?»

Risi e feci una rapida preghiera di ringraziamento per le mie amiche fantastiche. Solo Sam poteva riprendersi così e non lasciare che la infastidisse il fatto di aver flirtato con un ragazzo interessato a un'altra. Sam era fantastica, forte e una grande amica.

«Mi dispiace, ma no. È figlio unico. Credo abbia qualche cugino.»

Sam si strofinò le mani con eccitazione e disse: «Quando avrai capito cosa succede tra voi due, organizza una festa e invita i suoi cugini carini.»

Sorrisi, ma non del tutto sinceramente. Aveva colto nel segno, dovevo capire cosa stava succedendo tra noi. Dato che la mia esperienza con le relazioni si limitava a quelle di merda nella vita reale o a quelle fittizie nei film, non avevo idea di come procedere, di come capire cosa stesse succedendo con Aidan.

Forse dopo avermi baciata si era reso conto di essere stato uno stupido e non voleva ferire i miei sentimenti. Forse pensava che gli piacessi finché non mi aveva baciata. Forse… un centinaio di cose diverse. Di nessuna delle quali avevo la minima idea.

Avrei dovuto aspettare di vederlo al lavoro due giorni dopo per avere un qualche indizio su di noi.

Vorrei solo che le mie amiche fossero così pazienti.

«Quindi non sai cosa sta succedendo? Ma è chiaro che *qualcosa* sta succedendo. Ti abbiamo vista tutte mentre ti imboccava con quel cupcake. Se quella scena non era eccitante da morire, non so cosa lo fosse. Vi state frequentando?»

Feci un respiro profondo e mi preparai all'interrogatorio. Sapevo che sarebbe successo, ma avevo sperato di evitarlo. Che illusa.

«No, non ci stiamo frequentando. Mi ha chiesto di uscire

un paio di volte e gli ho detto di no perché non pensavo fosse serio. Lo diceva sempre in tono scherzoso.»

«In che senso? E come hai potuto dirgli di no?» chiese Addi.

Negli ultimi tre giorni mi ero chiesta la stessa cosa. Fu sciocco da parte mia pensare che dire di no a Aidan fosse una buona idea, o qualcosa che avrei potuto fare per sempre. Disse che gli piacevo, ma mi baciò e non chiamò. Anche se non potevo metterlo nello stesso calderone di BJ, il mio ex stronzo, di certo non era nemmeno uscito da un film.

La verità era che mi aveva baciata e poi se n'era andato.

«Ho detto di no perché pensavo davvero che stesse scherzando. Quando mi chiedeva di uscire, diceva cose tipo: 'Dovresti semplicemente uscire con me perché nessun altro uomo sarà mai degno di te', oppure 'Sai che siamo perfetti insieme. Smettila di opporti e esci con me, così posso dimostrartelo'. Non l'ho mai preso sul serio, davvero.»

Tre visi mi fissarono come se avessi tre teste. O forse della glassa sulla maglietta. Sam parlò per prima, come al solito. «È completamente cotto di te. Se avesse detto una di quelle cose a me, me lo sarei portato a letto e sarebbe ancora lì.»

Addi e Mandy annuirono, lasciandomi a domandarmi perché non l'avessi mai capito prima. È sempre più facile vedere le cose quando non ci sei dentro fino al collo. E per quanto riguardava Aidan, io ero nel bel mezzo di una confusione pazzesca.

Ripensandoci, sapevo che c'era qualcosa. Sapevo che mi piaceva molto più di quanto volessi ammettere. Volevo piacere anche a lui. Speravo che le sue parole fossero la verità, che volesse davvero uscire con me. Anche se non credevo nell'amore.

Dopo il suo bacio, l'amore cominciò a confondermi. Se l'amore poteva esistere, era in un bacio come quello. Un bacio che mi lasciò senza fiato e con la voglia di averne ancora. Ma non chiamare per tre giorni fu un calcio nel culo che mi rispedì dritta nella zona del 'niente amore'. Se Aidan avesse provato anche solo la metà di quello che avevo provato io, mi avrebbe chiamata.

Giusto?

«Se Xander mi dicesse una cosa del genere, lo sposerei su due piedi. So che mi ama, ma non parla così. Quella è roba da film, di quelli che adori guardare. Ti ci vedo proprio ad andare in brodo di giuggiole per un qualche tizio sullo schermo che dice quelle cose, ma quando le senti nella vita reale pensi che sia una bugia», aggiunse Mandy.

Aveva ragione. Non che mi piacesse sentirlo. Se un ragazzo in un film avesse detto una cosa del genere alla donna che stava corteggiando, avrei pianto per la dolcezza. Invece, l'avevo sentito nella vita reale e non ci avevo creduto. Non avevo creduto in Aidan.

Ma non aveva chiamato. Quindi come potevo credergli, adesso?

«Ok, ragazze, ma non mi ha chiamata. Sì, ho detto di no, più e più volte. Sono stata stupida. Ma sabato ho detto di sì. Ecco perché era lì. Non mi ha chiamata. Non vorrà dire qualcosa?»

«Sei sicura che abbia il tuo numero?» chiese Addi.

«Sì», ammisi. «Mi ha già chiamata in passato quando siamo usciti in gruppo. Ogni tanto mi manda un messaggio.»

«E il lavoro? Ha detto che fa un sacco di straordinari. Magari ha lavorato questo fine settimana?» chiese Mandy.

Aveva ragione. Aveva detto a tutti che faceva molti straordinari perché stava risparmiando per comprare casa. Forse aveva dovuto lavorare negli ultimi giorni.

«O forse non sapeva cosa dire. Sabato è corso fuori da qui dietro di te abbastanza in fretta. Nessuna di noi sapeva perché te ne fossi andata in quel modo, ma quando Mandy si è alzata per seguirti, Aidan era già a metà strada verso la porta», mi disse Addi.

«Già, non si fermava. Ti ha raggiunta?» chiese Mandy.

Annuii, ripensando alla nostra passeggiata fino al mio appartamento e a come fosse rimasto con me finché non fui a casa. Sentii le guance avvamparmi mentre il nostro bacio mi balenava nella mente.

E se ne accorsero tutte.

«Ooh, che è successo? Hai un'aria incredibilmente colpevole. Ci sei andata a letto?» Sam si sporse in avanti, pronta per il pettegolezzo.

Alzai gli occhi al cielo. Conosceva la mia storia e quanta fatica facessi ad aprirmi con gli uomini, ma mi trattava sempre come tutte le altre, chiedendomi la stessa cosa che avrebbe chiesto ad Addi o a Mandy.

E l'apprezzavo da morire per questo. Per non farmi sentire diversa solo perché il primo e unico ragazzo che avevo avuto mi aveva violentata. Per non farmi sentire diversa per questo.

«Non ci sono andata a letto. Mi ha solo baciata.»

«Dev'essere stato un bacio pazzesco», disse Addi a bassa voce. Un sorriso le aleggiò sulle labbra e sapevo che non era gelosa, ma un po' invidiosa. Conoscevo fin troppo bene quella sensazione.

«È stato un bacio fantastico. Un bacio che avrebbe meritato i fuochi d'artificio. Un bacio a cui non sono riuscita a smettere di pensare, anche se a quanto pare lui non ha avuto alcun problema a voltare pagina.»

«Oh, tesoro, non puoi saperlo», disse Mandy, passandomi un braccio sulle spalle. «Se stava lavorando o aveva qualcosa da fare, potrebbe essere stato troppo impegnato. Potrebbe anche aver cercato di capire cosa fosse successo. I ragazzi non elaborano le cose come noi. Se è stato un bacio così bello, probabilmente lo ha mandato completamente in confusione.»

«Sì, ma perché non mi avrebbe chiamata? Se è confuso, allora forse non gli piaccio quanto pensava.»

Si scambiarono tutte uno sguardo che mi disse che avevano pensato la stessa cosa. Non volevo sentirlo. Non potevo sopportare la pietà nelle loro voci o il disagio nei loro occhi. Poteva non essere giusto, ma non ce la facevo più.

«Parliamo d'altro e basta. Non risponderemo a nessuna delle domande che mi frullano in testa e tutto questo non fa che agitarmi di più. Sapete che sono diffidente con gli uomini, in ogni caso. Se Aidan decide di aver fatto un errore, lo liquiderò semplicemente come un altro ragazzo che si è rivelato uno stronzo.»

Non pensavo che sarebbe stato così facile convincerle a cambiare argomento, ma a quanto pare lo fu. Certo, le lacrime che minacciavano di sgorgarmi dagli occhi probabilmente aiutarono. Non piangevo per un ragazzo da quando avevo confessato a Mandy tutta l'orribile storia di BJ. In realtà, non era piangere per un ragazzo, ma piangere per il dolore di ciò che era successo, per la mia perdita di fiducia negli uomini.

Aidan non aveva fatto niente di così terribile, ma mi sentivo delusa. Avevo stupidamente pensato che avessimo tacitamente concordato di provare a frequentarci. Ma non aveva mai chiamato.

CAPITOLO 6

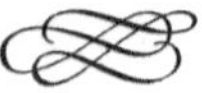

QUANDO FINALMENTE CI stavamo preparando tutte per andare via, Mandy mi mise una mano sul braccio e disse: «Posso darti un passaggio a casa?»

Scossi la testa, chiedendomi perché si stesse disturbando. Sapeva che abitavo dietro l'angolo e andavo sempre a piedi. Essendo fine giugno il tempo era bello e si era appena fatto buio.

«Ti prego, mi sentirei più tranquilla» disse lei.

Con un'occhiata a Sam e Addi acconsentii, chiedendomi di cosa avesse bisogno di parlarmi. Di solito, Mandy mi cercava da sola solo quando era successo qualcosa. Le mie difese si alzarono immediatamente mentre mi preparavo a sparlare di Xander, anche se in realtà aveva iniziato a piacermi.

Salii sul sedile del passeggero dell'auto di Mandy e rimasi seduta in silenzio mentre lei usciva dal parcheggio e guidava per i due minuti necessari a raggiungere il mio appartamento. Per quanto sembrasse sciocco, glielo lasciai fare, aspettando che cominciasse a parlare di qualunque cosa stesse succedendo.

Quando scese dalla macchina capii che sarebbe stata una lunga notte. Se stava entrando, allora Xander doveva aver combinato un bel casino. Feci un rapido inventario mentale della mia cucina e mi resi conto di avere due bottiglie di vino e una vaschetta di gelato nel freezer. Avrebbe dovuto bastare.

Ci feci entrare e Brownie corse a salutarci. Mandy era un'amante dei gatti, ma Brownie le piaceva. Si inginocchiò sul pavimento per accarezzarlo tutto e lui si lasciò cadere sulla schiena, esponendo la pancia per avere più grattini. Mandy rise, assecondando la sua richiesta silenziosa.

Alla fine, non ce la feci più. «Cosa è successo, Mandy? Così mi uccidi. C'è qualcosa che non va tra te e Xander?»

Mandy alzò lo sguardo su di me con occhi sognanti e disse: «No. Xander è perfetto. Sono qui perché sono preoccupata per te.»

Oh, merda, pensai, *l'interrogatorio continua.* Mandy si alzò, mi mise un braccio sulla spalla e mi condusse in soggiorno per sedermi sul divano. Ero già confusa e avere la mia migliore amica seduta lì a dirmi che era sicura che andasse tutto bene non era la mia idea di una bella conclusione di serata.

«Mandy, starò bene. Non devi preoccuparti per me» le dissi, pronta a svignarmela. Saltai giù dal divano e andai in cucina.

«È questo il problema, Claire. Mi preoccuperò sempre per te. Proprio come tu ti sei preoccupata per me con Xander. So che non sei sicura di iniziare qualcosa con Aidan, o con chiunque altro, ma è stato davvero dolce.»

Aprii il frigo e presi la bottiglia di vino che avevo dentro. Tirai fuori due calici, ne riempii uno fino all'orlo e l'altro a metà, porgendo a Mandy quello mezzo pieno. Facemmo cin cin e presi un lungo sorso corroborante dal mio, l'alcol e il freddo mi fecero rabbrividire mentre scendeva lungo la gola.

«Ti piace davvero, ma si vede che non vuoi.»

«Mandy, apprezzo tutto questo, ma sembra che non importi nulla. Se Aidan non è interessato a me, a chi importa come mi sento.»

Mandy posò il suo bicchiere di vino sul bancone e si avvicinò a me. «Importa sempre come ti senti. Se sei infelice, importa. Se sei felice, importa. E tutto quello che c'è in mezzo.»

Soffiai fuori un respiro, chiedendomi quanto confessare a Mandy. Il suo sopracciglio inarcato mi disse che leggeva perfettamente attraverso i miei tentativi di mascherare quanto mi sentissi persa. «Non so se sono felice ultimamente. Guardare te con Xander, vederti così felice... Mi ha fatto capire quanto manchi nella mia vita.»

«Tipo cosa?» chiese Mandy, bevendo un sorso dal suo bicchiere. Sapevo che lo faceva per impedirsi di riempire il vuoto con ciò che pensava potesse mancarmi.

Feci spallucce. «Non ne sono del tutto sicura. Una parte di me si sente come se stesse andando avanti per inerzia. Tu ami il tuo lavoro, ma io ne ho solo uno che paga le bollette. Tu hai Xander, ma io con gli uomini sono quasi un disastro. Tu hai una casa tua, ma io sono in affitto senza piani di cambiare le cose.»

«Devi fare ciò che funziona per te. Due mesi fa, a malapena avevo una di queste cose.»

«Hai sempre amato il tuo lavoro» obiettai.

«Vero» concesse Mandy. «Ma lo amo molto di più senza Melody, e avendo il comando.»

Mandy era stata recentemente promossa a Responsabile del Servizio Clienti. Durante il processo di selezione era venuto fuori che la sua rivale al lavoro, Melody, stava spargendo voci su Mandy e per poco non l'aveva fatta licenziare. Per la prima volta in assoluto, Mandy aveva tenuto testa a Melody, e alla fine era stata Melody a ritrovarsi senza lavoro.

Sorrisi, sapendo che Xander aveva portato il cambiamento più grande in Mandy. Prima di lui non credo che avrebbe tenuto testa a Diana, il suo vecchio capo, facendo licenziare Melody. Era cambiata con Xander nella sua vita, in meglio.

«Cosa vuoi fare se non vuoi più lavorare per la TSA?»

Feci di nuovo spallucce, non sicura di quanto fossi pronta a confessare. Avevo rimuginato su alcune idee, ma non significava che volessi condividerle.

«Hai un'idea, non è vero? Sai cosa vuoi fare» affermò Mandy. Sapeva leggermi bene quanto io sapevo leggere lei.

Mi morsi il labbro e annuii. «Voglio aiutare altre ragazze. Ragazze che hanno affrontato ciò che ho affrontato io. Ancora meglio sarebbe fermarlo prima che accada.»

«Vuoi lavorare con ragazze che sono state violentate?» chiese Mandy, scioccata.

Annuii. «Non voglio che nessuna abbia ancora le cicatrici dopo tanti anni. Voglio che guariscano. Dovrebbero essere in grado di avere vite normali, relazioni normali-»

«Così come dovresti tu» mi interruppe Mandy.

Le lacrime mi riempirono gli occhi. Una parte di me sapeva che aveva ragione. Se qualcun'altra lo meritava, non c'era motivo di credere che non lo meritassi anch'io, ma era più difficile da accettare. Ero macchiata. Non era uno shock che Aidan non mi volesse, anche se non conosceva tutta la verità sul mio passato. Forse aveva percepito che c'era qualcosa di più quando ero scappata via.

«Ha parlato di te, lo sapevi?» Mandy interruppe il filo dei miei pensieri, sembrando leggermi nel pensiero. «Per tutto il tempo in cui sei stata lontana dal tavolo ha parlato di te. Di quanto gli sia piaciuto lavorare con te, di quanto fosse felice di aver finalmente conosciuto le tue amiche, di quanto fosse entusiasta di conoscere Brownie e di quanto si fosse divertito a giocare con lui. Ogni volta che Sam cercava di farlo concentrare su di lei, lui iniziava un'altra storia su qualcosa che avevi fatto tu. Stava cercando di dire a Sam, senza farla stare male, che non era interessato a lei perché aveva occhi solo per te. Quello non è il tipo d'uomo che ti bacia e poi non ti chiama.»

Scossi la testa e ingoiai un altro sorso del mio vino. Il vino stava cominciando a rendermi il cervello annebbiato, dato che non avevo ancora cenato e stavo bevendo velocemente. Non volevo pensare a quanto fosse dolce Aidan o a quanto gli piacessi prima che mi baciasse. Non volevo sentire di quanto le mie amiche andassero d'accordo con lui o di quanto avesse parlato di me. Non potevo. Perché faceva male.

Non volevo soffrire per un uomo che non era mai stato mio. Non potevo e non l'avrei fatto.

«Mandy, ti prego, smettila. Okay, tutto questo era prima che mi baciasse. Prima che mi ignorasse per tre giorni. Non credo di potercela fare, okay? Voglio solo provare ad andare avanti. Non so come farò ad affrontarlo al lavoro sapendo che con un bacio ha cambiato tutta la mia vita.»

«Cosa vuoi dire? Come ha cambiato la tua vita?»

Feci una risata sarcastica, sapendo che mi avrebbe presa per pazza. Anche se Mandy aveva trovato Xander, non aveva mai parlato dei suoi baci nel modo in cui io mi sentivo riguardo a quelli di Aidan. Avrebbe pensato che stavo perdendo la testa.

«Mi ha dato di nuovo qualcosa in cui credere. Quando mi ha baciata, mi è sembrato che il mio mondo avesse un senso per la prima volta dopo tanto tempo. Non volevo che smettesse. Ho finalmente capito perché tutte voi amate il sesso. E questo solo con un bacio.»

Sorprendentemente, Mandy non rise. Si limitò a guardarmi, assimilando tutto. Ascoltando come se le stessi svelando i segreti della vita.

«L'ho provato la prima volta che Xander mi ha baciata. È

stato il miglior bacio della mia vita, mi ha seriamente sconvolto il mondo. Ma non era solo il fatto che fosse un buon baciatore. Era la passione, l'amore e la cura che c'erano dietro. Era la connessione che mi faceva sentire come se ci conoscessimo da sempre. L'improvviso e inflessibile bisogno che lui fosse al mio fianco per sempre. Mi ha spaventata a morte.»

«Sì, anche a me. Ha spaventato anche Aidan, lo so. Non mi ha parlato per il resto della giornata.»

«Davvero?» disse Mandy, grattandosi la testa come se stesse cercando di capire qualcosa. «È semplicemente sparito?»

Scossi la testa mentre la scena mi si ripresentava di nuovo nella mente. «Mi ha tenuto la mano. Siamo rimasti lì, mano nella mano, e ha lanciato il bastone a Brownie. Quando Brownie ne ha avuto abbastanza, Aidan ci ha riaccompagnate alla porta, mi ha baciato la fronte e se n'è andato senza dire nient'altro. Era come se fossimo entrambi in trance. Non sapevo cosa dirgli e ho pensato che lui provasse lo stesso.»

«Come fai a sapere che non è stato così?»

Feci spallucce. «Se fosse stato così, non avrebbe dovuto chiamare?»

Mandy prese un respiro profondo, preparandosi a dire qualcosa che sapeva non mi sarebbe piaciuto. «Sono assolutamente a favore del fatto che sia l'uomo a fare la prima mossa, a pagare e tutte quelle stronzate, ma avresti potuto chiamarlo tu. Forse si sente spiazzato quanto te da tutta questa situazione e pensa che tu non voglia sentirlo. Forse teme che tu abbia cambiato idea su di lui. O magari sta solo lavorando, come ti ho detto prima.»

A quel punto, tutto era possibile.

«Immagino di aver pensato che, dato che mi ha sempre corteggiata, avrebbe continuato a farlo. Se non è più interessato, allora capisco perché non abbia chiamato. Ma se prova le stesse cose di prima, avrebbe dovuto chiamare. Avrebbe dovuto farmi sapere qualcosa. Sto impazzendo?»

Mandy scosse la testa, poi prese un sorso del suo vino. «Capisco, tesoro, davvero. Mi sentivo allo stesso modo with Xander. Era lui quello che mi stava venendo dietro. Voleva organizzare il nostro primo appuntamento e continuava a chiamarmi. È stato lui a chiedermi di uscire. Ma ora che abbiamo superato tutte le stronzate con cui abbiamo avuto a che fare all'inizio,» inarcai un sopracciglio verso di lei. «Okay, io ho superato tutte le stronzate, lui non aveva niente da superare. Comunque... mi ha detto che per molto tempo si è chiesto se fossi davvero interessata a lui. Ha detto che, siccome era sempre lui a chiamare, si sentiva come se lo stessi sopportando finché non fosse arrivato qualcuno di meglio.»

«Ma tu avevi solo paura che ti stesse prendendo in giro,» protestai in sua difesa.

Annuì. «Sì, è vero. Ma all'epoca lui non lo sapeva. Non aveva modo di saperlo. Mi ha detto che ogni volta che prendeva il telefono per chiamarmi o mandarmi un messaggio, le mani gli tremavano e si sentiva come se stesse per vomitare. È difficile immaginarlo poco sicuro di sé, ma ha detto che sapeva di provare qualcosa per me dal momento in cui ha sentito la mia voce. Io provavo lo stesso, solo che non mi fidavo. Penso che la stessa cosa stia succedendo a te e Aidan.»

«Non so...»

«Potrei sbagliarmi di grosso, ma passare dall'essere amici a qualcosa di più fa paura. È ancora più difficile per te e Aidan, dato che siete amici da anni e lavorate insieme. Non è che potete semplicemente tornare indietro se le cose non funzionano. Onestamente, però, per quel poco che gli abbiamo parlato, penso sia un bravo ragazzo.»

Annuii. «È l'uomo migliore che conosca. Senza offesa per Xander. Aidan mi copre le spalle al lavoro, è sempre pronto a svolgere i compiti che sa mettermi a disagio, anche se non sa perché.»

Mandy aggrottò la fronte mentre domandava: «Tipo cosa?»

Sapevo cosa pensasse Mandy del suo peso. Anche se non si era mai aspettata di trovare un uomo come Xander, aveva sempre sperato di trovare l'amore. Era uscita con dei ragazzi al college e aveva avuto alcuni fidanzati da quando avevamo finito l'università. Il suo peso era un problema per lei perché si preoccupava dell'opinione altrui, ma era felice. Non aveva passato tutta la vita a cercare di perdere peso.

E non capiva del tutto perché io avessi passato la mia vita adulta a ingrassare.

«Sai che a te piace lavorare al servizio clienti perché nessuno può vederti e giudicarti dal tuo aspetto?» Annuì. «Beh, a me non piace stare di fronte ai passeggeri perché quando si arrabbiano per qualcosa tendono a diventare sgradevoli. Mi hanno chiamata grassa stronza più volte di quante possa contare solo perché i raggi X hanno rilevato qualcosa e ho dovuto ispezionare una borsa. Aidan ha notato la mia apprensione a lavorare alla fine della fila e, ogni volta che siamo insieme, se ne occupa lui al posto mio.»

«Ci tiene molto a te. Quello non svanisce. Specialmente non dopo un bacio da far arricciare le dita dei piedi.»

Non potei fare a meno di ridere di Mandy. Da far arricciare le dita dei piedi descriveva decisamente il suo bacio. Da far arricciare le dita, sconvolgente, da far tremare il corpo. Già, andavano bene tutti.

«Hai paura di lasciarlo entrare per via di BJ? Sei uscita con altri dopo di lui, quindi immaginavo che l'avessi superato, ma non ne parliamo mai.»

Scolai il resto del mio bicchiere di vino, a disagio sia nel parlare del mio ex sia nel paragonare i due uomini. Non c'era paragone. Non poteva esserci. Se avevo paura di lasciar entrare Aidan, voleva dire che pensavo potesse essere come BJ? Se avevo solo paura, allora cosa diceva di me?

«Non mi piace parlare di BJ. Mi fidavo di lui. Ovviamente non avrei dovuto, ma avevo diciassette anni ed ero stupida, a quanto pare. Da allora non sono mai più riuscita a fidarmi veramente di un ragazzo, ma di Aidan mi fido. Siamo amici da anni e so che non mi farebbe del male. Lui non è BJ. Il problema è che, dato che mi fido di lui, ho paura. È difficile fidarmi di lui mentre ci stiamo spostando in un altro territorio. Quando mi ha baciata, non volevo che smettesse. E penso che questo mi abbia spaventata più di ogni altra cosa.»

«Cosa intendi?» domandò Mandy dolcemente.

«Non mi è mai piaciuto il sesso. Voi ragazze ne parlate e io me ne sto seduta a chiedermi cosa ho fatto di sbagliato. Per me non è mai stato divertente, ma il solo bacio di Aidan è stato meglio di tutto il sesso che abbia mai fatto. Mi ha fatto venire voglia di provare altre cose.»

Non avevo mai parlato di sesso con Mandy perché non avevo mai avuto nulla di cui parlare. Anche se avevo fatto sesso, era successo molto tempo prima, e di certo non avevo mai chiesto consigli o tirato fuori l'argomento. Mandy si era sfogata e aveva condiviso storie con me nel corso degli anni, ma il fatto che fossi io a iniziare una discussione era un po' strano per noi.

«Volevi andare a letto con lui solo per il suo bacio, ma ti ha spaventata perché ti fidi di lui abbastanza da prenderlo in considerazione. È più o meno così?»

Annuii.

«Dio, ero esattamente come te tre mesi fa. Ti ho detto che io e Xander siamo andati a letto insieme dopo il nostro primo appuntamento?» Annuii. All'epoca si era sentita strana e sembrava imbarazzata al riguardo, ma adesso… beh, sembrava diversa. «È stato per i suoi baci. Mi ha baciata appena sono arrivata al ristorante perché ha detto che non poteva aspettare un minuto di più per baciarmi. Ci siamo baciati e abbiamo ballato e condiviso il cibo e, alla fine dell'appuntamento, eravamo pronti a saltarci addosso nel parcheggio. Si è nascosto dietro di me tutta la notte perché era così eccitato che i jeans gli si tendevano per l'erezione. Nella settimana che avevamo passato a conoscerci al telefono mi ero presa una bella cotta per lui e non potevo immaginare di allontanarmi.»

Oh, merda. Non volevo sentirmi dire che mi stavo innamorando di Aidan. Era troppo presto. Ancora non ci conoscevamo così bene. E non mi aveva chiamata.

Ma dannazione, Mandy aveva ragione. Quello che stava descrivendo, quello che aveva passato, io provavo tutte quelle stesse cose. Per una donna che aveva deciso che l'amore non era nel suo futuro, mi ci stavo decisamente tuffando a capofitto.

Potevo solo sperare che ci fosse qualcuno lì per prendermi.

«Claire, non sto cercando di dire che sei innamorata di Aidan. Solo tu puoi saperlo. So solo che provavo le stesse cose per Xander. Non ne avevo mai abbastanza di lui e non riuscivo a tenergli giù le mani, né il resto di me. E lui provava lo stesso. Aidan non ti avrebbe baciata se non gli piacessi. E baci come quello che hai descritto… non sono a senso unico. L'ha sentito anche lui.»

Mandy bevve il resto del suo vino e mi guardò. Stava cercando di capire se mi avesse fatta sentire meglio o peggio. E anch'io. Sapevo, quando aveva pronunciato quelle parole, che stavo già iniziando a innamorarmi di Aidan. A dire il vero, era successo nel corso degli anni in cui ci eravamo conosciuti, ma l'avevo seppellito. Sfortunatamente, come aveva detto Mandy, non saremmo potuti tornare a come stavano le cose prima. Dovevo solo aspettare e vedere se lui volesse andare avanti con me o se avrei dovuto andare avanti da sola.

Mandy se ne andò pochi minuti dopo per poter tornare a casa da Xander. Non si era ancora trasferita ufficialmente da lui, ma non stava quasi più a casa sua, spostando persino la sua gatta, Zada, a casa di Xander. Portai Brownie a fare una passeggiata e trovai della pizza avanzata nel mio frigo. Una volta rannicchiata sul divano, presi il telefono e mi resi conto di avere un messaggio. Da Aidan.

> Scusa se non ho chiamato. Lavoro di notte anche se dovremmo essere liberi. Mi manchi. Non riesco a smettere di pensarti. Ci vediamo domani.

E proprio così, fu perdonato.

CAPITOLO 7

I GIORNI seguenti al lavoro volarono. Aidan flirtò con me ogni volta che ne ebbe l'occasione, ma non uscimmo neanche una volta dopo il lavoro. Aidan fece un turno extra per due giorni e il terzo aveva dei programmi con i suoi genitori. Mi invitò a cena con loro, ma rifiutai. Non riuscivo a immaginare di incontrare i suoi genitori quando Aidan e io avevamo appena iniziato a conoscerci.

Dopo il nostro quarto giorno un gruppo di noi di solito usciva. Verso la fine del turno Aidan mi chiese se volessi aggregarmi agli altri. Non ero sicura di sentirmela, volevo solo rilassarmi, ma desideravo anche passare un po' di tempo con lui. Non ero ancora pronta a stare di nuovo da sola con lui, però, e il nostro gruppo era sempre divertente, così accettai di andare.

Nello spogliatoio, dopo il nostro turno, altri tre nostri colleghi stavano parlando dei loro programmi. Nicole e Jenn erano buone amiche e Bob era innamorato perso di Nicole. Se Nicole e Jenn uscivano, non c'era dubbio che Bob si sarebbe unito a loro.

«Andiamo da Malley's stasera. Voglio bere, fare casino e

spaccare il culo a Bob a biliardo,» esclamò Jenn battendo le mani con euforia. Gemetti dentro di me. Il Malley's non era il mio posto preferito, ma almeno facevano dei buoni drink. Ero una schiappa a biliardo e non ero molto entusiasta all'idea di starmene seduta a guardare gli altri che si divertivano. «Devo liberarmi di tutta l'energia che mi è rimasta. Aidan, vieni con noi?»

Non mi ero nemmeno accorta che fosse entrato nella stanza. Istintivamente mi girai a guardarlo e lo vidi annuire. «Sì. Sono piuttosto a pezzi, quindi forse non resterò a lungo, ma verrò per un po'.»

Anche se sapevo che sarebbe venuto, mi fece piacere sentirlo. Il Malley's non era il posto ideale per parlare, ma almeno gli altri si sarebbero distratti con il biliardo. Forse avremmo avuto più possibilità di parlare di quanto pensassi all'inizio, anche se la serata si fosse conclusa presto.

Capivo perché non volesse fare tardi. Aveva lavorato per dieci giorni di fila, due dei quali con un doppio turno. Doveva essere esausto. Ed egoisticamente io volevo fare qualcosa con lui perché mi era mancato. Era passata una settimana dal suo bacio e ancora lo sognavo. Non mi aveva baciata di nuovo, il che non era una sorpresa visto che l'avevo visto solo al lavoro. Una parte di me sperava che le cose cambiassero.

«Guastafeste,» lo prese in giro Nicole. Era alta e splendida, con più curve del dovuto. Nicole era anche divertente e di piacevole compagnia. E per qualche motivo non mi aveva mai dato l'impressione che le piacesse Aidan, il che rendeva molto più facile farmela piacere. «Tu e Claire siete così noiosi. Ha detto che anche lei non farà tardi.»

«Lo so,» mormorò Aidan, le sue parole cariche di un tale calore che attirarono il mio sguardo. Vidi il desiderio e la domanda inespressa nei suoi occhi. Uno sguardo che diceva che aveva sperato di vedermi tanto quanto io avevo sperato di vedere lui.

Afferrai le mie cose e seguii gli altri fuori dalla stanza con Aidan al mio fianco. Nel parcheggio, si sparsero tutti in direzioni diverse, ma Aidan restò vicino a me. «Vuoi che passi a prenderti?» mi chiese quando fummo soli.

«Uh, no, so come arrivarci.»

«Sei sicura? Saresti sulla mia strada, e mi darebbe la possibilità di darti il bacio della buonanotte quando ti riaccompagno.»

Il mio corpo si infiammò mentre si chinava verso di me. Il suo respiro mi solleticò la guancia prima che mi baciasse dolcemente. «Passo a prenderti tra un'ora.»

Arrossii e annuii mentre salivo in macchina.

Un'ora dopo, Aidan si allontanò dal mio appartamento e si diresse verso il Malley's. Winterville, New York, dove vivevamo, era la mia città natale e non potei fare a meno di sorridere guardando fuori dal finestrino. Il Malley's era nel nostro centro, su Winter Way, la nostra versione di Main Street. In una cittadina come Winterville, il centro era piuttosto piccolo, ma era pieno di vita il sabato sera.

Aidan fece il giro dell'isolato un paio di volte prima di trovare un parcheggio su Icy Lane. E non parliamo dei nomi delle nostre strade. Adoravo Winterville, ma chiunque avesse inventato tutti quei nomi era un po' troppo per i miei gusti.

Entrammo nel bar con la mano di Aidan posata sulla parte bassa della mia schiena. Mi guidò fino al punto in cui Nicole, Jenn e Bob circondavano un tavolo alto. C'erano due sedie libere e io scivolai su una di esse mentre Aidan andava a prenderci da bere.

«Siete venuti insieme?» chiese Jenn.

Annuii e cercai di fingere che non fosse niente di che, ma vidi lo sguardo che Jenn e Nicole si scambiarono. Aidan tornò con due birre e me ne porse una prima di prendere posto accanto a me. La sua gamba sfiorò la mia mentre si sedeva e io trattenni il respiro a quel contatto.

Santo cielo, ero fritta. Un piccolo tocco, nemmeno pelle contro pelle, e io ero pronta a saltargli addosso. Non avevo mai voluto saltare addosso a un uomo in vita mia. Neanche una volta.

Svuotai metà della mia birra in pochi sorsi e la sbattei sul tavolo con un tonfo secco. L'alcol mi annebbiò il cervello e mi sentii un po' meglio. Era la mia unica difesa contro Aidan e la lussuria che mi scorreva dentro al suo tocco, un tocco che non era cessato da quando si era seduto.

La sua coscia era ancora contro il mio ginocchio. Eravamo seduti così vicini che potevo sentirlo quando si muoveva sulla sedia e il suo braccio quasi mi sfiorava quando sollevava la birra per bere. Nicole lanciò un'occhiata a Jenn e disse: «Andiamo a fare una partita a biliardo.»

Jenn fu d'accordo e Bob le seguì, lasciando Aidan e me da soli al tavolo. «Stai bene?» mi chiese Aidan una volta che furono fuori portata d'orecchio.

«Sì, perché?»

Bevve un altro sorso di birra e mi osservò attentamente. «Sembri tesa. Vuoi andare da un'altra parte?»

«No,» dissi troppo in fretta. Un lampo di dolore attraversò gli occhi di Aidan prima che riuscisse a mascherarlo. «Voglio dire, siamo appena arrivati. Andiamo a giocare a biliardo con loro.»

Aidan annuì e afferrò la sua bottiglia. Io finii la mia in un sorso e lui si offrì di prendermene un'altra. Accettai e lui si diresse al bar mentre io mi giravo per raggiungere i nostri amici al tavolo da biliardo.

«Cosa succede tra voi due?» chiese Jenn avvicinandosi a me, sul bordo del tavolo da biliardo.

Jenn era diventata un'amica negli ultimi anni, ma non una stretta. Eppure, sapevo di poterle parlare. «Non ne ho idea. È uscito con me e i miei amici lo scorso fine settimana e mi ha baciata, ma non ci siamo più visti da allora. Tranne che al lavoro, voglio dire.»

Il sorriso di Jenn mi fece capire che aveva un segreto, uno che non ero sicura di voler sentire. «Alla fine hai detto di sì. Bene. È impazzito nel cercare di capire come convincerti a uscire con lui.»

Alzai gli occhi al cielo. «Aidan non era certo a corto di attenzioni femminili. È troppo bello per starsene seduto ad aspettare me.»

Lei scrollò le spalle e disse: «Forse. Ma stava aspettando te. Mi chiedeva ogni settimana se mi veniva in mente qualcosa che potesse dire o fare per farti uscire con lui. Sono contenta che alla fine abbia trovato un modo. Ora, se solo riuscissi a convincere Nicole a dare un po' di corda a Bob, saremmo tutti felici.»

«E tu, Jenn?» chiesi, rendendomi conto di sapere molto poco di lei.

«Io? Oh, io sono felice. Vivo con il mio ragazzo da quasi un anno e stiamo iniziando a parlare di matrimonio. È proprio l'uomo per me. Lo amo così tanto e stranamente lui ricambia.»

«Come facevo a non saperlo? E dov'è stasera?»

«Chi dove?» chiese Aidan con un tono tagliente mentre mi porgeva la birra.

«Jenn mi stava giusto parlando del suo ragazzo. Le ho chiesto dove fosse.»

Il sollievo negli occhi di Aidan fu quasi comico, come se avesse pensato che stessi cercando di convincere Jenn a trovarmi qualcun altro. Si appoggiò al tavolo da biliardo con noi, unendosi alla nostra conversazione mentre Jenn ci parlava di Devon, il suo ragazzo, e dei suoi turni folli in polizia.

«Avete intenzione di giocare o ve ne state solo lì impalati?» disse Nicole da dietro di noi. Mi voltai e la vidi appoggiata a una stecca, con le bilie già disposte a triangolo e pronte per la partita.

«Io passo, ma vi guardo» disse Jenn sorseggiando il suo drink. «Però dovreste giocare a squadre.»

«Claire è in squadra con me» disse Aidan prima che chiunque altro potesse parlare. Mi tirò a sé e mi cinse le spalle con un braccio.

«Dovresti sapere che non sono per niente brava a biliardo» gli dissi ridendo, chiedendomi se avrebbe cambiato idea sul fare squadra con me.

Strofinò il naso contro il mio collo e mi sussurrò all'orecchio: «Allora mi divertirò un mondo a insegnarti». Immerse la lingua nell'incavo dietro il mio orecchio e tutto il mio corpo tremò a quel tocco sensuale.

«Voi due avete bisogno di una stanza o vogliamo giocare?» chiese Bob, seccato. Non potei fare a meno di chiedermi se fosse incazzato perché le cose tra lui e Nicole non sembravano andare molto bene.

«Giochiamo, certo che giochiamo» disse Aidan, senza staccarmi gli occhi di dosso. Le sue parole e il rombo profondo della sua voce mi provocarono altri brividi lungo il corpo. Aidan si allontanò a grandi passi, scelse una stecca e si posizionò a capotavola.

Con la stecca che scivolava dolcemente tra le sue dita, Aidan spedì la bilia bianca verso il triangolo di bilie all'altra estremità del tavolo. Un colpo secco e soddisfacente le fece schizzare in direzioni diverse, prima che la bilia piena blu, la numero due, cadesse in una buca proprio di fronte a me. Inarcai un sopracciglio verso di lui e lui ricambiò con un sorriso.

«Noi siamo le piene» disse a Bob senza distogliere lo sguardo da me.

Aidan si preparò per un altro tiro e imbucò la bilia

numero sette. Sbagliò il tiro successivo, ma non lasciò a Bob nessuna buona opportunità. Lui tentò un tiro di sponda per la tredici, ma la mancò e mandò la bilia bianca nella buca laterale.

Aidan tirò fuori la bilia bianca e si avvicinò a me. «Non è il tuo turno» si lamentò Bob.

«Non sa giocare molto bene, quindi la aiuto. Non è che ci stiamo giocando dei soldi o altro, Bob. Stiamo solo giocando per divertirci» gli disse Aidan, rimproverandolo come un bambino. Sorrisi tra me e me perché Aidan si stava ricordando di divertirsi invece di farsi prendere dalla competizione.

«Dove vuoi tirare?» mi chiese porgendomi la bilia bianca.

«La numero quattro sembra fattibile» dissi, insicura.

Aidan valutò la bilia, che si trovava isolata a una trentina di centimetri dalla buca d'angolo. Posai la bilia bianca dietro la quattro e presi la stecca da Aidan, poi mi chinai sul tavolo. «Così va bene?» gli chiesi una volta che mi fui messa in posizione per il tiro.

Lo sentii prima che mi toccasse, prima che parlasse. I fianchi di Aidan premettero contro di me da dietro e il suo corpo si chinò sul mio, con il petto appoggiato alla mia schiena. Una mano scivolò giù a tenermi il fianco e l'altra coprì la mano con cui stavo posizionando la stecca. «Perfetto» sussurrò al mio orecchio mentre sentivo il suo cazzo muoversi nei pantaloncini.

Qualcosa si impossessò di me dall'interno, come una forza che non riuscivo a spiegare, quasi come un uragano che faceva a brandelli i miei ormoni. Fu l'unica spiegazione che mi venne in mente per quello che feci, roteando i fianchi all'indietro contro i suoi pantaloncini, il suo cazzo che si conficcava appena un po' di più nel mio sedere. Le sue dita mi strinsero il fianco e lui ringhiò nel mio orecchio. «Assolutamente fottutamente perfetto» sibilò, con un tono che era un misto di dolore ed eccitazione. Naturalmente sapevo che era eccitato, da come lo sentivo premuto contro di me.

Feci scivolare la stecca tra le nostre dita e mandai in buca la quattro nella buca d'angolo. Girammo intorno al tavolo in cerca di un altro tiro e mi posizionai per la sette, con Aidan di nuovo dietro di me. I nostri amici erano dall'altra parte del tavolo, a chiacchierare senza prestarci attenzione, e la mano di Aidan scivolò sul mio sedere mentre mi chinavo sul tavolo, venendo subito sostituita dal suo corpo. Strofinai di nuovo i fianchi contro di lui e lui spinse di rimando contro di me, sussurrando: «Cazzo» nel mio orecchio.

La sette rimbalzò sul bordo della buca e cedemmo il turno a Nicole. Aidan mi trattenne nell'angolo buio e mi tenne davanti a sé, le mani che mi circondavano la vita mentre appoggiava il mento sulla mia spalla. «Sei pericolosa» mi sussurrò mentre tutti gli altri stavano giocando. «Ti voglio da impazzire.»

La tensione mi invase rapidamente il corpo, una reazione involontaria di cui mi chiedevo se mi sarei mai liberata. Sapevo che era in parte colpa mia, per averlo stuzzicato in quel modo, ma per qualche ragione non mi aspettavo che se ne uscisse così. Era passato molto tempo dall'ultima volta che ero andata a letto con qualcuno e non ero pronta a far arrivare la nostra relazione a quel punto.

Improvvisamente sentii il bisogno di bere. Molto. Mi liberai dalle sue braccia e mi diressi dritta al bar, ordinando uno shot di tequila e un Long Island Iced Tea. Mandai giù lo shot velocemente, senza darmi il tempo di ripensarci, poi presi un sorso lungo e generoso del drink. Dopo due birre, il liquore si stava mescolando rapidamente nel mio sangue e mi sentivo molto più leggera.

«Sei sicura che dovresti bere così tanto?» chiese Aidan con cautela quando tornai.

«Starò bene» dissi, tornando a mettermi di fronte a lui. Non potevo negare che mi piacesse stuzzicarlo, giocare con lui. Ma non ero pronta per andare oltre. Sapevo che avrebbe potuto liquidarmi come una che lo provocava e basta e incazzarsi, e c'erano buone probabilità che lo facesse, ma non riuscivo a fermarmi. L'alcol mi dava un coraggio che da sobria non avevo.

Quando arrivò di nuovo il mio turno di tirare, il tavolo era quasi vuoto. A noi restava solo la bilia uno sul tavolo, mentre Nicole e Bob dovevano ancora imbucare la quindici e la dieci. Poi avremmo potuto tirare alla palla otto.

Mi preparai al tiro per la bilia uno, incerta se sarei davvero riuscita a imbucarla. Lanciai un'occhiata dietro la spalla ad Aidan, che questa volta se ne stava un po' più indietro, e gli chiesi se potesse aiutarmi. Un sorriso gli illuminò il viso mentre la tensione nelle sue spalle si allentava. Non era mia intenzione dargli segnali contrastanti, ma era ovvio che l'avevo fatto.

Mi si avvicinò furtivamente da dietro e si chinò su di me, facendo attenzione a non appoggiare i fianchi contro i miei. La sua mano scivolò lungo il mio braccio fino a coprire la mia e l'altra si posò impassibile sulla mia vita. I miei drink mi resero coraggiosa e spostai il sedere all'indietro contro il suo cavallo, roteando i fianchi contro di lui. Imprecò a bassa voce nel mio orecchio e la sua mano scivolò sul mio fianco, stringendomi leggermente il sedere prima di spingere la sua nuova erezione contro di me.

«Mi farai impazzire» disse nel mio orecchio prima di mordicchiarmi il lobo. «Fai il tuo tiro e tra un po' ti porto a casa, prima di metterti le mani addosso in mezzo al bar.»

Voltai il viso per guardarlo e inarcai le sopracciglia in un gesto di sfida. Lui mi ringhiò contro, poi mi spinse di nuovo il sedere addosso.

Il mio tiro andò troppo a destra e la bilia bianca rimbalzò

sulla sponda laterale, per poi fermarsi scivolando in mezzo al tavolo.

Nicole si fece avanti e imbucò le sue due bilie prima di prepararsi a tirare la palla otto. Con la precisione di una professionista, fece cadere l'ultima bilia nella buca ed esultò per la vittoria. Si girò e abbracciò Bob, che chiuse gli occhi mentre il corpo di lei premeva contro il suo. Mi dispiacque un po' per lui e pregai in silenzio che le cose si sistemassero tra loro.

«Sei pronta ad andare?» mi chiese Aidan all'orecchio, le braccia che mi avvolgevano la vita da dietro e la sua erezione appoggiata sulla parte bassa della mia schiena.

«Lasciami prima finire il mio drink» dissi.

Anche nella mia foschia indotta dall'alcol mi chiedevo cosa volesse Aidan, se avrebbe tentato qualcosa con me. E se volevo che accadesse.

CAPITOLO 8

FIN troppo presto accostammo davanti al mio appartamento. L'alcol che mi aveva dato coraggio al bar ora era nel mio stomaco vuoto e me lo contorceva dal rimpianto e dalla paura.

Forse non paura. Non avevo paura di Aidan, ma ancora non sapevo cosa volesse, quali fossero le sue intenzioni con me. Sembrava che gli piacessi, aveva detto che mi voleva. Potevo aprirmi di nuovo a quella possibilità? Voleva una relazione o solo sesso?

Facevo fatica a credere che mi cercasse solo per il sesso. Aidan poteva avere qualsiasi donna volesse e io non gli avevo mai dato l'impressione di essere una facile. Se mi voleva, doveva essere per qualcosa di più del semplice sesso.

E credo che questo mi confondesse ancora di più del fatto che potesse volermi solo per il sesso.

Inciampai uscendo dall'auto e barcollai salendo le scale; i drink avevano avuto la meglio sul mio equilibrio. Ogni volta, Aidan era al mio fianco, reggendomi forte perché non cadessi. Mi prese le chiavi dopo che le avevo fatte cadere per la terza volta e aprì la porta, trovando Brownie che ci aspettava ansiosamente.

«Lo porto fuori io» disse Aidan. «Tu riposati sul divano. Prendo le tue chiavi. Torno subito.»

Lo congedai con un gesto della mano mentre mi lasciavo cadere sul divano e svenni quasi subito.

Qualcosa di umido mi toccò il viso e provai a scacciarlo via. Si spostò sull'altro lato del viso e mi svegliò, anche se controvoglia. Aprii gli occhi e mi persi in due grandi occhi marroni che mi sciolsero il cuore. Mi sporsi in avanti e gli avvolsi le braccia al collo, strusciando il viso contro il suo.

«Va tutto bene, Brownie» sussurrai al mio cane preoccupato. Mi alzai e mi diressi verso la camera da letto quando mi resi conto che qualcosa non andava. Mancava qualcosa, ma non sapevo cosa fosse.

Mi fermai, proprio in mezzo alla stanza, e i peli sulla nuca mi si rizzarono. In qualche modo sapevo di non essere sola. Quando mi concentrai, ogni traccia di alcol sparì dal mio cervello precedentemente annebbiato, sentii un respiro leggero, come se stesse cercando di capire se dovesse muoversi. I miei occhi scattarono rapidamente per la stanza per vedere se c'era qualcosa che potessi usare come arma contro di lui, nel caso mi fosse saltato addosso.

«Stai bene, Claire?» La voce gentile mi avvolse. La tensione nel mio corpo si sciolse in un istante e quasi piansi al suono della voce di Aidan dietro di me. Non era BJ, o chiunque altro fosse lì per farmi del male. Era Aidan.

Il dolce Aidan.

Aidan sobrio.

Mi voltai per guardarlo e gli rivolsi il mio sguardo più dolce e sexy. La nebbia stava tornando a invadere il mio cervello e mi sforzai di trovare qualcosa che spiegasse cosa stavo facendo.

«Sto molto meglio con te qui» feci le fusa, sperando che

suonasse bene per lui come nella mia testa. Un sorriso incurvò l'angolo della sua bocca e capii che doveva essergli piaciuto. Si avvicinò e io gli sorrisi.

Aidan si fermò di fronte a me, senza toccarmi, ma abbastanza vicino da poterne sentire il calore. Il suo odore mi solleticò il naso, non il suo solito profumo, notai. Odorava di birra, sudore, aria fresca e di lui. «Mmm» mormorai e lui mi sorrise. «Oh, grazie per aver portato fuori Brownie» mi ricordai finalmente.

«Quando vuoi. Credo sia ora di metterti a letto» disse, accendendo un fuoco dentro di me. Mi inclinai verso di lui appena un po' e sorrisi. Non ero mai stata così eccitata di andare a letto con un uomo. Forse essere un po' ubriaca era il segreto.

«Speravo lo dicessi» sussurrai dolcemente prima di allungare le mani e avvolgerle attorno al suo collo. Strofinai il mio corpo contro il suo come una cagna in calore e mi sporsi verso la sua bocca, guidando la carica con la mia. Tirai il suo viso verso di me e le nostre labbra si incontrarono a metà strada.

I ricordi del nostro primo bacio svanirono mentre il nostro secondo bacio prendeva il centro della scena. Santo cielo, quell'uomo sapeva come baciare. Prese rapidamente il controllo, le sue mani scivolarono tra i miei capelli e inclinarono la mia testa mentre le sue labbra stuzzicavano e assaggiavano le mie. Sapeva un po' di birra, ma non mi dispiaceva. Le nostre labbra danzarono insieme, incontrandosi ancora e ancora, e ogni volta che ci allontanavamo mi faceva desiderare di averlo ancora più vicino.

Quando Aidan finalmente osò far scivolare la sua lingua tra le mie labbra socchiuse, sospirai in approvazione. Una delle sue mani scese fino alla mia vita e mi tenne i fianchi stretti contro i suoi. La sua erezione premeva contro i pantaloncini e capii che sarebbe stata una bella serata.

«Gesù, baci come una dea» gracchiò tirandosi indietro. Le sue labbra si spostarono sul mio orecchio, dove i suoi denti scivolarono fuori e morsero la pelle morbida del mio lobo. Sussultai alla sensazione improvvisa e lui ci passò sopra la lingua, trasformando il mio sussulto in un gemito di piacere.

I denti di Aidan percorsero il mio collo, poi la sua lingua si immerse tra le mie clavicole prima di risalire lungo l'altro lato del collo. Le sue dita affondarono nel mio fianco morbido e io lo trascinai per i capelli di nuovo verso la mia bocca per averne ancora.

La sua lingua si spinse rapidamente nella mia bocca, senza aspettare un invito. Cercai di trascinarlo verso la mia camera da letto, ma lui rimase fermo, i suoi baci mi facevano dimenticare tutto tranne la sensazione della sua lingua contro la mia e le sue braccia che mi circondavano. Le sue labbra erano morbide contro le mie, la sua lingua dura e urgente. Volevo che anche il resto di lui fosse duro e urgente.

«Andiamo in camera mia» feci le fusa, sapendo che era pronto quanto me.

«Non posso, Claire.»

Un secchio d'acqua ghiacciata sarebbe stato uno shock minore.

«Come, scusa? Perché no?» Ero ferita, scioccata e confusa. Che diavolo mi baciava a fare se non era interessato a me?

«Non così, tesoro» disse dolcemente, avvicinandosi di nuovo a me. «Dio, ti voglio, ma non dopo che hai bevuto. E non prima ancora di essere usciti insieme. Non sei un'avventura per me, una botta e via. Non posso trattarti così.»

«Se non mi volevi non avresti dovuto toccarmi da Malley's e di certo non avresti dovuto baciarmi. Sei tu quello che ha detto che era ora di mettermi a letto.»

«Intendevo per dormire. Io vado a casa. Non mi fido di

me stesso a stare qui con te perché non riuscirei a impedirmi di venire da te. Te ne pentiresti domattina e io non me lo perdonerei mai.»

Volevo discutere con lui, dirgli che non me ne sarei pentita, ma sapevo che era inutile. Lo stava solo dicendo per non dovermi dire la verità. Ero divertente da baciare, ma non voleva vedermi nuda. Messaggio ricevuto.

«Beh, allora credo sia meglio che tu vada» dissi duramente. Incrociai le braccia nel tentativo di proteggere... non so. Lui. I miei sentimenti. Il mio corpo. Forse tutto quanto.

«Claire...» iniziò Aidan. Sembrava che stesse cercando di capire qualcosa, di decidere come sistemare le cose, ma era troppo tardi. Con lui avevo chiuso.

Aidan si diresse verso la porta. Diede una pacca sulla testa a Brownie, poi girò la maniglia. Si voltò di nuovo verso di me e io trattenni il respiro, aspettando qualsiasi colpo di grazia mi avrebbe inferto. Scosse solo la testa e uscì dalla porta, che si chiuse dietro di lui con un leggero scatto.

Chiusi la porta a chiave e crollai a letto, cercando di dimenticare la sensazione del suo corpo premuto contro il mio.

QUALCHE GIORNO dopo ero di nuovo al lavoro. Non avevo avuto notizie da Aidan, non che me lo aspettassi. Mi aveva respinta senza mezzi termini e non c'era motivo per cui dovesse chiamarmi. Forse era questo il motivo principale per cui temevo di andare al lavoro. Non era solo che non volevo vederlo, era che non potevo più vederlo come un amico. Era diventato solo un altro stronzo nel mio mondo. Uno stronzo che aveva giocato con me per poi mettermi da parte quando finalmente l'avevo lasciato entrare.

Come avevo potuto essere così stupida?

Entrai nella sala riunioni e trovai tutti gli altri già lì. «Finalmente» sospirò Jenn. «Aidan non vuole dirci niente di quello che è successo quando ti ha riaccompagnata a casa l'altra sera. Vi siete messi finalmente insieme?»

La derisi, ridendo come se fosse la cosa più divertente che avessi sentito da un po'. «Oh, Jenn, questa è bella. No, vedi, Aidan non ti ha detto niente perché non c'è niente da dire-»

«È quello che ho detto» mi interruppe lui.

Lo fulminai con lo sguardo prima di voltarmi di nuovo verso Jenn. «Non c'è niente da dire, perché ad Aidan non interesso. Praticamente gli sono saltata addosso e lui mi ha respinta con calma, tirando fuori la solita manfrina sul fatto che non voleva approfittarsi di me visto che avevo bevuto. Aidan passa per il bravo ragazzo della situazione e rifiuta la cicciona senza sembrare uno stronzo per averlo fatto.»

Jenn lanciò un'occhiataccia ad Aidan per conto mio e Nicole fece lo stesso. Bob se ne stava lì seduto a bocca aperta. Rivolsi ad Aidan, che sembrava furioso, un sorriso smagliante, poi andai a prendermi il caffè.

«Non è vero» ringhiò Aidan mentre mi versavo il caffè.

«Cosa non è vero? Che mi hai respinta o che ti sono saltata addosso? Perché ero piuttosto ubriaca, ma mi è passata la sbornia in fretta quando mi hai baciata. Anche se non è che sia importato un granché» replicai con una dolcezza zuccherosa che non provavo.

Jenn, Nicole e Bob ci guardavano come se fossimo una partita di tennis, le loro teste che oscillavano da una parte all'altra a ogni nostro commento.

«Niente di tutto ciò è vero. Stavo cercando di essere un gentiluomo fermandoti, fermandoci. Sapevi quanto ti desideravo. Tutti in questa stanza sanno quanto ti desidero. Sono mesi che me lo fanno notare. Pensi davvero che tutto ciò possa svanire in una notte?»

Feci spallucce perché non avevo una risposta e non mi

fidavo a dire nulla. L'intensità nei suoi occhi, quella follia, era quasi terrificante. Sembrava che stesse per perdere il controllo, e non avevo intenzione di trovarmi sulla traiettoria di quella devastazione.

Prima che potesse insistere, entrò Miriam e diede inizio al nostro turno. Senza niente da segnalare, ci mandò al lavoro. Aidan e io fummo di nuovo assegnati insieme dietro la macchina a raggi X e per una volta temevo la giornata che mi aspettava.

Appena fummo in corridoio, Aidan mi afferrò per un gomito. «Mi dispiace di averti turbata. Stavo cercando di fare il contrario e ovviamente ho fallito. Devo chiedertelo, però… Te ne saresti pentita? Se fossi rimasto?»

«Assolutamente sì. Sei uno stronzo. Hai messo in chiaro che non mi vuoi, quindi sarebbe stata solo una scopata di compassione o qualcosa del genere. Non ho bisogno della tua pietà. Ricevo inviti a uscire in continuazione e non ho bisogno che tu mi faccia sentire come se non fossi degna di fare sesso.»

Mi liberai il braccio con uno strattone quando finii di parlare e lo lasciai lì impalato. Aveva ragione, mi sarei pentita di essere andata a letto con lui. Non importava molto, però, perché mi pentivo anche di avergli permesso di accompagnarmi a casa, di averlo lasciato aiutarmi a giocare a biliardo e di averlo baciato. I rimpianti crescevano di minuto in minuto, quando si trattava di Aidan Matthews.

Raggiunsi la mia postazione e pochi secondi dopo arrivò Aidan. Non lo guardai né gli lasciai vedere quanto mi avesse ferita. Ero sicura che le mie parole fossero state un indizio sufficiente, ma non l'avrei dato a vedere. Dovevo solo resistere per il resto del nostro turno e poi avrei potuto crogiolarmi nel mio dolore per la serata. Da sola, be', a parte Brownie.

Il ticchettio dei tacchi sui pavimenti in vinile che portavano al controllo di sicurezza mi avvisò che della gente si stava dirigendo verso di noi. Ovviamente, la prima era Zoey. I suoi capelli color cioccolato fluttuavano dietro di lei come se avesse con sé un ventilatore portatile. I suoi occhi liquidi e castani cercarono Aidan e si fissarono su di lui, senza distogliere lo sguardo. Le sue tette erano in mostra, come al solito, in un'altra camicia bianca attillata e abbottonata e una gonna a tubino nera, la sua divisa standard, che le metteva in risalto la vita sottile.

Volevo farla cadere dai suoi tacchi da dodici centimetri e riportarla con i piedi per terra, ma non importava. Lei e Aidan erano perfetti l'uno per l'altra: meravigliosi e non degni del mio tempo.

«Ciao Aidan» tubò mentre la sua borsa passava sotto la macchina a raggi X. Osservai le immagini sul mio schermo, scomparendo dietro il display in modo che loro due potessero flirtare.

«Ciao Zoey» disse Aidan. La sua voce era amichevole, familiare. Come se condividessero un segreto. Probabilmente qualcosa che insegnavano solo alle persone belle, come un linguaggio segreto. Doveva essere un corso universitario, altrimenti l'avrei imparato al liceo.

«Cosa fa questo fine settimana? Un mio amico organizza una festa e volevo che venisse con me» si sporse sul nastro trasportatore, con il seno che le usciva quasi dalla camicia. Potevo solo immaginare che tipo di festa stesse organizzando il suo amico, e molto probabilmente prevedeva meno vestiti possibile e un'avventura garantita dopo.

«Ho da fare, Zoey, mi dispiace.»

Lei mise il broncio e ci riprovò. «È sicuro? Mi piacerebbe molto presentarLa ai miei amici. È da un po' che parlo loro del gran figo con cui lavoro. Penseranno che me lo sia inventato.» Rise della sua stessa battuta, se di battuta si trattava, e mise di nuovo in mostra le tette.

Mi venne da vomitare.

«Ho dei piani, Zoey. E non so perché dovrebbe parlare di me ai suoi amici. Non è che stiamo insieme. Io sto con Claire.»

«Cosa?» balbettai senza pensare. Perché cazzo le stava dicendo che stavamo insieme?

Zoey si voltò verso di me come se non si fosse accorta che ero lì. I suoi occhi mi scrutarono e una smorfia le arricciò le labbra in un sorriso malvagio. «Perché dovresti voler stare con lei? E poi, sembra un po' scioccata dalla notizia. Sei sicuro che sappia che state insieme?»

Le lacrime mi punsero gli occhi e un nodo mi si formò in gola. Distolsi semplicemente lo sguardo, non volendo confrontarmi con lei. Avevo imparato che la cosa migliore era mimetizzarsi con lo sfondo. In quel modo avrei attirato meno attenzione.

In più, prenderla a calci sul posto di lavoro mi avrebbe sicuramente fatto licenziare.

Sentii gli occhi di Aidan su di me, che mi scrutavano, vedendo ciò che vedeva Zoey. Avevo sempre saputo che alla fine si sarebbe stancato di me e sarebbe tornato alle donne con cui ero sicura fosse sempre uscito, le donne che assomigliavano a Zoey. L'angolo della sua bocca si sollevò quando si voltò di nuovo verso Zoey e disse: «Abbiamo avuto un piccolo litigio tra innamorati, ma si risolverà. Quanto al fatto che mi piaccia lei e non tu, beh, immagino sia un bene che mi piacciano le donne che sono a proprio agio con il loro corpo. Non potrei mai vedermi con una come te, Zoey. Voglio una donna con cui poter condividere una bistecca e poi un barattolo di gelato, ma voglio sapere che al mattino sarà ancora nel mio letto invece che in palestra a smaltire il cibo che abbiamo mangiato. Voglio una donna che mi lasci aiutarla a smaltirlo a letto, ma che invece di considerarlo esercizio fisico lo veda solo come sesso davvero focoso. Ecco perché questo fine settimana uscirò con Claire, se mi darà un'altra possibilità. Ma se non lo farà, continuerò a provare finché non lo farà. In ogni caso, però, non uscirò con te.»

Lo squittio di indignazione di Zoey fu esilarante. Una bolla di risate mi scoppiò dalle labbra mentre si portava via la sua borsa di Gucci. Non si guardò indietro mentre si allontanava a grandi passi verso il suo gate, mettendo in chiaro che non ci avrebbe riprovato con Aidan.

«Sai che hai appena perso la tua occasione con lei. Era pronta per te e tu l'hai fatta incazzare.»

Gli angoli della sua bocca si abbassarono e le sopracciglia gli si aggrottarono. «Non hai sentito quello che le ho detto? Non mi piacciono le donne come lei. Non voglio passare il mio tempo con una che si lamenta di tutto ciò che mangia e rende la sua vita, e la mia, un inferno. Voglio una donna come te, che si porta per pranzo maccheroni al formaggio e una barretta di cioccolato, o un panino al tacchino stracolmo di carne e formaggio con qualche fetta di lattuga e pomodoro perché sono buoni, non perché si deve mangiare quella roba sana. Non sto cercando una donna trofeo, sto cercando una donna che ami i dolci.»

Non avevo idea di come rispondergli. Era serio? Non sembrava uno scherzo, ma un uomo così sexy come Aidan non poteva assolutamente voler stare con me. Mi aveva rifiutata, giusto? A meno che non stesse dicendo la verità e volesse solo aspettare che fossimo entrambi pronti, e non andare a letto insieme perché io ero troppo ubriaca per fermarlo.

Cazzo, avevo fatto un casino. Era davvero il bravo ragazzo che avevo sempre pensato che fosse. E aveva appena fatto incazzare una cosa sicura per dimostrarmelo. Già, gli piacevo.

Continuavo a non capire perché, ma non potevo concentrarmi su quello. Era troppo a cui pensare.

I passeggeri cominciarono a passare attraverso la nostra fila e io misi da parte l'insistenza di Aidan sul fatto che stesse cercando una come me. Forse dopo il lavoro avrei potuto provare a parlargli, ma non era né il momento né il posto giusto mentre eravamo così impegnati.

CAPITOLO 9

ALLA FINE DEL TURNO, mi convinsi a non parlare con Aidan. Non' ero pronta. La sua dichiarazione continuava a rimbombarmi nella testa. Dovetti chiedermi più di una volta se mi' fossi lasciata sfuggire qualcosa che non avrei dovuto. Non fu una bella giornata, con lui al mio fianco e io che mi chiedevo se stesse dicendo la verità sulla donna che voleva.

Presi le mie cose e mi diressi verso la porta, sperando di riuscire a uscire senza incontrare nessuno. Sapevo che Jenn o Nicole mi avrebbero assillata per avere più dettagli su Aidan, che Bob mi avrebbe lasciata in pace, ma che Aidan mi avrebbe messa alle strette.

Peccato che la persona che stavo disperatamente cercando di evitare fosse appoggiata alla mia macchina quando la raggiunsi. «Come hai fatto a uscire così in fretta?» chiesi, quasi tra me e me.

Aidan sorrise e chinò la testa, guardando le sue scarpe per un secondo prima di tornare a guardarmi. I suoi occhi color cioccolato mi catturarono all'istante e volli perdonarlo per avermi piantata in asso e invitarlo a riprovarci. Era fin troppo sexy per il mio bene.

«Immaginavo che' avresti provato a sgattaiolare via senza parlarmi. Non mi hai quasi rivolto la parola per tutto il giorno e io volevo parlarti, quindi sono venuto qui direttamente dal checkpoint.»

«Oh» dissi io, senza mordente. Non sapevo cosa dire. Perché era lì? Era quello che volevo davvero sapere.

«Posso portarti fuori stasera? A cena. Un appuntamento come si deve. Voglio la possibilità di spiegarti di nuovo cosa mi passava per la testa, e implorare il tuo perdono.»

«A dire il vero, sono' esausta. Devo tornare a casa da Brownie e poi credo di aver solo bisogno di una serata tranquilla.»

«Sembra perfetto» fece lui con un gran sorriso.

In qualche modo pensò che lo avessi invitato a unirsi a me. Mi sarebbe bastato aprire bocca e correggerlo. Fui scioccata quando mi sentii dire: «A' tra poco, allora.»

Lui sorrise e si voltò per andarsene. «Porto' io la cena» gridò da sopra la spalla mentre si allontanava. Ebbi la sensazione che sapesse che avrei cambiato idea se fosse rimasto troppo a lungo. La verità era che non sapevo se sarei mai stata in grado di dire di no a quell'uomo. E non ero sicura se fosse una cosa buona o cattiva.

Mentre guidavo verso casa, ondeggiavo tra il terrore e l'eccitazione. Salii di corsa le scale del mio appartamento e lasciai cadere borsa e chiavi all'ingresso, spogliandomi mentre mi dirigevo verso la doccia. Lasciai che l'acqua calda scorresse sul mio corpo e lavasse via la sporcizia della giornata. Non si direbbe che lavorando al chiuso tutto il giorno ci si sporchi così tanto, ma sentivo sempre il bisogno di farmi una doccia. Se non altro per lavarmi via dal naso la puzza dei passeggeri sudati.

Uscii dalla doccia sentendomi molto meglio e indossai dei vestiti puliti. Dato che saremmo rimasti a casa, non' sentii il bisogno di vestirmi elegante. In pantaloncini grigi di cotone e una t-shirt blu della Erie University, misi in ordine il mio appartamento, o almeno il soggiorno. Presi il guinzaglio di Brownie' proprio mentre qualcuno bussava alla porta.

Aidan era dall'altra parte, con un sorriso di chi' avesse vinto un premio quando aprii la porta. «Scusa, non ho ancora portato fuori Brownie. Puoi aspettare qui mentre lo porto a fare un giro.»

Feci un passo indietro per far entrare Aidan. Si diresse dritto in cucina, visibile dall'ingresso del mio piccolo appartamento. «Vengo' con te, se per te va' bene. Lasciami solo posare questa roba.»

Lo aspettai sulla porta e Brownie quasi lo travolse quando Aidan tornò fuori con noi. Aidan prese il guinzaglio mentre chiudevo a chiave la porta, poi scendemmo le scale e ci dirigemmo verso l'area cani.

In piedi dentro al cancelletto, non potei' fare a meno di pensare al nostro primo bacio, dato quasi nello stesso punto in cui mi trovavo di nuovo, quasi due settimane dopo. Aidan mi guardò e sorrise. «Questo è uno dei miei posti preferiti al mondo.»

«E perché?» chiesi, fingendomi tonta, nel caso in cui non stesse pensando alla stessa cosa a cui stavo pensando io.

«Perché' è il posto in cui mi trovavo quando finalmente ho avuto la possibilità di baciarti. Mi sento ancora uno stronzo per non averti detto niente per il resto della serata. Io… merda. Non mi' sono mai sentito così dopo aver baciato qualcuno.»

Risi piano, felice di sentire la sua ammissione degli stessi sentimenti che' avevo provato io. Ne avevo avuto abbastanza dei giochi a cui non stavamo giocando, ma che sentivo esserci tra di noi.

«Io non' faccio giochetti, Claire. Spero che tu lo sappia. È stato uno schifo da parte mia non chiamarti, o non dire niente quella sera, ma non' stavo cercando di prenderti in giro. Sentivo solo che con quel bacio avevamo detto tutto quello che potevamo dire. Nient'altro sembrava abbastanza buono per fare seguito. E sabato? Mi sarei approfittato di te se fossimo' andati a letto insieme mentre eri ubriaca. Non avrei' potuto convivere con me stesso se l'avessi' lasciato continuare. Ti volevo, ti voglio sempre, ma non in quel modo. Non intendevo ferirti, però. Non' è mai la mia intenzione.»

Sorrisi mentre guardavo Brownie scavare nella terra. Amavo il modo in cui Aidan riusciva ad articolare i suoi pensieri. Stranamente, erano anche i miei pensieri. Eravamo entrambi connessi e legati in modo indescrivibile.

«Mi sono sentita allo stesso modo. Però mi' sono preoccupata che avessi cambiato idea su di me dopo avermi baciata. Quando non mi hai più contattata, ho detto alle mie amiche che non eri' davvero interessato a me. E di nuovo sabato, quando te ne sei andato.»

«Oh, Dio, tesoro, mi' dispiace tanto. Non era affatto così. Facevo il terzo turno e tornavo a casa nel cuore della notte, per poi dormire gran parte del giorno. Continuavo a pensare che avrei dovuto chiamarti o mandarti un messaggio prima di andare al lavoro ogni sera, ma temevo che mi avresti considerato opprimente. Non' abbiamo mai tenuto conto dei nostri rispettivi impegni e non sapevo' se volessi sapere cosa stava succedendo. Ma io non voglio farti del male. Dobbiamo essere onesti l'uno con l'altra d'ora in poi.»

Risi della stupidità delle nostre prime settimane come… diavolo, non sapevo cosa fossimo. «Va' bene. Risolveremo tutto, capiremo cosa dirci. Credo che prima di tutto siamo amici. Dobbiamo tenerlo a mente, non dimenticare che ci teniamo l'uno all'altra perché siamo buoni amici, prima di essere qualsiasi altra cosa.»

Aidan mi guardò, poi lasciò che il suo sguardo vagasse su Brownie. Lo guardammo entrambi dall'altra parte del prato mentre annusava il terreno vicino alla recinzione posteriore. Sapevo che stava cercando un posto dove fare i suoi bisogni ed ero tutt'altro che felice di dover gestire la cosa di fronte ad Aidan. Non era proprio un buon argomento per un primo appuntamento.

«Vuoi essere solo mia amica?» chiese Aidan a bassa voce.

Fui così scioccata dalla sua domanda che la testa scattò verso di lui più velocemente di quanto avrebbe dovuto. La vista mi si annebbiò e mi sentii leggermente stordita. Chiusi brevemente gli occhi e allungai la mano verso di lui, afferrandogli il bicipite mentre ritrovavo l'equilibrio.

La mano di Aidan mi strinse il gomito e l'altra mi avvolse la vita, tenendomi stretta a sé. Finalmente aprii gli occhi e mi ritrovai a guardare i suoi, castani. «Stai bene?» chiese, con la preoccupazione dipinta sul volto.

«Scusa, ho solo girato la testa troppo in fretta. Eri serio? La tua domanda?»

Aidan mi lasciò andare e si allontanò di qualche passo. Guardò oltre il giardino e osservò Brownie accovacciarsi e fare i suoi bisogni sul prato. Feci una smorfia e scossi la testa.

«Non voglio forzarti, Claire. Se vuoi solo che siamo amici, mi farò da parte. Io voglio essere più che un amico per te, ma dal modo in cui parlavi sembrava che tu volessi essere solo un'amica.»

Scossi la testa, anche se non mi stava guardando. Brownie si allontanò trotterellando dal suo mucchietto sull'erba e io andai a pulire, legando il sacchetto prima di gettarlo nel bidone della spazzatura. Quando tornai da Aidan mi misi di fronte a lui, costringendolo a guardarmi.

«Non ho mai creduto nell'amore. I miei genitori hanno un matrimonio fantastico, ma io non ho mai visto l'amore come qualcosa di giusto, equo e vero, almeno non per me. L'unica cosa in cui credo dell'amore è che essere amici aiuta a garantire che una relazione impedisca a entrambi di fare cose che non dovrebbero. Mi piace l'idea di essere qualcosa di più che amici con te, ma non ho molta esperienza con le relazioni. È probabile che il tuo interesse svanisca in fretta.»

Aidan sembrava arrabbiato, addirittura furioso. I suoi occhi ardevano e i pugni erano serrati lungo i fianchi. «So che non possiamo mai prevedere il futuro, ma ti desidero da quando ci siamo incontrati. Ho cercato di conoscerti così da poter diventare amici e, si spera, un giorno amanti. Il mio interesse per te è solo diventato più forte in questo periodo, non più debole. Non ti farei mai del male.»

«Ti prego, non essere arrabbiato con me,» sussurrai. I miei occhi erano incollati ai suoi pugni, ancora serrati lungo i fianchi. Sapevo che avrei potuto urlare e attirare l'attenzione dei miei vicini se mi avesse messo le mani addosso e speravo che Brownie lo attaccasse, ma speravo anche che non si arrivasse a tanto.

Aidan mi guardò, poi seguì il mio sguardo fino ai suoi pugni. Le spalle gli si afflosciarono mentre apriva le mani e si sporgeva verso di me. Feci un passo indietro istintivo e lui si fermò.

«Merda, piccola, mi dispiace. Non ero arrabbiato con te. Non ti colpirei mai. Cazzo. Ero arrabbiato con chiunque ti abbia fatto pensare che non potevi fidarti degli uomini, che non potevi fidarti di me. E ora non ti fidi di me.»

Lo osservai attentamente, aspettando di vedere se avrebbe provato di nuovo ad allungare la mano. Brownie si avvicinò e si mise tra di noi, guendo per la tensione nell'aria. Andò da Aidan e gli diede un colpetto alla mano, cercando di attirare la sua attenzione. Lui distolse gli occhi dai miei per guardare il mio cane. Il mio cane che stava cercando di proteggere Aidan invece di me.

Non si diceva che i cani avevano un buon istinto?

Aidan si accovacciò e accarezzò Brownie, inginocchiandosi sull'erba quando lui si buttò sulla schiena e gli mostrò la pancia. Aidan rimase così, ad accarezzare Brownie e praticamente a ignorarmi per qualche minuto. Perché Brownie non era arrabbiato con lui, cercando di difendermi? Se i cani percepivano quando i loro padroni erano in pericolo, perché si comportava come se fosse Aidan quello che aveva bisogno di conforto?

I ragazzi finalmente si alzarono e Aidan lanciò un bastoncino dall'altra parte del giardino perché Brownie lo inseguisse. Questo lanciò un'occhiata ad Aidan prima di partire per recuperare il bastone. Aidan mantenne l'attenzione sul mio cane, e io cercai di capire che diavolo stesse succedendo.

Brownie riportò il bastone ad Aidan più e più volte e io rimasi a guardarli giocare come se non esistessi nemmeno. Brownie si soffermava sempre meno a ogni lancio, a suo agio nel giocare, come se sapesse che Aidan si sentiva meglio.

Ma a nessuno sembrava importare che io fossi confusa da morire.

«Mi dispiace di averti spaventata,» disse finalmente Aidan. La sua voce suonava distante, come se stesse sussurrando dall'altra parte di una stanza affollata invece di essere abbastanza vicino da poterlo toccare. «Non so chi ti abbia fatto del male, ma so che qualcuno l'ha fatto.»

Mi voltai verso di lui, con gli occhi che ardevano di nuovo di rabbia e sfiducia. Come diavolo faceva a saperlo? Chi glielo aveva detto?

«Nessuno me l'ha detto. Lo vedo nei tuoi occhi, nel modo in cui hai sempre reagito con me quando cercavo di toccarti. Quando ci siamo conosciuti ti sei rifiutata di stare da sola con me, ma ultimamente non hai più avuto paura di me. Non da un po'. Non te l'ho mai chiesto perché so che me lo dirai quando ti fiderai abbastanza di me da parlarne. Ma non posso sopportare che tu abbia paura di me. Ho bisogno di sapere che ti fiderai di me tanto quanto fa il tuo cane qui.»

Li guardai, entrambi che mi fissavano con due paia di

identici occhi da cucciolo bastonato. Avere paura di Aidan mi sembrava più strano che fidarmi di lui. Sì, mi ero fidata in passato e mi ero scottata nel peggiore dei modi. Ma qualcosa in Aidan mi diceva che non era per niente come BJ. E non lo sarebbe mai stato.

«Non gestisco bene la violenza, neanche quella meritata. Mi spaventa. Non tollererò atteggiamenti dominanti o che tu pensi che ti debba qualcosa, mai. Solo perché sei qui a cena non significa che andremo a letto insieme. E la gelosia non è accettabile nel mio mondo. La fiducia è tutto e sto scegliendo di fidarmi di te in questo momento. Non avrai un'altra possibilità.»

Aidan annuì e fece un passo verso di me. «Non avrò bisogno di un'altra possibilità. Ti prometto che non farò mai più nulla per mettere a repentaglio la tua fiducia. Grazie.»

Fece un altro passo verso di me e non indietreggiai. Allungò una mano, senza avvicinarsi abbastanza da toccarmi. Mi stava lasciando andare da lui, incontrarlo a metà strada. Allungai la mano e presi la sua, e vidi un sorriso attraversargli le labbra, così luminoso da far invidia al sole.

CAPITOLO 10

TORNATA NEL MIO APPARTAMENTO, abbassai di nuovo la guardia. Aidan aveva portato abbastanza cibo cinese da sfamare sei persone, ma era bello avere quella varietà. Disse che sapeva che mi piacevano alcune cose e le aveva volute prendere tutte. Dopodiché, credo che il nostro momento nel recinto dei cani venne completamente dimenticato.

Ci accomodammo sul mio vecchio divano malconcio. L'avevo comprato al college e non avevo mai trovato il tempo di sostituirlo. Era usurato ma davvero comodo. Qualcosa di cui ero stata grata molte volte quando mi addormentavo guardando la TV.

Brownie sedeva ai nostri piedi, guardandoci e aspettando con ansia che qualcosa cadesse a terra, divorando felicemente qualsiasi cosa riuscisse a leccare. «Lo fa sempre?» chiese Aidan, osservando Brownie con diffidenza.

Lanciai un'occhiata al mio grosso cane, quasi al livello dei miei occhi mentre sedevo sul divano, e sorrisi. «Pensa di avere diritto a tutto quello che ho io. Gli do un pezzo di pollo o qualche verdura, ma non mangia molto cibo da tavola.»

«Sono sorpreso che stia seduto lì così tranquillamente.

Mi aspettavo quasi che dovessi chiuderlo da qualche parte mentre mangiavamo, per evitare che prendesse tutto il cibo dal tavolo.»

Scossi la testa. «No. Non prende cibo a meno che non sia per terra o che non gli venga offerto. Posso allontanarmi per qualche minuto e lui resta semplicemente seduto lì. È piuttosto ben educato.»

Aidan inarcò le sopracciglia e ci fece un cenno col capo, approvando chiaramente il talento del mio cane. Ovviamente non gli raccontai di quante cene avevo perso prima di riuscire finalmente a insegnare a Brownie a non mangiare il mio cibo. L'importante era che avesse imparato.

Accendemmo l'ultimo film della serie degli Avengers, pronti a perderci nell'azione per difendere il mondo dalla minaccia di turno. Venni subito catturata dalla trama, avendo sempre avuto un debole per gli uomini sexy che fanno gli eroi. Quando finii di cenare, allontanai il piatto e mi appoggiai allo schienale del divano. Direttamente tra le braccia di Aidan.

«Oh, scusa,» mormorai, non volendo che pensasse che l'avessi fatto apposta.

«Non fa niente,» disse lui, con un tono quasi deluso. Tolse il braccio dallo schienale del divano e lasciò riposare la mano sui cuscini tra di noi. Guardai la sua mano, poi di nuovo lui, chiedendomi cosa diavolo stessi pensando.

Volevo tenergli la mano.

Ma che avevo? Dodici anni?

Eravamo adulti e stavamo uscendo insieme. Sembrava stupido voler fare qualcosa di così insignificante come tenergli la mano, ma per qualche folle motivo lo desideravo. Come se appoggiarmi a lui sul divano fosse stato troppo, ma io volevo comunque toccarlo.

Mi sistemai di nuovo sul divano e lasciai riposare la mia mano vicino alla sua, senza toccarla, ma vicina. Potevo sentire il suo calore sulla pelle, che mi faceva desiderare ben più che tenergli la mano. Poi sentii la sua mano chiudersi sulla mia, il suo palmo posato sul dorso della mia mano e le nostre dita che si intrecciavano.

Lanciai un'occhiata, ma Aidan era concentrato sul film come se non fosse successo nulla. Come se non avesse appena allungato la mano per prendere la mia. Sorrisi tra me e me e tornai a concentrarmi sul film.

O almeno ci provai.

Sembrava che ci stessimo avvicinando sempre di più a ogni secondo che passava, finché non potei sentire il calore della sua spalla contro la mia, le nostre braccia che si toccavano fino alle mani intrecciate. Il mio corpo si accese come un fuoco d'artificio, qualcosa a cui non avrei creduto se non mi fosse successo. Non mi aveva toccata, baciata o altro, ma avevo lo stomaco contratto, le mutandine bagnate e il respiro affannoso. C'era decisamente qualcosa che non andava in me.

Aidan si spostò un po' più vicino, portando le nostre mani unite sulle sue ginocchia e premendo le nostre gambe l'una contro l'altra, fianco a fianco. La temperatura del mio corpo salì alle stelle e cominciai davvero a temere di stare per ammalarmi. Mi sentivo come se stessi per vomitare, ma non ero sicura se fossero tutte le farfalle che cercavano di fuggire dal mio stomaco o qualcos'altro.

Mi voltai verso Aidan, incerta su cosa stessi per dire, e lo trovai a guardarmi. «Dio, sei bellissima. La tua pelle è arrossata, i tuoi occhi sono spalancati e stai quasi tremando. Posso baciarti?»

Mi morsi il labbro, non fidandomi della mia voce, e annuii. Gli occhi di Aidan tenevano prigionieri i miei mentre in TV si sentiva il suono di un'esplosione. Si chinò lentamente verso di me, l'altra mano che si sollevava per accarezzarmi la guancia.

Quando le nostre labbra si toccarono, fu un bacio

morbido e dolce. Un leggero sfiorarsi di labbra, appena percettibile se non per il modo in cui il mio corpo fu travolto da un brivido e dal desiderio allo stesso tempo. Provai un dolore lancinante che non avevo mai sperimentato, dalle labbra fino al mio centro, dove si era raccolto tutto il calore del mio corpo. Per un breve istante mi chiesi se mi fosse venuto il ciclo. Dopotutto, ero bagnata e calda in mezzo alle gambe.

Capii che era qualcosa di diverso, qualcosa di nuovo ed eccitante, quando la bocca di Aidan si aprì sulla mia e la sua lingua guizzò sulle mie labbra. Mi assaggiò da un angolo all'altro della bocca, facendomi sentire un po' sciocca a stare lì senza fare niente.

«Hai un sapore così buono,» mormorò contro le mie labbra. La sua lingua sondò le mie labbra, separandole, e mi resi conto che stavo per diventare una partecipante attiva al nostro bacio.

La mia mano si spostò verso di lui, posandosi sul suo petto, mentre la sua lingua mi percorreva rapida la bocca. La sensazione del suo cuore che batteva forte sotto le mie dita e della sua lingua che esplorava la mia bocca non fece che aumentare la mia temperatura. Le mie mutandine si inumidirono ancora di più e la sensazione di bruciore si intensificò. Era l'unica cosa di cui avevo sentito parlare e che non avevo mai provato. L'unica cosa che pensavo non sarebbe mai successa.

Era desiderio. Desiderio puro, vero, animalesco. Volevo Aidan come non avevo mai voluto un altro uomo. Sapevo che la pulsazione tra le mie gambe significava che se mi avesse toccata avrei avuto uno di quegli orgasmi urlati di cui avevo sentito parlare le mie amiche. Sapevo che sarei andata in pezzi per lui.

Quello che non sapevo era cosa avrei dovuto fare per lui se fosse successo.

Continuammo a baciarci più a lungo di quanto sembrasse giusto, seduti fianco a fianco sul divano. Aidan non fece alcuna mossa per spingersi oltre, semplicemente contento di baciare. Sentii il mio cuore aprirsi ancora un po' a quella consapevolezza. Non stava facendo pressione. Aveva chiesto prima di baciarmi. Mi stava rispettando.

E per la prima volta, desiderai di più.

Inclinai il mio corpo verso di lui, facendo scorrere la mano sulla sua spalla fino ad affondarla tra i suoi capelli. Lo attirai più vicino, allungandomi per accarezzare la sua lingua con la mia, aumentando il ritmo e l'intensità. Un brontolio gli vibrò dal petto, facendo tremare ogni mia singola parte. Avevo bisogno di qualcosa. Speravo solo che lui potesse darmelo.

Aidan prese il controllo non appena mi sfuggì di mano. Ci fece rotolare sul divano, bloccandomi sotto il suo corpo forte. Il panico mi assalì per un istante, ma lo ricacciai indietro. Aidan mi spinse leggermente le gambe per divaricarle, sussurrando: «Fammi entrare, piccola. Apriti per me.»

Le mie ginocchia caddero di lato, una trattenuta dal divano e l'altra che minacciava di cadere giù. Aidan si posizionò tra le mie gambe e sentii la sua erezione dura contro di me; i nostri morbidi pantaloncini di cotone non facevano nulla per nasconderla. Non ero vergine, non lo ero da più di dieci anni, ma ero ancora abbastanza inesperta con gli uomini. Sentirlo contro il mio corpo mi provocò una nuova ondata di brividi sulla pelle.

Aidan si teneva sollevato sopra di me, guardandomi in faccia. «Non avrei mai pensato di ritrovarmi qui, accolto tra le tue gambe. Dio, sei così fottutamente bella.»

Potevo vedere il dolore nei suoi occhi, il desiderio che a malapena riusciva a contenere. Sapevo che voleva più di questo, ma io non ero pronta. Qualcosa mi diceva che con Aidan tutto sarebbe stato diverso, e non ero ancora preparata. Non potevo immaginare di andare a letto con lui per poi vederlo andare via.

«Ora mi muovo, tesoro. Devi solo dirmi se non ti piace.»

Annuii, incerta sul perché fosse importante che si muovesse. Finché non spostò i fianchi e un gemito mi sfuggì dalle labbra.

Porca puttana, come ci riusciva? Non avevo idea di cosa stesse toccando o facendo, ma era come se avesse un telecomando per il mio corpo nascosto nei pantaloncini. E stava decisamente premendo i pulsanti giusti.

I miei occhi si chiusero e Aidan continuò a muoversi, incoraggiato dai miei gemiti e lamenti. Si chinò per baciarmi le labbra e io lo assalii, graffiandogli la schiena e spingendo la mia lingua così a fondo nella sua bocca che per poco non mi chiesi se lo stessi per soffocare. Lui ricambiò il mio bacio con uguale entusiasmo e continuò a spingere i fianchi contro di me, il suo ritmo che aumentava con l'urgenza del nostro bacio.

Si staccò dal nostro bacio e mi percorse con le labbra, la lingua e i denti la mascella fino all'orecchio. La sua lingua si immerse nell'incavo dietro il mio orecchio e il mio corpo si inarcò contro il suo, pulsante e teso come un elastico tirato al limite.

«Oh cazzo, Aidan» gemetti, provando un piacere che non avevo mai conosciuto, con una tensione e uno struggimento che mi stavano facendo impazzire.

Il suo respiro era caldo sul mio orecchio quando sussurrò: «Vieni per me, piccola. Ho bisogno di sentirti urlare il mio nome. Lasciati andare. Adesso, tesoro. Vieni, adesso.»

Il mio corpo gli rispose a un livello che non riuscivo nemmeno a iniziare a comprendere. Non ero nemmeno sicura di cosa mi stesse dicendo di fare, ma l'istinto e la natura presero il sopravvento.

Mi aggrappai a lui con forza mentre urlavo il suo nome, a gran voce. I miei fianchi si alzarono per incontrare i suoi, spingendosi con fervore contro il suo corpo. Lui continuò a premere forte contro di me, la sua erezione che si conficcava nella mia carne morbida facendomi perdere completamente il controllo.

Il mondo intorno a me divenne nero mentre la prima ondata mi travolgeva. Mi sentivo come un surfista alle Hawaii, trascinata sott'acqua da una di quelle onde giganti. Stavo annegando in un mare di desiderio e piacere che non avevo mai conosciuto. Non sapevo più quale fosse l'alto e il basso né come avrei fatto a ritrovare la riva.

Prima che potessi trovare le risposte alle mie domande, un'altra ondata si abbatté su di me, spedendomi ancora più a fondo nell'oscurità. Ero vagamente consapevole che Aidan fosse ancora sopra di me, le sue dita che si conficcavano nelle mie maniglie dell'amore, mentre io pendevo da lui. Il suo cazzo era cullato tra le mie gambe, che a un certo punto gli avevo avvolto intorno ai fianchi.

L'oscurità cominciò a svanire e sentii la voce di Aidan sussurrarmi qualcosa. Sentivo le braccia indolenzite e doloranti e il mio corpo deliziosamente debole, come se avessi appena corso una maratona. Un ronzio si irradiava dal mio centro al resto del corpo, leggero ma chiaramente presente. Non mi ero mai sentita così in vita mia, ma già rivolevo quella sensazione.

Finalmente capii le parole di Aidan quando sussurrò, così vicino al mio orecchio che potei sentire la vibrazione del suo corpo: «È stata la cosa più bella che abbia mai visto, tesoro. Sei fantastica. Potrei guardarti farlo ogni giorno per il resto della mia vita. Grazie, Claire. Grazie per averlo condiviso con me.»

La gentilezza e l'amore che sentii nelle sue parole mi sconvolsero. Mi ero aspettata che saltasse su per reclamare il suo turno, invece mi stava ancora cullando, senza far gravare il suo peso su di me, ma tenendo il suo corpo abbastanza vicino da toccarci per tutta la lunghezza. La sua erezione pulsava contro di me, ma il suo corpo era immobile.

«Non l'avevo mai fatto prima» dissi. Non volevo pronunciare quelle parole, ma la mia bocca aveva altre idee. Volevo strisciare sotto il divano e morire, ma era troppo tardi.

«Venire con i vestiti addosso? Non volevo metterti fretta, ma non sono riuscito a fermarmi. Mi dispiace se ti ho fatto male. Ti ho fatto male, tesoro?» La preoccupazione nella sua voce mi fece venire le lacrime agli occhi.

Scossi la testa e dissi: «No, non mi hai fatto male, ma non è quello che intendevo. Volevo dire che non avevo mai fatto *quello* prima. Mai.»

Aidan si tirò indietro per guardarmi, i suoi occhi che ardevano di qualcosa che non riuscii a decifrare. «Vuoi dire che non hai mai avuto un orgasmo prima?»

Annuii e mi morsi il labbro.

Scattò in piedi così velocemente che mi girò la testa. Attraversò la stanza e io guardai la sua erezione rimpicciolirsi lentamente fino a nascondersi di nuovo sotto i pantaloncini. «Cazzo, sono un tale stronzo. Mi dispiace tanto, Claire. Se l'avessi saputo non l'avrei mai fatto. Sei… sei vergine?»

Scossi la testa ma lasciai cadere lo sguardo sul pavimento. Ecco esattamente perché non volevo dirglielo. Perché diavolo la mia maledetta bocca non riusciva a stare zitta?

«Quindi non hai mai avuto un amante che si prendesse cura di te? Che si assicurasse che tu stessi bene prima di preoccuparsi di sé stesso?»

Feci spallucce. Non ero pronta ad ammettere di essere andata a letto con il mio ragazzo del liceo solo due volte prima di decidere che il sesso non mi piaceva. All'epoca avevo diciassette anni, appena compiuti, e non ero molto sicura di essere pronta per il sesso. BJ non pensava che fosse un grosso problema e mi convinse. Quando gli dissi che non mi piaceva e volevo aspettare prima di rifarlo, si comportò come se andasse tutto bene.

Qualche settimana dopo cambiò idea. Eravamo in vacanza di primavera con i suoi genitori. Erano fuori a cena per la serata, lasciandoci soli in hotel. Guardammo un film e mangiammo una pizza, poi lui decise che voleva di nuovo fare sesso. Gli dissi di no, ma quella volta non fu disposto ad ascoltare. Era più grosso e più forte della mia esile corporatura da cheerleader e mi tenne ferma senza alcun problema.

Urlai e lottai per tutto il tempo, ma a lui non importò. Quando ebbe finito, cercò di comportarsi come se non fosse successo niente. Feci una doccia per lavarmi via la sensazione di averlo addosso, ma niente riuscì a cancellarla. Quando tornammo a casa dal nostro viaggio, raccontai a Mandy cosa era successo. Lei insistette perché chiamassimo la polizia, ma a quel punto dissero che non c'erano prove. Non fu mai incriminato né arrestato e nemmeno rimproverato.

Passarono anni prima che potessi anche solo pensare di fare sesso dopo quell'episodio. Ero uscita con un paio di ragazzi al college, ma non avevo mai lasciato che le cose andassero troppo oltre. Una volta che avevo la sensazione che un ragazzo fosse pronto per il sesso, lo lasciavo. Alla fine smisi semplicemente di uscire con i ragazzi per evitare del tutto l'argomento.

Basti dire che il sesso non mi interessava molto.

«Non ho molta esperienza. E no, non ho mai avuto nessuno a cui importasse di come mi sentivo.»

Aidan tornò dove ero ancora seduta sul divano. Si lasciò cadere accanto a me e mi prese le mani tra le sue. «Nel mio mondo, tu verrai sempre per prima. Letteralmente e metaforicamente. La tua felicità per me conta più di qualsiasi altra cosa. So che c'è dell'altro che non mi stai dicendo, ma non importa in questo momento. Ciò che importa è che tu stia bene. Mi dispiace tanto se ti ho fatto male. Se avessi avuto la minima idea io… cazzo, non posso credere di averlo fatto.»

«Mi è piaciuto» sbottai. «Tantissimo. Non mi sono mai sentita così prima ed è stato fantastico. Volevo che succedesse e non ti sei imposto su di me.»

Le spalle di Aidan si abbassarono mentre rilasciava la tensione. Mi strinse le mani e se le portò alle labbra, baciandomi ogni nocca. «Non voglio che tu senta mai di non potermi dire qualcosa. Qualsiasi cosa. Mi fermerò sempre se non ti senti a tuo agio con qualcosa e ti prometto di essere più delicato con te in futuro. Puoi perdonarmi per essermi comportato da bastardo arrapato?»

Aspettai che mi guardasse prima di rispondergli. I suoi occhi erano così tristi e pieni di vergogna che mi venne voglia di piangere per lui. «Non c'è niente di cui scusarsi. Ti avrei detto di no, ma sono abbastanza sicura di aver detto sì, più e più volte.» Lui rise con me. «Solo perché era una cosa nuova non significa che non sia stata bella. Non ho idea di cosa tu abbia fatto, ma voglio assolutamente rifarlo qualche volta.»

Aidan mi strinse tra le braccia, le sue braccia grandi e forti che mi circondavano per tenermi contro il suo petto. Ascoltai di nuovo il suo cuore battere, forte e sicuro sotto la mia guancia. Mi sentivo al sicuro tra le braccia di Aidan. Non mi avrebbe mai fatto del male. Lo sapevo senza alcun dubbio.

«Può essere molto meglio di così, piccola. E te lo mostrerò ogni volta che vorrai. Però se mi lascerai entrare di nuovo, userò le dita perché è molto più delicato. Dio, piccola, mi dispiace davvero da morire.»

«Basta, Aidan. Smettila. Volevo che lo facessi. Avevo bisogno di te. Smettila di tormentarti per questo. Ti prego.»

Mi diede un bacio tra i capelli e mormorò: «Okay. A una condizione.»

Uh oh. Eccola. La sua richiesta. Mi aveva fatto venire un orgasmo, il primo della mia vita, e ora dovevo restituirgli il favore. Mi irrigidii tra le sue braccia e cercai di non farglielo sentire. Mi stava tenendo abbastanza stretta da accorgersene. «Ehi, no. Niente del genere. Stavo solo per chiedere se potessimo guardare un altro film e se potessi tenerti stretta. Anche solo tenerti per mano. Voglio solo poterti toccare.»

La mia paura svanì e mi rilassai di nuovo tra le sue braccia, sapendo che prima o poi l'inganno si sarebbe svelato.

Ci sistemammo sul divano e questa volta non esitai ad accoccolarmi sotto il suo braccio, appoggiando la testa sul suo petto, guardando un film con le palpebre chiuse.

CAPITOLO 11

MI SVEGLIAI il giorno dopo con una sensazione di inquietudine. Aidan se n'era andato la sera prima, dopo la fine del film, ma non chiese nulla. Non pressò per fare sesso e nemmeno per un pompino. Mi baciò di nuovo, ma le sue mani non si avventurarono oltre e, quando sentii la sua erezione indurirsi contro il mio stomaco, se ne andò.

La cosa mi confuse da morire.

Dopo aver portato fuori Brownie e aver indossato qualcosa di diverso dal pigiama, mi diressi al Mordimi! sperando di perdermi nella dolcezza. Lexi era seduta al bancone a parlare con Charlie ed entrambe sorrisero quando entrai.

«Arrivi giusto in tempo. Ho appena finito una nuova ricetta e Lexi stava per provarla per me. Vuoi assaggiarla anche tu?» Il sorriso smagliante di Charlie mi disse che era entusiasta di quest'ultima creazione. Non potevo resistere a una delle sue delizie. Persino i gusti che non mi piacevano erano buoni.

«Certo. Cos'è oggi?»

Charlie batté le mani, mise un altro cupcake su un piattino e me lo fece scivolare davanti. «Ti dirò cosa c'è dentro dopo che l'avrai assaggiato. Non voglio condizionare il tuo giudizio, per sicurezza.»

Sorrisi, sapendo che avrei dovuto aspettarmi quella risposta. Charlie pensava che, se si sapeva quale gusto doveva avere, si finiva per decidere in anticipo come avrebbe dovuto essere il sapore. Se non era 'giusto' allora non sarebbe stato buono, anche se in realtà lo era.

Io e Lexi alzammo i nostri cupcake e brindammo l'una con l'altra con una risatina. Charlie ci osservava con gli occhi spalancati, attendendo con ansia la nostra reazione.

Mentre avvicinavo il cupcake alla bocca, inspirai, cercando di riconoscere alcuni dei profumi. Sentivo solo odore di frutta, così diedi un morso.

La prima cosa che sentii fu la morbidezza dell'impasto, ma fu subito seguita da una nota decisa, qualcosa di fruttato e caldo, anche se non avevo mai saputo che qualcosa potesse avere un sapore caldo. La cosa successiva che mi colpì fu il cuore liquido. Sapeva di vino, ma più fruttato. La glassa sopra era un mix di frutta che non sarei riuscita a decifrare nemmeno con tutto il mio impegno.

Non importava davvero cosa fosse, era fantastico. Mi appoggiai allo schienale e mi chiesi come diavolo le venissero in mente quelle idee, e come faceva a realizzarle. Io e Lexi ci scambiammo un sorriso complice e fruttato e annuimmo entusiaste verso Charlie.

Lei batté le mani e si mise a saltellare, con i suoi ricci color cioccolato e burro d'arachidi che le rimbalzavano sulle spalle. «Oh, speravo che fosse buono. Indovinate a cosa mi sono ispirata?»

«Shortcake alla fragola?» ipotizzò Lexi. Charlie scosse la testa e mi guardò.

«Ho sentito più della fragola. Ho percepito molto il sapore del vino. Era come un vino fruttato.»

«Bene. Era quello il mio obiettivo. Dovrebbe essere alla sangria. Lo prendereste?»

Diedi un altro morso e annuii, sorridendo quando Lexi fece lo stesso. «È davvero buono,» borbottò Lexi con la bocca piena di cupcake. «È un'ottima idea, specialmente per l'estate.»

Charlie annuì, chiaramente estasiata dal fatto che amassimo il suo nuovo cupcake. «Era proprio quello che volevo. Qualcosa di leggero e fruttato, ma comunque gustoso per l'estate. Tutto l'alcol evapora in forno, ma se ne sente ancora il sapore. Il ripieno non è vero vino, ma sembra che lo sia per via di quanto ce n'era nei cupcake.»

Finii l'ultimo boccone del mio cupcake e Charlie ci mise davanti delle bottigliette d'acqua. «Quando inizierai a venderli? Era delizioso. Credo di aver trovato un nuovo preferito.»

«Oh, sono così emozionata di sentirtelo dire. Penso che ne aggiungerò alcuni ogni giorno e vedrò come vanno le vendite. Sono a corto di spazio e non voglio ammazzarmi di lavoro. Sono già qui troppe ore ogni giorno.»

Lexi si disse d'accordo con lei riguardo alle lunghe giornate e io mi resi conto di non sapere molto di nessuna delle due. Per la prima volta in vita mia, ero io quella che andava a chiedere consiglio agli altri invece di essere quella che li dispensava.

Non ero sicura che mi piacesse avere i ruoli invertiti e sentire di aver bisogno dei consigli degli altri. Di solito, se avevo bisogno di qualcosa, mi rivolgevo a Mandy. C'era stata per me per tutta la vita. Non sapevo spiegare bene perché non volessi parlare con lei. Mandy era la mia migliore amica. Ci eravamo sempre raccontate tutto e non le avevo mai tenuto nascosto nulla.

Fino a quel momento.

Avrei dovuto svegliarmi e chiamarla, andare prima da lei

per chiederle consiglio su quello che era successo con Aidan e su come procedere. Ma non ci riuscivo. Semplicemente non ci riuscivo.

«Che ti prende oggi?» chiese Lexi. «Sembri avere qualcosa per la testa.»

L'angolo della mia bocca si sollevò mentre mi chiedevo come potesse leggermi dentro così facilmente. Non mi era mai capitato che qualcuno cogliesse i miei stati d'animo o le mie emozioni, tanto meno il mio bisogno di parlare.

«Credo di sì. Solo che non so come dirlo.»

Lexi si sfregò le mani e avvicinò la sedia. «Questa si fa interessante. Immagino che riguardi quel bel pezzo di ragazzo che hai portato qui per l'inaugurazione. Il sesso è male?»

Il calore mi salì dal collo alle guance. Mi sentivo andare a fuoco. L'acqua mi aiutò, ma una volta che l'ebbi tracannata tutta, non ebbi altra scelta che tornare a guardarle e affrontare la verità.

«Non abbiamo ancora fatto sesso. Ieri sera ci stavamo baciando e… Dio, non so nemmeno cosa sia successo.»

Gli occhi di Lexi si strinsero mentre si sporgeva verso di me. Charlie si allontanò per servire un'altra cliente che era appena entrata. «Non sei vergine, vero?» Scossi la testa. «Ok, ma hai mai avuto un orgasmo?»

Mi morsi il labbro e abbassai lo sguardo in grembo. Mi tormentai le mani e cercai di capire cosa dire. Che avevo avuto il mio primo la sera prima e che mi aveva spaventata da morire. Che non avevo idea che qualcosa potesse essere così bello. O così terrificante. Che il sesso era sempre stato qualcosa che pensavo di dover apprezzare ma che non avrei mai immaginato di poterlo fare. Che pensavo di avere qualcosa che non andava.

Non dissi nulla di tutto ciò, ma in qualche modo Lexi

sentì tutto. Quando finalmente raccolsi il coraggio di guardarla, mi stava sorridendo, con un'aria un po' triste, ma decisamente determinata.

«Okay, quindi ora che sai com'è, e ti piace. Che succede?» chiese, andando dritta al punto. Apprezzavo questo di lei. Non sprecava parole in compassione o spiegazioni non necessarie. Andava dritta al sodo.

Non c'è da stupirsi che avesse così tanto successo.

«Io... È stato... non lo so. È stata la prima volta che ho... sai. Non so nemmeno cosa abbia fatto. Ci stavamo solo baciando sul divano ed è stato come se avesse acceso dei fuochi d'artificio dentro di me. È stato incredibile, terrificante... non lo so nemmeno.»

«È tutto normale. Penso che tutte ci sentiamo così, specialmente quando un ragazzo è così bravo. Però devo chiederti, com'è successo se vi stavate solo baciando?»

«Eravamo sdraiati. Lui era sopra di me e si muoveva, come se stessimo facendo sesso, ma eravamo completamente vestiti.»

«Ah, okay. Ti piace, vero?» Annuii e mi morsi il labbro. «È ovvio che gli piaci. Che succede? C'è qualcosa che ti stai chiedendo o che ti preoccupa e che vuoi chiedere. Chiedimelo e basta. Ti aiuterò. Oppure... forse sei venuta per parlare con Charlie? Devo andarmene?»

«No,» dissi un po' troppo in fretta. «Voglio dire, Charlie mi piace, ma credo di essere venuta qui sperando che ci fossi tu.»

Lexi annuì come se quello che avevo detto avesse perfettamente senso, anche se per me non ne aveva. «Allora, che succede?»

Feci un respiro profondo e cercai di schiarirmi le idee. Aveva ragione. Volevo chiederle tutto. Volevo che mi dicesse cosa stava succedendo e come avrei dovuto gestire le cose con Aidan. Volevo sapere come parlargli al trabalho. Ma sapevo che non era per nessuno di quei motivi che mi trovavo lì.

«Non mi è mai piaciuto il sesso, prima. Ho avuto… una brutta esperienza e ho sempre visto il sesso come tutto tranne che divertente, non che ne abbia fatto molto. Di sesso, intendo, non di divertimento. Comunque, riesco a immaginare che con Aidan possa diventarlo, ma non so se dovrei continuare o se dovrei semplicemente smettere. Nella mia esperienza, sebbene limitata, il sesso e l'amore sono pericolosamente legati al potere, e chi ne ha di più vince.»

Per fortuna, Lexi non colse la follia che mi era sfuggita. Credevo che avrebbe esitato di fronte alla mia domanda o che avrebbe cercato di indagare su cosa ci fosse stato di così tremendo nella mia precedente esperienza, ma lei incassò il colpo e andò avanti. Si picchiettò il mento, pensando alla mia domanda, e facendolo sembrava fin troppo intelligente.

Osservai i suoi capelli biondi lunghi fino alle spalle, gli occhi azzurro brillante e il seno prosperoso e capii che la maggior parte degli uomini l'avrebbe vista come una fantasia diventata realtà. Era robusta come me, ma aveva un bel portamento. Anche se era presto, era tutta in ordine e sembrava pronta a spaccare il mondo.

Emanava sicurezza, qualcosa che avevo sempre sperato di sviluppare un giorno. Mi ritrovai seduta a desiderare di poter essere lei. O essere come lei. Diavolo, ero solo felice di essere sua amica.

«Credo che se è amore vero, il potere non c'entri per niente. L'amore non dovrebbe fare calcoli o tenere i conti. L'amore ama. Il sesso, però, è molto diverso. Il sesso può essere calcolatore e basato sul potere. A volte questo lo rende divertente, ma solo se entrambi siete d'accordo. A giudicare dalla tua faccia non ti piace.»

Scossi la testa e arricciai il naso. Il sesso calcolatore non faceva assolutamente per me. E per quanto riguarda il sesso basato sul potere... Già visto, già fatto. E ne porto ancora le cicatrici emotive.

Ero abbastanza sicura che la manciata di volte che avevo fatto sesso fosse stata per un motivo sbagliato o per un altro, ma niente era neanche lontanamente paragonabile a quello che avevo provato la sera prima. Niente era come con Aidan.

«Il sesso deve essere qualcosa di cui entrambi potete godere, non importa che tipo di sesso facciate. Ti ho parlato di Mike?»

Mi scervellai cercando di capire chi potesse essere Mike. Non ricordavo che avesse menzionato nessun ragazzo, ma quella sera ero anche piuttosto assorbita da Aidan. Riuscivo a malapena a ricordare il mio nome, figuriamoci quello di un amico di una persona che avevo appena conosciuto. Lexi continuò quando scossi la testa.

«Mike è il mio partner senza impegno. Ci vediamo quando uno di noi ha bisogno di sfogarsi, usciamo quando uno di noi si sente solo, ma non stiamo davvero insieme.»

«Oh, sì, lo avevi menzionato, ma non ricordavo il suo nome.»

Lexi annuì. «Quando io e Mike stiamo insieme, ci assicuriamo di essere entrambi felici e soddisfatti. Lui mi aiuta finché non sono completamente sfinita e io mi assicuro che per lui sia lo stesso. Per noi il sesso consiste nell'essere reciprocamente appagante. Mike è sexy, il che aiuta, ma entrambi cerchiamo la stessa cosa. Ne abbiamo parlato prima e sappiamo qual è la nostra posizione, così non ci sono confusioni o problemi.»

L'ascoltai con un centinaio di domande che mi frullavano in testa. Mi si strinse la gola mentre mi chiedevo se fosse tutto ciò che Aidan voleva da me. Ero solo una trombamica per lui? Qualcuna da usare quando era tra una ragazza e l'altra?

Sapevo che un sacco di gente aveva accordi del genere. Ma Lexi era la prima persona che conoscevo ad avere un compagno di letto. Potevo capire il fascino del sesso senza un legame emotivo, ma non sapevo come facesse a tornare dallo stesso uomo più e più volte senza affezionarsi.

Dopotutto, gli uomini lo facevano sempre.

«Io e Aidan non abbiamo mai parlato di niente, è simplemente successo. Ora mi sento un po' in debito con lui. Cioè, mi ha fatto venire un orgasmo, więc muszę mu się odwdzięczyć, capisci?»

Lexi scuoteva la testa con fermezza. Lo sguardo nei suoi occhi era letale e più serio di quanto l'avessi mai vista. Era una forza della natura e stavamo parlando solo di sesso. Ebbi un'immagine fugace della donna che sarebbe stata al lavoro e provai un po' di compassione per le persone che l'avrebbero sfidata.

«Non gli devi niente. Se ti dice che è così, scappa. Il più lontano e il più velocemente possibile. Non si tiene mai il conto di cose del genere. Se lo facessimo, dovrei stare in ginocchio per Mike ogni giorno per il prossimo anno e sarei così esaurita da perdere la testa. Di solito io ne ho molti di più di lui perché le donne possono venire più spesso. Gli uomini hanno bisogno di un periodo di riposo, ma noi di solito possiamo passare da uno all'altro. Te l'ha detto Aidan che gli devi qualcosa?»

Scossi la testa. «No, non l'ha detto. Gliel'ho chiesto e ha detto di no. In realtà si sentiva in colpa per quello che è successo perché ho ammesso che per me era la prima volta.»

«Se è stato bello non aveva nulla di cui sentirsi in colpa, a meno che non ti abbia fatto male o tu gli abbia detto di smettere e lui non l'abbia fatto.»

«Non lo farebbe mai. Non starei da sola con lui se temessi che non si fermerebbe se gli dicessi di no.»

Lexi mi scrutò attentamente, cercando ovviamente di capire qualcosa. Sapevo che non le ci sarebbe voluto molto per decifrarmi. In qualche modo riusciva a vedere oltre le stronzate che una persona le propinava, fino alla verità sottostante, anche se non volevi che lo facesse.

«Mi dispiace, Claire. Davvero.»

Mi si riempirono gli occhi di lacrime e annuii. «Grazie.»

«Vorrei che tu non avessi mai passato quello che hai passato. Che nessuno dovesse passarlo.»

Annuii di nuovo, asciugandomi le lacrime dalle ciglia prima che mi macchiassero le guance. «Vorrei che non dovesse passarlo nessuno. Ultimamente ci stavo pensando. Sento di non stare facendo molto della mia vita. Voglio avviare qualcosa, una fondazione o un programma o qualcos'altro, per aiutare ragazzi e ragazze a evitare che la stessa cosa succeda a qualcun altro, o per aiutarli se succede.»

Lexi mi osservò attentamente, valutandomi mentre parlavo. Alla fine annuì, una volta sola, come se avesse preso una decisione. «Mi piace. Speriamo che aiuti anche te a guarire. Forse la mia azienda potrebbe aiutare con qualche finanziamento. Cercano sempre organizzazioni no-profit locali da sostenere. Quando avrai messo insieme le idee un po' meglio, fammelo sapere. Ti metterò in contatto con le persone giuste.»

Non riuscii a trattenere il sorriso che mi si allargò sul viso. «Sarebbe fantastico. Wow, potrebbe succedere davvero,» dissi, quasi a me stessa.

«Se lo vuoi abbastanza, tutto può succedere.»

«Sembra che ultimamente stia ottenendo alcune cose che voglio davvero. Cose che non avrei mai immaginato di ottenere.»

Lexi mi guardò pensierosa. Alla fine, disse: «Bene. Sembra davvero un bravo ragazzo. Sei fortunata.»

Sorrisi e annuii, rendendomi conto che aveva ragione. Ero fortunata. Non solo sembrava che sarei stata in grado di fare qualcosa di significativo con la mia vita, ma in qualche modo, in qualche maniera, sembrava che avessi finalmente trovato un brav'uomo.

E non volevo davvero lasciarmelo scappare.

<h1 style="text-align:center">CAPITOLO 12</h1>

QUALCHE GIORNO DOPO, cominciavo a pensare di dovermi trasferire al Mordimi! Tornai a varcare la mia porta preferita per una serata tra ragazze con le mie migliori amiche, incluse Lexi e Charlie, per quanto quest'ultima potesse assentarsi.

Presi i miei cupcake alla sangria e alla vaniglia e una bottiglietta d'acqua da Charlie, poi mi diressi al tavolo nell'angolo dove Addi era già seduta. Mentre mi sedevo, lei mise il telefono in borsa.

«Sembri di buonumore stasera», disse, notando il mio sorriso.

Sapevo di stare diventando una di quelle persone che un tempo odiavo. Sorridevo senza motivo e mi aggiravo per l'appartamento canticchiando. Aidan aveva lavorato gli ultimi due giorni, quindi non l'avevo visto, ma ci eravamo sentiti e scritti ogni giorno. Sembrava frustrato quanto me per il fatto che lavorasse così tanto, ma non avevo intenzione di dirgli di non farlo. Era davvero ammirevole che stesse risparmiando per comprare casa.

Non ero neanche lontanamente abbastanza matura per una cosa del genere.

«Sono di buonumore. Ho avuto dei bei giorni di riposo. Domani torno al lavoro e vedrò Aidan, e non vedo l'ora.»

«Allora le cose con lui vanno bene?» Le rivolsi un sorriso ebete e Addi si unì a me. «Sono così felice per te, Claire. Non credo di averti mai vista così entusiasta per un ragazzo.»

Mi lasciai sfuggire una risata. «Sì, non è da me. Aidan però è semplicemente diverso. Ho così tanti problemi a fidarmi degli uomini, ma Aidan si è guadagnato la mia fiducia molto tempo fa come amico. Mi sembra normale stargli vicino e, anche se il nostro rapporto sta cambiando, per molti versi sembra sempre lo stesso.»

«Il rapporto di chi sta cambiando?» chiese Sam mentre lei e Lexi si univano a noi. Mandy era quasi sempre l'ultima ad arrivare, ma era persino peggiorata da quando si era messa con Xander. Onestamente, mi chiedevo come facessero a concludere qualcosa, considerando quanto tempo sembravano passare a letto.

«Quello di Claire e Aidan. Si stanno addentrando sempre più nella zona non-amici.»

«Uh, che emozione», tubò Sam. «Dimmi di più.»

Lanciai un'occhiata a Lexi e lei annuì, leggendo il panico nei miei occhi. Non ero pronta a condividere troppi dettagli con loro. Lexi sapeva cos'era successo, ma non ero pronta per una diagnosi da parte di Addi, Sam e Mandy, se mai fosse arrivata.

Proprio in quel momento arrivò Mandy con Charlie alle calcagna. «Di cosa stiamo parlando?» si intromise Mandy.

«Claire stava per raccontarci cosa sta succedendo con Aidan», disse Sam.

Mandy mi lanciò un'occhiata. Conoscevo quello sguardo. Significava che l'ultima volta che avevamo parlato Aidan era sulla lista nera. Non mi aveva chiamata e io non avevo mai chiamato Mandy per dirle che le cose tra noi erano cambiate.

Si stava preparando per un'altra sessione di lamentele, lo sentivo.

Senza darle la possibilità di iniziare a parlarne male, cominciai: «Le cose vanno bene. Ha lavorato molto, come hai detto tu Mandy, quindi non l'ho visto tanto, ma ci sentiamo tutti i giorni.»

«Anche la tua relazione con Xander è iniziata così, Mandy», disse Sam a tutte, come se non lo sapessimo. Dopo il loro primo incontro, Mandy disse a Xander che non sarebbe uscita con lui perché non pensava che un ragazzo come lui potesse davvero essere interessato a una donna come lei. Alla fine Xander la convinse a dargli una possibilità al telefono e si sentirono ogni giorno per una settimana prima di uscire per un altro appuntamento, a quel punto erano già praticamente innamorati l'uno dell'altra.

«Ma è ancora tutto nuovo. Aidan e io ci conosciamo da anni, ma tutto il resto è nuovo e diverso», dissi loro.

«Diverso?» chiese Mandy, lanciandomi uno sguardo interrogativo. Capii che voleva sapere esattamente cosa significasse "diverso". Si chiedeva se "diverso" fosse buono o cattivo, e se "diverso" fosse quello che volevo.

«Penso che diverso sia un bene», intervenne Lexi. «Al ragazzo con cui vado a letto, Mike, piace cambiare le cose ogni tanto. La varietà mantiene la vita interessante.»

Sam avvicinò la sedia a Lexi come se stesse aspettando l'ora del racconto in biblioteca. Conoscendo Sam, era esattamente quello che stava facendo. Voleva che Lexi le raccontasse di più, in dettaglio, sulla sua vita sessuale.

«Ho conosciuto uno la settimana scorsa. Non stiamo proprio insieme, ma è bravo a letto. È una cosa casuale e in realtà non mi piace granché, ma mio Dio, sa come muoversi con il corpo di una donna», gemette Sam.

Risi con tutte le altre e lasciai che la conversazione virasse sulla nuova vita sessuale di Sam. Lexi incrociò il mio sguardo e le mimai un "grazie". Mi aveva salvata. Lexi mimò "prego" e poi riportò la sua attenzione sul gruppo.

«Xander è uguale, giuro. Può guardarmi e quasi farmi urlare», ridacchiò Mandy.

Alzai gli occhi al cielo. Sapevo che stava esagerando, ma non potei fare a meno di desiderare di sapere cosa si provasse. Dopo un solo orgasmo, mi sentivo una drogata, ne desideravo ancora. Diavolo, avrei preso in mano la situazione da sola se avessi avuto la minima idea di cosa avesse fatto Aidan. In qualche modo, sapevo che non sarebbe stata la stessa cosa senza di lui.

La mia mente tornò al modo in cui Aidan mi aveva fatta sentire, all'incredibile potere e passione che fluivano attraverso il mio corpo sotto il controllo del suo. I miei occhi minacciarono di chiudersi e le mie viscere si contrassero, il calore che si accumulava tra le mie gambe al solo pensiero di come sentivo Aidan contro di me.

Diavolo, forse Mandy era seria. Se mi sentivo così bene solo pensando a quello che Aidan poteva fare, forse Mandy poteva venire con un solo sguardo di Xander.

«Anche Mike lo fa. È come se capisse quando ho avuto una brutta giornata e ho solo bisogno di quel rilascio. Non parla, non dice una sola parola, ma nei suoi occhi c'è tutto il calore di cui ho bisogno per accendermi. Basta un tocco e mi disfo tra le sue braccia», condivise Lexi.

«Adoro quando lo fanno», aggiunse Mandy. «È come avere un secondo cervello, ma nella sua testa. Adoro quando riescono a darti ciò di cui hai bisogno senza doverlo chiedere. Certo, ci sono anche quei giorni in cui devi praticamente supplicare.»

«Sì, ma può essere così divertente», intervenne Addi. «Il mio ex era così. Mi portava fino al limite e poi si tirava indietro, non lasciandomi precipitare finché non gemevo e lo supplicavo. All'epoca lo odiavo, ma era molto più intenso e potente quando succedeva. È bello avere un uomo che si prende il suo tempo con te.»

«Oh, sì», disse Mandy. «Il sesso lento e pigro può essere fantastico. È così che iniziamo i nostri weekend. Sappiamo di non dover essere da nessuna parte, quindi ce la prendiamo comoda. Xander mi sveglia con baci dappertutto e di solito la prima cosa che ricordo è sentire una parte di lui tra le mie gambe. È la nostra versione della colazione a letto.»

Tutte risero insieme a Mandy. Essendo l'unica con una relazione che aveva il potenziale per durare, sapevo che le mie amiche stavano pensando tutte la mia stessa cosa. *Lo voglio anch'io.*

Il desiderio, il bisogno di quella cosa mi investì come acqua gelida. Non avevo mai immaginato di avere una relazione. Non faceva per me. In qualche modo, dopo solo due appuntamenti con Aidan, la volevo. E la volevo con lui.

Provai a immaginare di tornare alla mia vita di prima. Anche se il nostro primo appuntamento era stato meno di tre settimane prima, sapevo che mi aveva cambiata. Il suo bacio mi aveva cambiata, il mio orgasmo mi aveva cambiata, Aidan mi aveva cambiata. Mi aveva trasformata in una donna diversa. Una donna che non sentiva più di fingere di essere adulta, ma che era sulla buona strada per diventarlo. Una donna che vedeva il suo futuro con qualcosa di più di un cane e degli amici. Una donna che stava iniziando a credere nell'amore.

Era possibile che mi stessi già innamorando di Aidan?

Mentre mi arrovellavo sulla risposta a quella domanda nella mia testa, le mie amiche chiacchieravano intorno a me. Accolsi con favore la distrazione. Non potevo starmene lì a immaginare l'amore. Non ero pronta. Non ero ancora nemmeno sicura di crederci. Lo volevo, ma ne sarei stata capace?

«Credo di essere più una da sesso veloce e senza fronzoli», ammise Lexi. «D'altra parte, penso che il sesso lento e dolce sia più adatto a una relazione. Io e Mike ci vediamo solo quando uno di noi vuole sudare un po'. Quando è finita, ci rivestiamo e ognuno va per la sua strada.»

«Non passate la notte insieme o non vi concedete nemmeno qualche minuto di coccole dopo il sesso?», chiese Addi. «Non credo che potrei sopportarlo. Per me il sesso è una cosa così personale. Non so se riuscirei a distanziare le mie emozioni.»

«Tengo a Mike, non fraintendermi. Ma entrambi sappiamo qual è la situazione. È solo una collaborazione con qualcuno di cui mi fido, non con qualcuno che amo», le disse Lexi.

«Anche se Eddie non mi piace molto, non riesco a immaginare di non essere un minimo legata a lui. Penso che sia un bravo ragazzo e mi piace fare sesso con lui, ma non saremmo arrivati a questo punto senza essere in grado di parlare e di apprezzare la reciproca compagnia. Credo sia una specie di combinazione tra quello che ha Mandy e quello che hai tu, Lexi. Ma è più vicino a quello che hai tu», disse Sam a Lexi.

Non potei fare a meno di mettere in fila tutte queste relazioni e chiedermi dove si inserisse la mia con Aidan. Di certo non eravamo come Mandy e Xander, ma non pensavo nemmeno che fossimo così distanti come Lexi e Mike. Però mi preoccupava che fossimo simili a Sam e Eddie.

Sam e Eddie stavano insieme per qualcosa di fisico, ma non c'era molto altro. Volevo credere che io e Aidan avessimo più di questo. Che avessimo una relazione migliore. Che noi...

Aspetta. A cosa diavolo stavo pensando? Mi ero appena detta che non ero pronta per una relazione e ora stavo decidendo se noi eravamo abbastanza vicini a Mandy e Xander per essere considerati una coppia. Stavo perdendo la testa.

«E se uno di voi volesse più del semplice sesso?», mi sentii chiedere a Lexi.

Mi guardò con gli occhi sgranati. La domanda era uscita dalla mia bocca aperta e non potevo rimangiarmela. Sapevo che Lexi pensava che stessi scoprendo le mie carte quando avevo messo in chiaro che non volevo che nessuno sapesse cosa stava succedendo con Aidan, ma pensai che le altre l'avrebbero vista come parte della conversazione.

Almeno lo speravo.

«Non credo che succederà con me e Mike. Ci conosciamo da molto tempo ed entrambi sappiamo come stanno le cose. Mi piace molto, lo rispetto ed è bravissimo a letto, ma non vedo un futuro per noi», mi disse Lexi.

«Perché no?», sbottai, incapace di fermarmi. Lexi era stupenda, divertente, intelligente, di successo e semplicemente fantastica. Se lei non riusciva a trovare un ragazzo con cui condividere il suo futuro, mi chiesi seriamente se io ci sarei mai riuscita.

Lexi fece spallucce. «Non lo so. Ci piacciamo molto, ma immagino che se dovesse andare oltre il punto in cui si trova ora, uno di noi avrebbe detto qualcosa, capisci? Andiamo a letto insieme da mesi. Non voglio rovinare quello che abbiamo, e non credo che funzionerebbe. Siamo troppo simili, entrambi molto determinati, dediti alla carriera.»

Addi arricciò il naso. «Io credo di volere qualcuno che sia dedito alla carriera, qualcuno con grinta. Vorrei credere di averla anch'io, e la vorrei sicuramente in un fidanzato o in un marito. Insomma, qual è l'altra opzione, un tizio che sta seduto sul divano a guardare i canali sportivi? Io voglio un uomo che vada là fuori e lavori sodo.»

«Non è proprio quello che intendevo. Sì, voglio qualcuno che abbia un lavoro. Quello di cui parlo è un uomo il cui lavoro è tutta la sua vita. Io e Mike siamo quasi degli stacanovisti. Siamo sempre in contatto con la fabbrica e lavoriamo un numero folle di ore durante la settimana. Ho sempre pensato che se mai avessi incontrato qualcuno sarebbe stato al lavoro, ma ora mi chiedo se succederà mai. Non riesco a gestire un ragazzo che lavora come me e mi vedo costretta a rallentare se incontro qualcuno con cui voglio passare il mio tempo. Gli uomini di solito non lo fanno, però.»

«Lo prenderesti in considerazione? Se lui dicesse di essere interessato a qualcosa di più? Faresti il grande passo e gli daresti una possibilità?»

Lexi si bloccò. Sembrava che le stessi ponendo la domanda più difficile della sua vita. Forse lo era. In quel momento mi resi conto che non conoscevo Lexi così bene. Avevamo parlato, ci eravamo confidate, avevamo riso. Ma la maggior parte delle volte si era parlato della mia vita, non della sua.

Rischiai un'occhiata a Charlie e vidi sul suo viso la stessa espressione confusa che sapevo di avere io. Avevo svelato qualcosa che non avrei dovuto, posto una domanda a cui Lexi non voleva rispondere.

Rimanemmo tutte sedute lì mentre il tempo si fermava. Nessuna sapeva cosa dire. Mi sentii in colpa per aver messo Lexi sotto torchio su qualcosa di cui non voleva parlare. Sapevo che lo stavo facendo perché mi stavo mettendo nella sua situazione. Stavo cercando di sentirmi meglio per il casino che avevo combinato con la mia amicizia con Aidan.

E cercando di capire dove stavano andando le cose tra noi.

Alla fine Addi intervenne per salvare Lexi. «Io dico che non importa se siete amici di letto o qualcosa di più. Finché il sesso è buono e lui sa suonarti come un violino, il resto non deve importare.»

Tutte risero nervosamente. Lexi diede un morso al cupcake che Charlie le aveva messo davanti e Sam riprese la conversazione. Lei e Mandy cominciarono a scambiarsi consigli sul sesso e lentamente tutte le altre si unirono.

Io sedetti in silenzio e mi sentii in colpa per aver sfruttato la relazione di Lexi. Lei mi aveva salvata e io l'avevo gettata in pasto agli squali. Cosa c'era che non andava in me?

Dopo qualche minuto riuscii a incrociare il suo sguardo. Aveva ancora un'aria confusa e triste, ma mi sorrise quando le mimai uno "scusa". Anche se non era tutto a posto, almeno sapeva che non era stato intenzionale.

Ora dovevo solo capire cosa diavolo stesse succedendo con Aidan.

CAPITOLO 13

Passai i giorni seguenti a esaminare le opzioni per il programma che stavo pensando di avviare. Scoprii un sacco di risorse per il post-violenza, ma pochissime organizzazioni per la prevenzione dello stupro. Certo, c'erano informazioni online, ma erano un po' qui e un po' là, invece di essere concentrate.

Sentii che la cosa migliore sarebbe stata fermare l'atto prima che accadesse. Tutti conoscevano la campagna «No vuol dire No» di qualche tempo prima, ma era passato un po' da quando lo stupro era stato al centro dell'attenzione. Almeno per chiunque tranne me.

Ero determinata a cambiare le cose.

Con la promessa di aiuto di Lexi, mi misi al lavoro su un business plan, definendo esattamente come volevo che fosse il programma. Se dovevo concentrarmi sulla prevenzione dello stupro, dovevo farlo sia dal punto di vista maschile che da quello femminile. Era importante che un ragazzo capisse che "no" era una risposta accettabile e che la rispettasse.

Il nome per il mio programma mi sfuggiva, ma sapevo di avere tempo per trovarlo. Ci sarebbe voluto un po' per mettere tutto insieme. Se fossi stata fortunata, avrei avuto qualcosa di pronto da lanciare in un anno, sperando di portare il programma prima nelle scuole superiori, poi magari nelle università.

Stavo sognando a occhi aperti di aiutare gli altri a non vivere la vita che avevo vissuto io quando il mio telefono suonò per un messaggio.

> Ti va di cenare fuori? Sono libero stasera. Mi manchi.

Aidan, ovviamente.

Come potevo rifiutare?

Ero ancora confusa su tutto, incerta su dove mi aspettassi, o sperassi, che la nostra relazione sarebbe andata a parare. Me n'ero andata dalla serata tra ragazze sentendomi in colpa per aver messo Lexi in difficoltà, ma non l'avevo più vista da allora. Stranamente, avevo condiviso con lei più di quanto avessi fatto con chiunque altro, ma non avevo il suo numero di telefono.

Anche se le cose con Lexi non erano finite troppo bene, mi ritrovavo ancora a voler parlare con lei. Morivo dalla voglia di sapere cosa pensasse della mia situazione e, in realtà, ero curiosa anche della sua. Immaginavo che non avesse voluto rispondere alla mia domanda perché voleva più di un rapporto occasionale con Mike, ma forse era il contrario. Forse l'idea la spaventava più di quanto volesse ammettere.

Forse stavo solo proiettando le mie paure su di lei. Misi da parte tutti i pensieri su Lexi e sul mio programma, e affrontai il mio armadio. Scacciai le mie paure e decisi che mi sarei goduta l'appuntamento senza preoccuparmi di cosa stesse succedendo tra me e Aidan. Ovviamente questo fece emergere nuove paure su cosa avrei indossato.

Dio, odiavo essere quella donna. Pensavo di averla lasciata alle spalle ai tempi del liceo.

Alla fine optai per un paio di pantaloncini di jeans che coprivano il mio interno coscia flaccido e un top rosa confetto che mi arrivava ai fianchi e nascondeva lo stomaco. Aidan sapeva già che aspetto avessi, ma non volevo proprio ricordargli i miei difetti. Aveva già iniziato a piacermi abbastanza da sapere che se mi avesse respinta per il mio aspetto avrei avuto una crisi di nervi.

Aidan affittava una stanza da qualcuno, quindi viveva in un bel quartiere, ma aveva la sua privacy nell'appartamento sopra il garage. Parcheggiai in strada, incerta se Aidan usasse il vialetto o se fosse solo per la famiglia. Quando arrivai alla sua porta, dall'interno proveniva della musica, ma la spense quando bussai.

«Ciao», disse Aidan con un sorriso. Si fece da parte per farmi entrare e diedi la prima occhiata al suo appartamento.

Era praticamente un monolocale, ma più grande di quanto mi aspettassi. Una piccola cucina si trovava a un'estremità, con il soggiorno al centro e la camera da letto sul lato opposto. Le pulsazioni mi accelerarono quando vidi l'angolo del suo letto king-size, parzialmente nascosto da una grande TV, con lenzuola color antracite e una trapunta abbinata.

Oh, Dio, ero nei guai.

«È carino qui», gli dissi, concentrandomi su qualsiasi cosa tranne il suo letto.

«Grazie. È piccolo, ma l'affitto è basso. Ho quasi abbastanza soldi per comprare una casa. O almeno l'anticipo. Spero di andarmene da qui tra qualche mese.»

Aidan si girò e tornò in cucina, così lo seguii. C'era un odore incredibile, dolce con una punta di speziato. «Ho preparato la cena. È solo un pollo saltato in padella, ma ho preso anche i cupcake da Mordimi! Spero che vada bene.»

Sorrisi alla sua timidezza, chiedendomi perché si comportasse in modo strano. Sembrava confuso quanto me dalla nostra nuova relazione. Dopo essere stati amici per così tanti anni, sembrava ancora più imbarazzante cambiare le cose. Lo consideravo ancora il mio amico, Aidan, ma il tutto era mescolato con un desiderio per lui che avevo represso per anni. All'improvviso potevo desiderarlo, il che era bello, ma il modo in cui lo desideravo mi spaventava a morte.

Soprattutto pensando ad altri cupcake. L'ultima volta che ne avevamo condiviso uno, lo avevo quasi aggredito in mezzo al negozio. Da soli, non sapevo cosa avrei fatto.

«Il pollo saltato sembra fantastico. Ha un profumo delizioso. Non mi piace molto cucinare per me stessa quindi raramente mangio un pasto decente fatto in casa. Xander è un ottimo cuoco, quindi mangio bene quando vado a cena da lui.»

La gelosia, o quello che sembrava tale, balenò negli occhi di Aidan. Abbassò lo sguardo sul cibo che stava mescolando e, quando i suoi occhi incontrarono di nuovo i miei, era sparita. «Mi piace cucinare, ma è sempre meglio avere qualcuno di speciale con cui condividere la cena.»

Se quella era una frase fatta, ero fritta. L'avevo bevuta senza fare domande. Pensava che fossi speciale. Non credo che un uomo mi avesse mai detto che ero speciale. Beh, a parte mio padre, ma lui non contava davvero.

Qualunque gelosia avessi visto nei suoi occhi pochi minuti prima era stata sostituita dal calore. Mi avvicinai a lui mentre apriva le braccia e le avvolsi intorno alla sua vita, stringendolo forte. Mi diede un bacio sulla testa e lo sentii inspirare il profumo dei miei capelli. «Hai un profumo così buono. Mi è mancato starti vicino. Sembra così stupido, ma è vero.»

«Sembra meraviglioso. Provo la stessa cosa.»

Si chinò indietro quanto bastava per guardarmi prima di

abbassarsi per seal le nostre labbra l'una con l'altra. Fu un bacio morbido, dolce e sexy in ogni modo. Le sue labbra infiammarono il mio corpo e lo strinsi un po' più forte a me. Inclinò la testa e la sua lingua scivolò fuori per percorrere il mio labbro inferiore.

Mi fermai a godermi la sensazione della sua lingua. Emisi un sospiro e attirai la sua lingua dentro di me, intrecciandola delicatamente con la mia. Sapeva di fresco e dolce, come un bicchiere di succo di loganberry. Le sue dita si strinsero tra i miei capelli e la sua lingua si immerse nella mia guancia. Una delle mie mani risalì il suo corpo fino al petto. Amavo la sensazione dei suoi muscoli sotto le mie dita. Sussultarono al mio tocco e tremai per il potere che avevo su di lui.

Aidan si tirò indietro, le nostre labbra ancora a contatto, e sussurrò: «Dobbiamo mangiare. So che devi avere fame.»

Invece di negarlo, il mio stomaco brontolò rumorosamente. «Immagino tu abbia ragione», dissi contro le sue labbra. «È solo difficile allontanarsi da te.»

«Non vado da nessuna parte, tesoro. Sarò qui ogni volta che avrai bisogno di me.»

Lo abbracciai di nuovo, sapendo che era la verità. Qualunque cosa stesse succedendo tra me e Aidan, non era una cosa da poco e non era temporanea. Dopo tutte le mie preoccupazioni, sapevo senza alcun dubbio che quello che Aidan e io avevamo era ciò che avevo sempre sperato di trovare. Quello che avevamo era destino.

Aidan finalmente si allontanò e prese due piatti. Me ne porse uno e cominciai a riempirlo mentre lui cercava da bere. «So che non bevi molto, ma ho bibite, acqua, succo di loganberry-»

«Hai il succo di loganberry?» lo interruppi.

«Sì, lo adoro. Ne vuoi un po'?»

Annuii felice e riempii il mio piatto. Il sentore speziato mi riempì le narici e mi fece venire l'acquolina in bocca. Non vedevo l'ora di iniziare.

Aidan si sedette accanto a me sul divano e accese la TV. «Ho pensato che potremmo guardare le repliche di The Office. Hai detto che è una delle tue serie preferite ma non l'ho mai vista.»

«Stai scherzando, vero? Non hai mai visto The Office? Sì, dobbiamo guardarlo. Ti farà sbellicare dalle risate.»

Aidan mise The Office e io mi appoggiai allo schienale, dimenticando la cena, per guardare le scene iniziali della serie che avevo amato per anni. Non avevo idea di come Aidan se la fosse persa, ma avevo visto con i miei occhi nelle ultime settimane quanto lavorava. E quanta attenzione mi aveva prestato.

Finii di cenare mentre finiva il primo episodio. Pulimmo la piccola cucina, poi ci mettemmo comodi per guardare altri episodi di The Office. Dopo circa tre episodi, Aidan disse: «Capisco Jim. Provare qualcosa per una donna con cui lavori ma non poterci fare niente… è quasi una tortura.»

«Sì, beh, alla fine le cose per Jim e Pam si sistemano. E a te chi interessa al lavoro?»

Mi guardò, con le sopracciglia aggrottate, e mi trascinò sul divano tra le sue braccia. «Tu, ovviamente. Sono solo felice di poterlo fare, ora.»

Le sue labbra sfiorarono le mie, a malapena un bacio. Si ritrasse quel tanto che bastava per guardarmi negli occhi languidi e carichi di desiderio e poi si chinò per un altro bacio. Stavolta non aspettò. Non ci fu nessuna preparazione o esitazione. Si lanciò e basta.

Mi passò una mano tra i capelli corti e tirò per inclinare la mia testa a suo piacimento. La sua lingua esplorò la mia bocca come un missile a ricerca di calore, trovando la mia e intrecciandovisi. L'altra mano mi scivolò sul fianco mentre mi tirava più vicino a sé, finché i nostri corpi quasi si toccarono.

Le nostre lingue si avvinghiarono, stuzzicandosi e assaporandosi a vicenda. Gli cinsi il collo con le braccia e Aidan mi sollevò in grembo, facendomi rannicchiare contro di lui. Continuò a baciarmi, studiando ogni centimetro della mia bocca. Mi prese il labbro inferiore tra i denti, per poi tuffarsi di nuovo nella mia bocca e baciarmi ancora una volta.

Quando finalmente ci separammo, respiravamo entrambi affannosamente. La bocca di Aidan scivolò dalla mia guancia al mio orecchio, per poi scendere fino alla clavicola. Mi passò la lingua sulla gola e la pelle d'oca mi ricoprì tutta. Inarcai la testa all'indietro mentre lui continuava la beata tortura sul mio collo, una parte di me che non avevo mai saputo fosse così sensibile.

«Non so cosa mi stai facendo ma non voglio che smetti,» gemetti. Sentivo il corpo in fiamme, un calore lento che mi attraversava. Si accumulò tra le mie gambe e desiderai di nuovo il suo tocco.

Aidan si alzò con me in braccio, cosa che non avrei mai creduto possibile, e mi portò verso il suo letto. Quando capii dove stava andando, mi bloccai, la paura mi avvolse completamente non appena mi resi conto di quanto fossi sola con lui.

Il passo di Aidan vacillò quando sentì la mia paura. Si fermò e si staccò dai baci con cui mi stava ancora coprendo la pelle. «Non succederà niente che tu non voglia. Te lo prometto. Prima di tutto, e sempre, siamo amici. Voglio solo potermi sdraiare con te. Non ci toglieremo i vestiti.»

Mi guardò negli occhi, aspettando la mia reazione e una risposta prima di muoversi. Quando finalmente mi morsi il labbro e annuii, riprese a muoversi, ma non tornò a baciarmi. Sentii la mancanza delle sue labbra sulla mia pelle e mi chiesi se avrei mai superato le mie paure. Se sarei mai stata in grado di perdermi nel conforto delle braccia di un uomo.

Aidan mi adagiò sul suo letto, poi mi scavalcò per sdraiarsi accanto a me. Si appoggiò su un gomito e mi guardò, facendomi sentire esposta anche se ero completamente vestita. «Sei così bella, Claire. Mi sento l'uomo più fortunato del pianeta perché posso passare il mio tempo con te.»

Caspita se ci sapeva fare. Piegai l'indice per fargli cenno di avvicinarsi e lui coprì la parte superiore del mio corpo con la sua, portando le labbra sulle mie.

La sua mano si posò sul mio stomaco e combattei l'impulso di risucchiare la pancia. Non volevo che provasse disgusto per me, ma sapevo anche che nasconderla non mi sarebbe servito a nulla. Inoltre, non era come se non sapesse che aspetto avessi. I vestiti potevano nascondere solo fino a un certo punto.

La sua erezione premeva contro il mio fianco e capii che dovevo avvicinarmi di più a lui. Niente era abbastanza vicino, non quando non ci toccavamo ovunque. Mi girai su un fianco per fronteggiarlo. La sua erezione premeva contro il mio ventre e la sua mano si spostò sulla mia schiena per tirarmi più vicino.

Ancora più vicino non era abbastanza vicino.

Un suono strozzato mi sfuggì dalla gola, la mia frustrazione si fece sentire. Lo volevo. Non potevo impedirmi di volerlo. Di desiderare di sentirmi di nuovo come mi aveva fatto sentire prima.

«Che c'è?» chiese Aidan, staccandosi da me. I suoi occhi erano pieni di lussuria e il suo viso era contratto dal dolore. «Ti ho fatto male?»

Scossi la testa con un sorriso. Era più preoccupato di farmi male che di qualsiasi altra cosa. Mi sentivo protetta tra le sue braccia, amata più di quanto non fossi mai stata prima. La verità che mi colpì in pieno fu che lo ero davvero. Sapevo che Aidan non avrebbe potuto trattarmi male e che non avrei mai incontrato un altro uomo che mi avrebbe fatto sentire come mi sentivo con lui. Ero stata abbastanza fortunata da aver trovato qualcosa di sfuggente. Qualcosa che tanti altri cercavano mi aveva finalmente trovata.

E non l'avrei lasciato andare.

«Non mi hai fatto male. Ero solo frustrata. Mi dispiace. Io... l'altra volta è stato così bello e io... lo volevo di nuovo. Non so nemmeno cosa tu abbia fatto, ma mi è piaciuto tantissimo. Io... puoi dirmi cosa hai fatto?»

Un sorriso pigro si allargò sulle sue labbra, il sorriso di un uomo che aveva appena scoperto di essere bravo a letto. O sul divano. Insomma, era bravo.

«Smettila di sorridere così. Lo sai che è stato bello.»

«Claire, tesoro, non sto sorridendo perché è stato bello. Sto sorridendo perché amo il fatto di essere l'unico che ti abbia mai fatto sentire così bene. Non riesco nemmeno a dirti come ci si sente a sapere che nessun altro uomo sentirà mai il modo in cui ti lasci andare, non sarà mai quello che ti prenderà quando cadi da quel precipizio.»

Lo baciai di nuovo, se non altro per evitare di parlare di ciò che aveva detto. Non riuscivo a elaborare la parte del 'mai'. Sembrava che avesse intenzione di sposarmi. Fece sussultare il mio cuore, ma il resto di me era terrorizzato. Perché lo volevo, ma avevo paura che non l'avrei mai ottenuto.

«Posso mostrartelo meglio di quanto possa dirtelo. In pratica, puoi avere un orgasmo interno tramite il tuo punto G. Durante un rapporto è quello che di solito succede, se vieni. Quello che abbiamo fatto prima, invece, è che hai un fascio di nervi nella parte superiore che, se stimolato, ti fa avere un orgasmo. Prima stavo strofinando proprio lì. È il modo più facile per la maggior parte delle donne.»

«Come sai tutte queste cose?» chiesi, incerta se volessi

davvero conoscere la risposta. Eravamo ancora sdraiati sul suo letto, uno di fronte all'altra. Lui aveva la testa appoggiata su una mano e l'altra mano rimbalzava sul mio fianco, come un'auto sui dossi. Non volevo sentire del suo passato sessuale. Non ero pronta a condividere il mio e sapevo che non sarebbe stato giusto chiedere del suo senza essere disposta a parlare del mio.

Avrei voluto tenere la bocca chiusa, non fargli nessuna domanda. Avrei dovuto chiedere a Lexi, ma mi vergognavo troppo. Con Aidan sentivo di poter dire qualsiasi cosa, chiedere qualsiasi cosa.

E la sua risposta non fece che darmi ragione.

«Stavo attento durante le lezioni di educazione sessuale al liceo. Ho anche seguito qualche corso di anatomia al college. Ho frequentato e sono stato a letto con altre donne, quindi ho imparato un po' per esperienza, ma soprattutto ho imparato che i libri avevano ragione. Non sono il donnaiolo che credi. Non sono stato con nessuna da quando ti ho conosciuta.»

Mi misi a sedere così in fretta che quasi caddi dal letto. Lo guardai a bocca aperta, cercando disperatamente di ricordare qualcosa che avesse un senso. «Ci conosciamo da tre anni. Com'è possibile che non sei andato a letto con nessuna in tutto questo tempo?»

«Tu l'hai fatto?» chiese Aidan con calma.

«No, ma io sono io. Tu giochi in un campionato completamente diverso.»

Si mise a sedere e mi fronteggiò, prendendomi le mani tra le sue. «L'unico campionato in cui voglio giocare è quello in cui sei tu. Sei più bella di quanto credi. Inoltre, la bellezza è solo una delle componenti che rendono una persona fantastica. Mi piace il tuo senso dell'umorismo spontaneo, la tua ironia pungente, la tua compassione per gli altri, la tua disponibilità ad aiutare chiunque, la tua intelligenza, la tua pazienza con i passeggeri difficili, la tua-«

«Okay, ho capito! Basta!»

«Non sto cercando di metterti a disagio. Voglio solo che tu sappia che per me c'è molto di più del semplice fatto che ti trovo stupenda. Le tue curve sono generose, sexy. Mia nonna avrebbe detto che eri incantevole. Ha ragione. Sei il pacchetto completo. Vuoi che ti elenchi tutte le cose che ti rendono bella?»

«No! Ti prego, no. Non ci sono abituata. Ti credo, ma onestamente, è un po' troppo per me. La maggior parte dei ragazzi non vede oltre il mio aspetto. Sei tanto da digerire.»

«Non ne hai idea, piccola,» scherzò.

Alzai gli occhi al cielo, ma adoravo la naturalezza con cui riuscivamo a stare insieme. Mi faceva ridere, mi faceva sentire al sicuro. E mi eccitava in modi che non avrei mai pensato di poter provare.

Quindi dovetti chiedermi se quello che provavo fosse solo lussuria o se ci fosse qualcosa di più. E se sarei stata in grado di separare la lussuria da qualsiasi altra cosa ci fosse.

CAPITOLO 14

AIDAN SI CHINÒ per baciarmi di nuovo. Le sue labbra toccarono le mie per un brevissimo istante, poi mi baciò lungo il labbro inferiore e di nuovo su quello superiore. Mi stuzzicò il labbro tra i denti, poi mi attirò a sé per un bacio famelico.

Il suo corpo ondeggiò contro il mio, facendo esplodere fuochi d'artificio nel mio sangue. Si aggrappò a me, con una mano tra i capelli e l'altra che mi teneva i fianchi stretti contro i suoi. Dio, che sensazione meravigliosa. Avrei voluto baciarlo per sempre, ma ero impaziente. Volevo di più. Avevo bisogno di più.

Ero posseduta. Una donna che non riconoscevo. Una donna che si era mostrata solo una volta. Avevo bisogno che lui la facesse uscire di nuovo.

Il mio corpo si inarcò contro il suo, strusciandosi contro la sua erezione. Lui gemette nella mia bocca mentre la sua lingua si spingeva in profondità, stabilendo un ritmo che i suoi fianchi seguirono. Non era nel punto giusto, premeva contro il mio stomaco invece che dove lo volevo io. Il mio gemito frustrato lo trasformò in un animale frenetico.

La sua mano si mosse dal mio fianco lungo il mio costato. Il pollice sfiorò il bordo inferiore del mio seno e io gemetti inarcandomi contro di lui. Mi spinse delicatamente sulla schiena, tenendo le nostre labbra sigillate. Quando il suo palmo mi avvolse il seno e il pollice mi sfiorò il capezzolo, un calore mi inondò i pantaloncini e seppi di avere bisogno di più. Avevo bisogno della sua pelle contro la mia.

«Posso toccarti, piccola? Voglio sentire la tua pelle sotto le mie mani.»

Annuii, disperata di sentirlo quanto lui lo era di toccarmi. Aidan mi sfilò la maglietta e la lasciò cadere oltre il bordo del letto. Il mio reggiseno corazzato non spense il fuoco nei suoi occhi e mi sentii meglio per essere arrivata a quel punto. Fece scivolare le spalline lungo le mie spalle e liberò i miei seni dalle coppe, guardandomi mentre lo faceva.

Inconsciamente, mi morsi il labbro inferiore. «A cosa stai pensando, tesoro? Parlami,» sussurrò. I miei seni scoperti erano così vicini che potevo sentire il suo respiro sulla pelle.

«Voglio che tu mi tocchi. Ne ho bisogno. Ti prego.»

La sua bocca fu sui miei seni prima che potessi finire. Mi succhiò un capezzolo tra le labbra e lo fece roteare contro il palato. Il piacere si diffuse in tutto il mio corpo, facendo esplodere luci dietro i miei occhi chiusi. Concentrò la sua attenzione sull'altro capezzolo e mi passò un braccio dietro la schiena per sganciarmi il reggiseno, che finì oltre il bordo del letto con la mia maglietta.

«Cos'altro vuoi, Claire? Ho bisogno che tu me lo dica.»

Inspirai bruscamente. Le sue labbra si muovevano contro la mia pelle nuda, solleticandomi la parte inferiore dei seni mentre parlava. Lo desideravo ardentemente tra le mie gambe, ma non sapevo come dirgli cosa volevo. Cosa dovevo dire? E chiederlo mi avrebbe fatto sembrare una poco di buono? Essere sdraiata seminuda con un uomo aveva già superato quel limite? Si sarebbe fermato davvero se glielo avessi chiesto?

«Ti prego, toccami. Fammi sentire di nuovo bene.»

Mentre mi baciava lo stomaco e il seno, chiese: «Come l'ultima volta o posso usare la mano stavolta? O la bocca? Hai un sapore così buono, tesoro. Mi lascerai mettere la bocca su di te?»

La sua bocca? Lì? Oh merda, mi sentivo di nuovo un'adolescente. Era il tipo di cosa che avrei dovuto provare anni fa, non adesso. Non avrei dovuto avere ventisette anni e vivere tutto questo per la prima volta.

Percependo la mia esitazione, Aidan disse: «Che ne dici se comincio con le mani e poi vediamo come va. Va bene?»

Annuii e aspettai. Non sapevo cosa avrei dovuto fare. Dovevo aiutarlo a togliermi i vestiti? Voleva che fossi completamente nuda? Si sarebbe spogliato anche lui? Avrei dovuto toccarlo anch'io?

La bocca di Aidan tornò sul mio capezzolo e io gemetti forte. Sentii il suo sorriso contro la mia pelle mentre mi baciava, mordicchiava e succhiava il capezzolo. Quando stavo quasi per decollare dal letto, sentii le sue dita alla mia vita, che mi sbottonavano i pantaloncini.

Mi lasciò i pantaloncini e fece scivolare la sua grande mano all'interno. Guardai in basso e osservai la sua mano sparire nelle mie mutandine. Si mosse lentamente, giocando con i miei peli pubici prima di andare più a fondo. Le sue dita mi sfiorarono e il mio corpo scattò verso di lui. Ma non si fermò, continuò.

«Farò scivolare un dito dentro di te per bagnarti. Se sei asciutta potrebbe farti male. Sei pronta?»

Annuii e sentii il suo dito sfiorare il mio ingresso. «Cazzo, sei bagnata. Cristo, Claire. Che sensazione fantastica.»

Il suo dito scivolò dentro e lui gemette con me mentre un

solo dito mi riempiva. Ritirò il dito e io mi lamentai per la perdita. Aidan mi baciò il braccio, poi la guancia, prima di prendermi il lobo dell'orecchio tra i denti nello stesso momento in cui faceva risalire il dito al punto da cui era partito.

«Porca puttana!» urlai. Mi aveva appena toccata e stavo già urlando e sollevandomi dal letto. Le sue dita mi giravano intorno lentamente, facendomi sentire ogni movimento della sua mano. Guardai di nuovo in basso e sorrisi alla vista del suo grosso braccio teso sulla mia pancia che svaniva tra le mie gambe.

A ogni carezza delle dita di Aidan sentivo il mio corpo avvolgersi sempre più stretto attorno a una molla. Mi sentivo come un elastico sul punto di spezzarsi, il corpo teso e pronto a lasciarsi andare. Il mio respiro accelerò con il movimento della sua mano, che accarezzava furiosamente la mia zona più sensibile.

«Sto per far scivolare di nuovo un dito dentro di te, piccola. Va bene?» sussurrò mentre passava la lingua sul mio orecchio.

«No, è troppo bello. Non puoi fermarti,» ansimai.

«Non mi fermo. Te lo prometto. Sarà ancora più bello.»

Il suo dito grosso si immerse in me mentre il suo pollice ne prendeva il posto e l'elastico dentro di me si spezzò, facendomi volare oltre il bordo di un precipizio. Lanciai un urlo mentre il mio corpo si staccava dal letto, inarcandosi con forza contro la sua mano. L'altro braccio di Aidan era avvolto intorno alle mie spalle e mi teneva stretta a sé mentre cercavo di liberarmi con uno scatto.

Il nero riempì la mia vista mentre Aidan continuava a spingermi sempre più lontano dalla realtà. Quando l'oscurità svanì, sentii le sue dita ricostruirmi di nuovo, con un ritmo leggermente più lento, pronto a diventare veloce e furioso non appena il mio corpo fosse stato pronto.

«Via, devo togliermi i vestiti. Ho bisogno di sentire te e solo te,» ringhiai, tirando i pantaloncini e le mutandine mentre Aidan mi spingeva più su per la china.

Riuscii a spogliarmi pochi secondi prima che le manipolazioni di Aidan mi spingessero oltre un precipizio ancora più grande. Senza i vestiti a ostacolare le sue capacità, affondò il dito più in profondità dentro di me e ruotò il pollice più velocemente. Non riuscivo a vedere bene oltre la mia pancia, ma guardare la sua mano muoversi contro il mio corpo mi eccitava tanto quanto i suoi movimenti.

Venni di nuovo, urlando il suo nome e cercando qualcosa da mordere. Afferrai la sua spalla con i denti mentre il mio mondo diventava di nuovo nero. Dei fuochi d'artificio esplosero nell'oscurità, mostrandomi la via per tornare sulla terra.

«Sei così bella, Claire. Grazie mille, piccola. Grazie per aver condiviso questo con me. Per esserti lasciata andare. Voglio vederlo ancora, sentirti, percepirti. Ne hai ancora per me?»

«Sì,» sussurrai, già in corsa verso il precipizio con le dita di Aidan tra le gambe.

«Lasciami assaggiarti, tesoro, ti prego. Ho bisogno di sentire il tuo orgasmo, di assaggiarti mentre ti lasci andare.»

«Sì,» gemetti, pronta a tutto purché mi gettasse di nuovo giù dal precipizio.

Aidan schizzò via in un secondo, balzando in piedi da accanto a me per sistemarsi tra le mie gambe. Indossava ancora i pantaloncini e la maglietta e c'era qualcosa di incredibilmente spaventoso e straordinariamente sexy nell'essere completamente esposta a lui mentre era vestito di tutto punto.

Mi guardò, la sua mano mi toccava ancora mentre il suo viso era abbastanza vicino alle mie cosce da sentire il suo respiro. «Hai un profumo incredibile. Oh, Cristo, devo assaggiarti. Sei pronta, tesoro?»

Borbottiai qualcosa che Aidan interpretò come un sì. Il suo pollice scomparve e fu immediatamente sostituito dalla sua lingua. I miei fianchi si sollevarono per incontrarlo, scattando via dal letto mentre incontravano il loro nuovo migliore amico. Lui sorrise contro la mia pelle, la sua lingua eguagliava la pressione e il ritmo stabiliti dal grosso dito che scivolava dentro e fuori di me.

La mano libera di Aidan si posò sulla mia coscia e premette verso l'esterno, spingendomi a divaricare di più le gambe. Le mie ginocchia si appoggiarono al suo letto, il mio corpo più esposto di quanto non fosse mai stato. Quando aggiunse un secondo dito dentro di me pensai che sarei venuta proprio in quel momento, ma lui mi caricò ancora di più con il ritmo lento che aveva impostato.

Lamenti e suppliche divennero le uniche cose coerenti che riuscivo a dire, disperata che Aidan mi portasse dove solo lui poteva. Quando intrecciai le dita tra i suoi capelli e lo tenni stretto a me, perse ogni controllo. Le sue dita si schiantarono deliziosamente dure nel mio corpo e la sua lingua mi fece cose pazzesche. Gemetti, mi dimenai e urlai mentre superavo l'ultimo limite, le gambe che si irrigidivano dritte, stringendosi intorno alle sue orecchie mentre venivo.

Un'onda si abbatté su di me, poi un'altra, e poi un'altra ancora. Il mio corpo non ne aveva mai abbastanza, annegando nel piacere. Urlai, gemetti e piansi, poi mi sciolsi nel suo letto una volta finito.

Aidan si asciugò il viso sulla maglietta mentre risaliva lungo il mio corpo, evitando accuratamente di toccarmi. Ogni terminazione nervosa sembrava elettrizzata e sapevo che un suo solo tocco mi avrebbe spinto di nuovo oltre il limite. Tremavo, come le scosse di assestamento di un terremoto, ma non riuscivo a muovermi.

Aidan mi baciò quando finalmente mi raggiunse. Sentii il

mio sapore sulle sue labbra, un gusto salato e muschiato, e non potei fare a meno di chiedermi che sapore avesse lui.

«È stato incredibile. Sei incredibile. Grazie Claire, grazie mille,» sussurrò mentre si strusciava contro di me. Mi avvolse con le sue braccia forti e mi tenne stretta a sé, con il mio fianco contro il suo petto.

Sentii la sua erezione premere forte contro il mio fianco. Sembrava che pulsasse, il battito del suo cuore che si irradiava nel suo cazzo mentre attendeva lo stesso sollievo che io desideravo come una drogata.

E volevo darglielo, quel sollievo. Volevo dargli piacere nello stesso modo in cui lui l'aveva dato a me. Volevo farlo stare bene tanto quanto avevo voluto stare bene io. Era come una droga, un desiderio assurdo di sapere che potevo farlo sentire bene.

Feci scivolare la mano tra di noi e delineai la sua erezione attraverso i pantaloncini. Tutto il suo corpo si tese e si immobilizzò quando lo toccai, cosa che mi fece sorridere. Sapevo come si sentiva.

Continuai a tracciare i contorni intorno a lui, cerchiando la punta del suo cazzo finché non spinse contro di me. Gli passai un dito lungo la parte inferiore, sopra la punta e giù per i lati. Quando gli avvolsi la mano intorno, chiese con voce impastata: «Che stai facendo, tesoro?»

«Voglio farti stare bene. Bene come tu hai fatto stare me.»

«Tu… cazzo… non devi farlo, Claire. Cristo. Non devi fare niente. Guardarti, toccarti, assaggiarti. È tutto ciò di cui ho bisogno, tesoro, te lo prometto. Non devi,» bofonchiò, imprecando ogni volta che lo stringevo.

Gli uomini erano semplici. Potevo non capire il mio corpo, ma sapevo come funzionava quello di un uomo. Dovevo solo spogliarlo. Lasciai la presa sul suo cazzo e lo sentii rilassarsi di nuovo, solo per tendersi quando le mie dita si infilarono sotto la sua maglietta e iniziai a tirarla su.

«Piccola, fermati. Che stai facendo?» sussurrò ansimando.

«Voglio farti stare bene. E voglio vedere quanto sei bello. Tu hai potuto toccarmi e assaggiarmi. Voglio fare lo stesso. A meno che tu non voglia che ti tocchi?» L'idea che Aidan non fosse eccitato da me mi travolse come un'onda anomala, e non del tipo giusto. Mi allontanai da lui e mi voltai per scendere dal letto, cercando già i miei vestiti.

Le sue braccia mi avvolsero da dietro e mi tirò di nuovo sul suo letto. Mi sedetti rannicchiata, dandogli le spalle. Avvolse le gambe intorno a me, tenendo la mia schiena premuta contro il suo petto. «Claire, ascoltami, piccola. Ho bisogno che mi ascolti, adesso. Okay?» Annuii, sperando che le lacrime che avevo agli occhi non cadessero. «Ti voglio. Dio, ti voglio da morire. Darei qualsiasi cosa per farmi toccare da te, ma non voglio che tu lo faccia perché pensi di dovermelo. Non mi devi niente. E mai me ne dovrai. Volevo toccarti e assaggiarti. Grazie per avermelo permesso. Non devi fare niente per me. Te lo prometto.»

«Volevo solo sapere che sapore avessi, come ti sentissi nella mia bocca, sentire la tua pelle sotto le mie dita. Se però non mi vuoi, va bene. Posso andarmene.»

«Non vai da nessuna parte, piccola,» mi sussurrò all'orecchio. «Ti prego, non andare. Solo, non voglio mai che tu ti senta in dovere di fare qualcosa, anche se te lo chiedo io. Puoi sempre dirmi di no e io ti ascolterò, senza fare domande. Mi piacerebbe tantissimo che tu mi toccassi, ma solo se sei sicura di volerlo.»

Annuii, incapace di parlare per il nodo che avevo in gola. Senza saperlo, mi aveva fatto la promessa che eliminava le mie più grandi paure. Mi diede la sua fiducia e mi fece credere che fosse reale. Mi convinse di essere l'uomo che avevo sempre desiderato. L'uomo che non mi avrebbe mai forzata. Che ci avrebbe sempre messi su un piano di parità.

Che mi avrebbe sempre trattata come una sua pari e non come un oggetto di sua proprietà.

Questo mi fece desiderare di averlo ancora di più.

Allentò lentamente la presa su di me, quasi come se pensasse che sarei scappata non appena le sue braccia non mi avessero più tenuta ferma. Si mosse sul letto, poi lasciò cadere la maglietta davanti al mio viso. Sorrisi alla maglietta, poi mi voltai per poterlo vedere.

Era ancora più bello di quanto avessi immaginato.

Il suo petto sembrava scolpito nel cemento e i suoi addominali erano cesellati nella pietra. La sua pelle leggermente abbronzata si stendeva liscia sui suoi muscoli definiti e mi fece venire l'acquolina in bocca. Non riuscii a trattenermi dal chinarmi e assaggiarlo. Feci scorrere la lingua attorno a un muscolo pettorale, seguendo la linea sottostante per poi risalire verso il centro e sotto l'altro. La mano di Aidan si strinse tra i miei capelli e lui emise un gemito soffocato.

Chiusi le labbra su uno dei suoi capezzoli turgidi e lui si lasciò cadere all'indietro sul letto, portandomi con sé. «Mi ucciderai, piccola.»

Gattonai sopra di lui, lasciando che la mia umidità si posasse sulla parte bassa del suo stomaco mentre gli baciavo il petto. Le sue mani mi afferrarono il sedere e mi mossero avanti e indietro su di lui, aumentando la tensione nel mio corpo prima ancora che mi rendessi conto di ciò che stava facendo. «Vieni di nuovo per me, tesoro. Prendi il tuo piacere dal mio corpo.»

Non riuscivo a smettere di cavalcarlo, le sue mani strette sui miei fianchi, le dita che affondavano nel mio sedere. La mia umidità sfiorava il suo stomaco, mandandomi sempre più su di giri. Mi chinai in avanti su di lui, appoggiandomi alle sue spalle, dove si stava già formando un livido nel punto in cui l'avevo morso. «Oh, Aidan, mi dispiace di averti fatto male.»

«Fanculo la mia spalla. Vieni per me, Claire.»

Il mio corpo rispose alla sua supplica e la testa mi cadde all'indietro mentre urlavo durante un altro orgasmo. Arrivò forte e veloce. Mentre sedevo sopra di lui, bagnando il suo stomaco, guardai in basso nei suoi occhi e vidi l'amore che sapevo si rifletteva nei miei. Come diavolo era successo?

«Cristo, sei incredibile. È stata la cosa più sexy che abbia mai visto. In assoluto la fottuta cosa più sexy.»

«Sei una distrazione,» lo presi in giro. Rise con me e mi tirò giù per baciarmi. La sua lingua scivolò contro la mia e io strusciai il corpo contro i suoi pantaloncini. Ebbe un sussulto contro di me, poi spinse la sua lingua in fondo alla mia bocca. Riuscii a tenere il suo ritmo e la sua intensità, desiderandolo di nuovo con tutta me stessa, ma non più disposta ad aspettare. Avevo bisogno di assaggiarlo.

Mi staccai dal nostro bacio e scivolai via da lui. Mentre mi muovevo lungo il letto, i suoi occhi mi seguirono, guardando e aspettando. Le mie dita sfiorarono il suo stomaco e i suoi muscoli scattarono, tesi e pronti al mio tocco. Gli sbottonai i pantaloncini e abbassai lentamente la cerniera; gli unici suoni nell'appartamento erano i nostri respiri affannosi.

Aidan sollevò i fianchi per sfilarsi pantaloncini e boxer con un unico movimento e io mi sedetti ad ammirare la sua erezione che scattava libera.

Era enorme, facilmente abbastanza lungo da riempire entrambe le mie mani e anche di più. Era grosso, più di quanto pensassi possibile, e mi chiesi se sarei riuscita a circondarlo completamente con la mano.

Niente di tutto ciò importava, perché era bellissimo. La sua erezione si ergeva dritta, piegandosi leggermente verso lo stomaco. Volevo toccarla, passarci sopra la lingua. Prenderla in bocca e succhiarla.

E potevo fare tutto.

Aidan mi osservava attentamente mentre lo fissavo. Inspirò bruscamente quando mi chinai su di lui e passai la lingua sulla punta. Una goccia di liquido mi rimase sulla lingua. Era salato e appiccicoso, ma in qualche modo sapeva di Aidan.

«Cristo, tesoro. Non durerò a lungo.»

Mi inginocchiai tra le sue gambe e avvolsi le labbra completamente intorno a lui, facendolo entrare più a fondo che potevo. Quando lo sentii toccare il fondo della mia gola, gli avvolsi una mano intorno, usando l'altra per sostenermi. Spinse nella mia bocca, quasi scatenando il mio riflesso del vomito. «Scusa, piccola. Mi fai sentire così bene. Dio… così bene,» gemette mentre facevo scivolare la bocca e la mano di nuovo su, fino alla punta del suo cazzo. Feci roteare la lingua attorno alla sua punta e lui ringhiò, i fianchi che si sollevavano di nuovo dal letto.

Lo presi di nuovo e poi uscii con un movimento rapido, la mia mano e la mia bocca che lavoravano insieme per farlo sentire bene come stavo io. Le dita di Aidan si avvolsero tra i miei capelli e me li tirarono indietro dal viso. Alzai lo sguardo e lo vidi che mi guardava. «Sei così bella. Adoro vederti mentre mi succhi il cazzo. Oh, Cristo, Claire, sto per venire. Devi spostarti, adesso. Sto per venire.»

Mormorai la mia approvazione e scivolai su e giù per il suo cazzo, roteando la lingua e sfregando leggermente i denti sulla sua carne finché non pulsò nella mia bocca, pronto a esplodere.

Le sue dita si strinsero tra i miei capelli e mi tenne ferma, i fianchi che spingevano verso di me. La sua erezione scivolò più in profondità nella mia gola mentre il liquido caldo esplodeva dalla sua punta. La mia mano continuò a muoversi su di lui finché non sentii l'ultima goccia schizzare fuori, riempiendomi la bocca. Scivolai giù un'ultima volta, facendolo sussultare dentro di me, poi lentamente lo lasciai scivolare fuori dalla mia bocca.

Ingoiai il suo liquido salato, poi baciai la sua punta gocciolante, raccogliendo un'altra goccia dalla sua testa gonfia. Ebbe un altro sussulto, poi mi tirò su verso di lui. Mi baciò con foga, la sua lingua che si spingeva in profondità nella mia bocca, intrecciandosi con la mia e lottando per il controllo.

Quando finalmente interruppe il bacio, eravamo entrambi senza fiato. «Non voglio sapere dove hai imparato a farlo. So solo che è stato incredibile.»

«Mi hai ispirato tu. Sei incredibile,» gli dissi mentre mi tirava con la schiena contro il suo petto.

«Restiamo un po' così, poi ci rivestiamo. Adoro sentire la tua pelle contro la mia.»

Annuii contro di lui e intrecciai le mie dita con le sue.

«Magari potresti fermarti per la notte,» sussurrò mentre mi addormentavo. Non c'era nessun posto dove avrei preferito essere se non tra le sue braccia.

CAPITOLO 15

LA MATTINA DOPO, quando mi svegliai, fui presa da un vero e proprio attacco di panico. Mi precipitai fuori da casa di Aidan dicendo che dovevo tornare a casa per prendermi cura di Brownie, ma la verità era che stavo perdendo il controllo. Avevo passato l'intera notte con lui.

Era stato meraviglioso. Mi tenne stretta mentre dormivamo. Mi sentii al sicuro e dormii meglio di quanto avessi mai fatto. Con lui lì, non mi preoccupai che qualcuno potesse venire a prendermi o che nessuno sentisse le mie urla. Non pensai nemmeno per un istante che BJ potesse tornare a cercarmi.

Nei giorni successivi, evitai le chiamate di Aidan. Se mi mandava un messaggio, gli davo una risposta breve ma senza avviare una conversazione. Se chiamava, non rispondevo mai. Sapevo che non era giusto nei suoi confronti, ma non riuscivo a smettere di andare nel panico. Chiedendomi se mi stesse prendendo in giro come aveva fatto BJ. Chiedendomi se stessi facendo la figura dell'idiota un'altra volta. Chiedendomi se mi sarei mai ripresa qualora mi avesse fatto del male.

La parte peggiore era che dovevo tornare al lavoro e vederlo. Dopo aver evitato le sue chiamate per giorni, sapevo che non mi avrebbe lasciata andare via dal lavoro senza una spiegazione.

E sapevo che solo una spiegazione sarebbe bastata.

Quando entrai nella sala del personale, Aidan era appoggiato al bancone. Aveva un piede incrociato sull'altro e teneva in mano una tazza di caffè, ridendo per qualcosa che Bob aveva detto. Per chiunque altro nella stanza, aveva un'aria disinvolta.

Ma io vedevo tutte le cose che a loro sfuggivano.

La sua schiena era dritta, non curva come se fosse davvero rilassato. Le sue gambe erano tese all'altezza delle ginocchia, persino quella incrociata. Le sue nocche erano bianche per la stretta sulla tazza. E la sua era la risata finta che usava quando voleva che qualcuno lo sentisse ridere, ma in realtà non gli importava di quello che aveva da dire.

Era distratto. E a giudicare dall'occhiata che mi lanciò, io ne ero la ragione.

Ovviamente lo sapevo anche prima di guardarlo. Lo sapevo dal momento in cui ero fuggita dal suo letto giorni prima.

Attraversai la stanza fino ad arrivare al suo fianco, dopotutto si trovava vicino al caffè. Per la prima volta in più di un anno, dovetti prepararmi la tazza da sola. La delusione e la tristezza che mi riempirono mi fecero quasi salire le lacrime agli occhi. Più di ogni altra cosa, Aidan e io avevamo detto che saremmo sempre stati amici. Il fatto che non mi avesse preparato il caffè era il primo indizio di quante cose avesse fatto per me che non erano dovute alla nostra amicizia.

Con la panna e lo zucchero versati nella tazza, mi voltai per dirgli qualcosa, solo per vederlo allontanarsi. Aidan si sedette a un tavolo con Nicole e Jenn, ignorandomi.

Il dolore si unì alla festa di autocommiserazione nel mio

petto e seppi che non sarei riuscita a trattenere le lacrime. «Torno subito» balbettai a nessuno in particolare e corsi fuori dalla stanza.

In bagno, mi chiusi in uno dei cubicoli. Mi coprii il viso con le mani e mi lasciai cadere sul water, lasciando scorrere le lacrime. Il mio cuore si spezzò per tutte le cose che Aidan e io non avremmo mai fatto insieme, per tutto l'amore che non avremmo mai condiviso, ma sapevo che era meglio scoprire ora che non eravamo fatti l'uno per l'altra, piuttosto che scoprirlo tra un anno o due.

Non riuscivo a ricordare l'ultima volta che avevo pianto per un ragazzo. Quando BJ mi violentò piansi, ma non era davvero per lui, era per me stessa. Nessun altro ragazzo aveva mai meritato le mie lacrime, non ne era mai stato degno.

Ma Aidan sì. Lui era diverso. Lo sapevo ogni volta che guardavo nei suoi occhi, ogni volta che mi toccava, ogni dolce parola che mi diceva e in tutte le piccole cose che faceva per me. Le piccole cose che avevo dato per scontate. Se c'era una possibilità che mi perdonasse per non averlo chiamato, allora promisi a me stessa che non l'avrei dato di nuovo per scontato.

Dopo il mio discorso di incoraggiamento, mi asciugai gli occhi, mi gettai dell'acqua fredda sul viso (non che aiutasse) e, fuori dal bagno, andai a sbattere dritta contro un muro.

Un muro con braccia e un petto che avevo imparato a conoscere intimamente nelle ultime settimane.

«Scusa» disse Aidan afferrandomi le braccia per impedirmi di cadere. «Stavo venendo a vedere se stavi bene. Sei scappata via piuttosto in fretta.»

Scossi la testa e tenni gli occhi fissi sul pavimento. Non potevo stargli così vicino e non desiderare di chinarmi per un bacio. Un bacio che ero sicura lui non volesse.

«Non sopportavo di vederti trattarmi come se non

contassi niente per te. Come se non fossimo… qualunque cosa siamo.»

«Negli ultimi giorni hai messo bene in chiaro che siamo solo colleghi e niente di più. Hai lasciato un buco a forma di Claire nella mia porta quando sei scappata l'altra mattina e da allora non sono più riuscito a contattarti.»

Mi lasciò andare e fece un passo indietro. Aidan si passò una mano tra i capelli, i muscoli del braccio che si flettevano e mi ricordavano come ci si sentiva a essere avvolta da quelle braccia nel suo letto. Era il momento della verità. «Sono stata violentata al liceo. Dall'unico ragazzo che abbia mai avuto. Ho difficoltà a entrare in intimità con gli uomini. Tu sei l'unico uomo con cui abbia mai passato la notte.»

Si bloccò quando iniziai a parlare. Si stava strofinando il mento, il suono della barba contro le sue dita abbastanza forte nel silenzio del corridoio da farmi capire quando si fermò. I suoi occhi color cioccolato si agganciarono ai miei per un istante prima che le sue braccia si chiudessero intorno a me.

Aidan mi strinse forte a sé. Il suo corpo si chiuse attorno al mio, proteggendomi da tutto ciò che era al di fuori di lui. Il suo cuore martellava nel petto, un battito rapido che sapevo provenire dalla rabbia. Potevo sentire la tensione nei suoi muscoli, la forza di cui aveva bisogno per impedirsi di fare qualcosa di stupido.

Forza che stava prendendo da me.

«Sono un tale stronzo» mormorò tra i miei capelli. «Dio, tesoro, mi dispiace tanto. Mi dispiace un casino. Che tu abbia passato tutto questo, che io sia stato uno stronzo, che tu sia finita con un idiota come me.»

«Tu sei la cosa migliore della mia vita. Tu e i miei amici. Sono solo andata un po' nel panico. Ok, molto.»

«Ne avevi tutte le ragioni» ribatté Aidan.

«No, non è vero. Non mi hai mai dato motivo di pensare

che saresti stato come lui. Non sei come lui. Ma avvicinarmi di nuovo a qualcuno è stato difficile per me. Mi ero ripromessa che non avrei mai più abbassato la guardia, che non avrei mai più lasciato che nessuno si avvicinasse abbastanza da ferirmi.»

«Non ti ferirei mai. Non farei mai niente che tu non voglia che io faccia. Te lo prometto.»

Annuii, incapace di parlare a causa del nodo che mi si era formato in gola. Me lo aveva ripetuto più e più volte quando ero nel suo appartamento e sapevo che era la verità, ma stargli vicino stava riportando a galla altri ricordi che avevo rimosso. Non sapevo se fossi abbastanza forte da credere nell'amore e affrontare di nuovo i miei demoni.

Il suono dei tacchi che ticchettavano sul pavimento di piastrelle dell'aeroporto ci risvegliò entrambi dalla nebbia in cui ci trovavamo. Zoey svoltò l'angolo e ci vide lì in piedi a parlare. Alzò gli occhi al cielo e ci superò per entrare in bagno.

«Dobbiamo andare a lavorare» dissi. Sapevo che non avevamo finito ma non potevamo prenderci la giornata libera senza destare sospetti.

«Posso passare da te stasera? Porterò la pizza e così potremo parlare. Devo sapere chi dovrò uccidere e assicurarmi che mi aspetterai quando uscirò di prigione.»

«Lo picchieresti lo stesso se dicessi di no?» lo presi in giro.

«Senza pensarci due volte» rispose Aidan senza esitazione. I suoi occhi erano possessivi e appassionati. Era mortalmente serio perché ci teneva a me. Non importava come mi sentissi io, lui ci teneva abbastanza per entrambi.

Fortunatamente per lui, io provavo lo stesso.

«La pizza sembra un'ottima idea. Io ho il vino. Ne avremo bisogno in abbondanza. E… perché non porti un cambio di vestiti per il lavoro domani? Puoi restare da me. Se vuoi.»

Aidan mi strinse tra le braccia prima che potessi aggiungere altro. «Dio, sì. Potrei preparare la valigia per la settimana.»

Risi alla sua battuta, ma sapevo che non mi sarei arrabbiata se avesse fatto proprio così. Aidan mi baciò sulla testa, poi mi lasciò andare così potemmo camminare insieme verso il terminal. Avevamo concordato di non dire a nessuno al lavoro cosa stesse succedendo, perciò mantenemmo una conversazione e un linguaggio del corpo leggeri. Quando arrivammo, Jenn mi chiese se stavo bene e le dissi che dovevo solo fare pipì disperatamente. Lei rise e riuscimmo tutti ad andare avanti con la nostra giornata.

Quando la giornata finì, ero sfinita. Il giorno prima c'erano stati due voli cancellati, quindi avevamo passeggeri in più che cercavano di imbarcarsi in stand-by. Una delle compagnie aeree aggiunse un volo extra per far partire i propri passeggeri, ma per noi le cose si complicarono. Essendo un piccolo aeroporto, siamo abituati a code brevi e solo a pochi voli. Aggiungerne solo uno in più bastò a incasinare la giornata.

Ci salutammo tutti con un brontolio mentre ci dirigevamo alle nostre auto. Aidan mi chiese di aspettare che arrivasse lui per portare fuori Brownie e promise di fare in fretta.

A casa mi tolsi l'uniforme e indossai un paio di pantaloncini e una maglietta. Brownie mi seguiva ovunque, saltellandomi tra i piedi e quasi facendomi cadere. Era pronto per uscire, ma io volevo aspettare.

Alla fine cedetti, temendo che Brownie potesse fare pipì sul pavimento, e gli agganciai il guinzaglio. Scendemmo le scale con Brownie che apriva la strada. Ai piedi delle scale si liberò con uno strattone e corse lungo il marciapiede fino al punto in cui Aidan stava scendendo dalla sua auto.

Aidan afferrò Brownie e lo strofinò tutto finché il cane

non si sciolse a terra. Aidan si rialzò con il guinzaglio di Brownie in mano e si protese verso di me. Mi lasciai cadere contro di lui, trovando conforto tra le sue braccia.

«Scusa se non sono arrivato prima. Avrei dovuto immaginare che sarebbe impazzito dopo essere stato in casa tutto il giorno.»

Lo strinsi. «Lo era, ma non fa niente. Ho pensato che ci avresti trovati quando saresti arrivato. Hai un buon profumo.»

Aidan mi baciò dolcemente, senza lingua, solo labbra e la sua essenza maschile. «Hai un buon sapore. Andiamo a portarlo fuori, poi prenderò le mie cose.»

Camminammo mano nella mano fino all'area per cani, poi liberammo Brownie dal guinzaglio. Lui corse e giocò, fece pipì e popò, e rincorse un bastone che Aidan aveva trovato. Era un cane felice con tutte quelle attenzioni.

Sulla via del ritorno al mio appartamento, Aidan prese una borsa e la pizza dalla sua auto. Posò la pizza sul bancone della cucina e lanciò un osso a Brownie, che sparì immediatamente per godersi il suo premio.

«Sai che dobbiamo parlare, vero?» mi chiese una volta che ci fummo sistemati sul divano. «Non credo che ti lascerò più sola se non saprò che lo stronzo che ti ha toccata è dietro le sbarre per un bel po' di tempo.»

«Lo so. Godiamoci la pizza, poi ti racconterò tutto. Te lo prometto.»

«Basta scappare, Claire. Non da me.»

Annuii e mi sforzai di mangiare la pizza. Aveva ragione. Non potevo nascondergli la verità, e non potevo nascondermi da lui. Dovevo dirgli tutto quello che era successo, tutta la verità, per quanto non volessi parlarne. Non avevo raccontato l'intera storia a nessuno dai tempi del liceo. Da quando avevo smesso di vedere il mio psicologo.

Ma non gli avrei più permesso di rubarmi un altro pezzo della mia vita.

Quando finimmo la pizza, Aidan mi strinse tra le sue braccia. Mi tenne in grembo e appoggiò la testa sulla mia. Non mi mise fretta, non disse niente. Aspettò solo che fossi pronta a parlare. Che fossi pronta a raccontargli tutta la storia.

«BJ è stato il primo ragazzo con cui sono uscita, ma sul serio. Avevo avuto degli appuntamenti prima di lui, ma è stato il primo ragazzo con cui sono uscita per qualche mese. Al liceo ero magra, una cheerleader, e molto popolare. BJ era nella squadra di football.»

Feci un respiro profondo, sapendo che quella era la parte facile. «Dopo essere usciti insieme per qualche mese, abbiamo iniziato a parlare di fare sesso. Eravamo entrambi vergini, ma tutti i nostri amici lo facevano. Non ero sicura di essere pronta, ma mi sono lasciata convincere da BJ. Ero quella stupida ragazza che pensava di dover fare sesso con lui per tenerlo felice, come se fosse il mio lavoro assicurarmi che lo fosse.»

Aidan mi strinse più forte, affondando il viso tra i miei capelli. Potevo sentire la tensione nel suo corpo, dai muscoli contratti delle braccia e del petto a quelli che guizzavano nelle sue cosce.

«Abbiamo fatto sesso un paio di volte, ma non mi piaceva. Non era come te. A lui non è mai importato che io provassi piacere, quindi faceva sempre male. Dopo la seconda volta gli ho detto che non volevo più fare sesso. Ha detto che andava bene e pensavo che fossimo a posto.»

Feci un altro respiro profondo. Il corpo di Aidan si tese ancora di più e capii che sapeva cosa stava per arrivare.

«Qualche settimana dopo siamo andati in vacanza per le ferie di primavera con i suoi genitori. Erano molto amici dei miei e sapevano che stavamo insieme, quindi hanno detto tutti di sì, sapendo che i suoi genitori non avrebbero permesso che succedesse niente. Una sera loro sono usciti a cena e hanno lasciato me e BJ da soli in hotel. Abbiamo guardato un film e ci stavamo baciando. Lui ha detto che voleva fare di nuovo sesso. Gli ho detto che non volevo, ma ha continuato a insistere. Gli ho detto di no e lui ha detto che non potevo dirgli di no. Che ero la sua ragazza e che me lo sarei scopato, che mi piacesse o no. Ho cercato di andarmene, ma era più grosso di me. Mi ha immobilizzata. L'ho scalciato e ho lottato, ma mi ha girata sulla pancia così non potevo raggiungerlo. Mi ha tenuta ferma e mi ha stuprata. Ho pianto per tutto il tempo e quando mi ha lasciata andare mi sono nascosta in bagno finché i suoi genitori non sono tornati. Ho passato il resto della vacanza con sua madre, ma non ho raccontato a nessuno cosa fosse successo finché non siamo tornati a casa e l'ho detto a Mandy. Lei mi ha convinta a parlare con mia madre e siamo andate alla polizia.»

I muscoli di Aidan si rilassarono leggermente alla menzione della polizia.

«BJ non è mai andato in prigione. Non c'erano prove ed era semplicemente la sua parola contro la mia. Inoltre, è successo fuori città, quindi la polizia locale non aveva giurisdizione o una stronzata del genere.»

Aidan si tese di nuovo intorno a me, le sue braccia bloccate attorno al mio corpo.

«Ho fatto terapia e ho cercato di lasciarmelo alle spalle, ma non sono mai più stata intima con un altro uomo. Non mi sono permessa di avvicinarmi a nessuno. È stato il primo uomo di cui mi sia mai fidata e mi ha tradita nel peggiore dei modi. So che tu non sei come lui, ma ho ancora paura. Non sono più riuscita a salire su un aereo per colpa sua. Quello fu il mio primo e unico viaggio in aereo. La mia terapista ha detto che associo gli aerei a lui e ho paura di volare per quello che è successo. Non so cosa sia, ma il pensiero di salire su un aereo mi fa chiudere la gola e comincio ad andare nel panico.»

Aidan mi asciugò delle lacrime che non sapevo fossero cadute. Mi prese il viso tra le mani e mi diede un bacio leggero sulle labbra. «Grazie per avermelo detto. Mi dispiace che tu sia dovuta passare attraverso tutto questo e che ti abbia fatto rivivere tutto di nuovo. Io non sono come lui e non lo sarò mai. L'idea di forzare qualcuno, chiunque, mi fa star male, e il pensiero che tu l'abbia vissuto mi fa venire voglia di prendere a pugni qualcosa molto forte. Devo sapere, è di queste parti?»

Feci spallucce. «Non ne sono del tutto sicura. Ho un ordine restrittivo contro di lui, ma non tengo traccia di dove sia. Non si avvicinerà a me.»

«Non glielo permetterò. Mai. Non ti farà più del male, e se solo ci pensa lo ammazzo.»

«Lo so. E mi dispiace se faccio fatica ad aprirmi con te. È solo che mi preoccupo. È difficile starti così vicino e-«

«Claire, non devi mai scusarti per come ti senti. Va tutto bene tra noi. Te lo prometto. Mi ci vorrà un po' per sentirmi tranquillo a lasciarti di nuovo da sola, ma cercherò di superare la mia ansia che qualcuno possa mai farti del male di nuovo.»

Risi e scossi la testa. «Non devi più preoccuparti. Le ragazze grasse non vengono stuprate. Ero una cheerleader magrolina quando è successo. Nessuno vuole le ragazze grasse, è parte del motivo per cui sono ingrassata. Se non sono attraente, non devo preoccuparmi.»

«Non dire mai una cosa del genere su te stessa. Claire, sei bellissima. Non voglio che tu debba preoccuparti, ma la verità è che chiunque possa anche solo pensare a una cosa come stuprare una persona è un fottuto bastardo malato. Gente del genere non merita di respirare la tua stessa aria.

Ma ti prego, tesoro, non dirmi che non sei attraente, perché sei la donna più bella che io abbia mai conosciuto.»

Mi accoccolai contro di lui un po' più stretta e gli avvolsi le braccia intorno. Non potevo dire nulla senza rischiare di scoppiare a piangere, così afferrai il telecomando e misi la partita degli Yankees, sapendo che era la sua squadra preferita. Lentamente Aidan si rilassò e lo stesso feci io.

CAPITOLO 16

Dopo la partita facemmo fare un'ultima passeggiata a Brownie, poi tornammo al mio appartamento. Una pesantezza calò su di noi non appena rientrammo, come se il momento fosse cambiato e dovessimo affrontarlo.

Mi voltai verso Aidan e vidi la stessa espressione a disagio sul suo volto. Avevamo programmato che si fermasse da me per la notte e, dopo tutto quello che gli avevo confidato su BJ, lo volevo con me. Non potevo immaginare di vederlo andare via e di restare sola con così tanti ricordi che ancora mi turbinavano in testa.

«Andiamo a dormire» disse Aidan. La sua voce era appesantita dal sonno, o forse dal desiderio. Non importava. Era stanco. Lo vedevo da come si muoveva, dal modo in cui le sue palpebre calavano mentre mi guardava.

Annuii e lo condussi verso la mia camera da letto. Mi resi conto all'improvviso che Aidan non aveva mai visto la mia stanza. Accesi la luce e mi domandai se sarebbe rimasto infastidito dalla grande cuccia di Brownie nell'angolo, dal mio copriletto a righe rosa e blu o dai vestiti sparsi ovunque. Compreso il reggiseno che mi ero tolta prima. Mi mossi rapidamente per la stanza e cercai di raccogliere i vestiti, ma Aidan mi afferrò la mano.

«Non mettere in ordine per me. Sono qui per te, e questa sei tu. Non devi nascondere chi sei.»

Sollievata, lanciai i vestiti in aria e ci piovvero addosso; la coppa del mio reggiseno si incastrò sulla testa di Aidan. Essere mortificata non descriveva neanche lontanamente come mi sentivo, ma lui se lo sfilò, lo guardò e poi inarcò un sopracciglio verso di me.

«Decisamente, mi piace di più sul pavimento» disse in tono seducente.

La pelle d'oca mi ricoprì tutto il corpo mentre Aidan mi stringeva tra le braccia. Gli cinsi il collo e mi allungai verso di lui mentre le sue labbra scendevano sulle mie. I capezzoli si indurirono, sfregando contro il suo petto, e le mutandine si inumidirono al contatto della sua erezione contro il mio ventre.

Il nostro bacio iniziò dolce e delicato, un bacio gentile che non doveva per forza portare a qualcosa. Ma quando le mani di Aidan si allargarono sulla mia schiena, le dita che andavano dalla vita dei pantaloncini alla base del collo, seppi che non potevo più resistergli.

Mi spinsi contro di lui, strofinandomi contro la sua erezione come un cane su un mucchio di foglie. Gemette nella mia bocca e la sua stretta si fece più salda, una mano che scivolava più in basso per afferrarmi il sedere. Lo attirai a me e mugolai contro di lui, le labbra che si schiudevano per la sua lingua.

La sua lingua si immerse nella mia bocca mentre i suoi fianchi spingevano contro di me. Era una sensazione così bella. Non volevo che smettesse. Volevo che mi amasse, che facesse l'amore con me. Avevo bisogno di lui.

Lo tenni stretto con una mano e lasciai che l'altra scivolasse dal suo collo per scorrere sul petto e sullo stomaco. I suoi muscoli scattarono sotto il mio tocco, tremando attraverso la maglietta. Il suo cuore batteva più forte e le sue mani vagavano su e giù per la mia schiena, facendosi strada alla fine verso il mio seno.

All'altezza del bordo della sua maglietta, la sollevai e feci scorrere le unghie sulla sua pelle nuda. Ebbe un sussulto contro di me, la sua erezione che premeva contro il mio ventre morbido. La maglietta si sollevò con le mie mani, svelando sempre di più il suo corpo sodo e la sua pelle liscia. Interruppe il nostro bacio e si strappò la maglietta, gettandola dietro di sé prima di riportare la bocca sulla mia.

I suoi baci divennero frenetici, ansiosi e impazienti. La sua bocca si spostò dalle mie labbra al mio orecchio, facendomi gemere mentre le mie dita si stringevano tra i suoi capelli. L'altra mano trovò il suo petto, delineò i suoi pettorali prima di danzare sui suoi capezzoli turgidi. Ne strinsi delicatamente uno e i suoi denti si chiusero sul mio lobo, i suoi fianchi che si infrangevano contro i miei.

«Cazzo, piccola. Sei così eccitante» ringhiò nel mio orecchio. La sua lingua tracciò il contorno dei segni dei suoi denti sulla mia pelle e continuò a muoversi, lasciando una scia che si raffreddava sulla pelle mentre scendeva lungo il mio collo. Gli stuzzicai di nuovo il capezzolo, desiderosa di una sua reazione, e fui ricompensata questa volta da Aidan che cercava freneticamente di togliermi la maglietta.

Alla fine mi liberò e chinò la testa per richiuderla sul mio capezzolo nudo. La mia testa cadde all'indietro mentre un gemito mi scivolava dalle labbra. Aidan mi sorresse, le mani strette intorno alla mia vita mentre mi inarcavo all'indietro, esponendogli il seno.

La tortura della sua bocca su di me era atroce. Mi succhiò, leccò e baciò i capezzoli finché non pulsarono allo stesso ritmo che martellava tra le mie gambe. Provavo un dolore sordo, morivo dalla voglia che mi toccasse, di lasciarmi sentire l'orgasmo per cui il mio corpo supplicava.

Aidan mi fece voltare e mi guidò all'indietro verso il mio letto. Quando le mie ginocchia colpirono il bordo del materasso, lo tirai giù sopra di me. Con le gambe penzoloni e i corpi stretti l'uno contro l'altro, scoppiammo a ridere. Aidan rotolò via da me, la sua risata profonda e fragorosa che vibrava attraverso il mio corpo e me lo faceva desiderare ancora di più.

«Mi sono lasciato trasportare. Scusami, tesoro.»

Mi tirai su su un gomito e lo guardai dall'alto. «Non hai fatto niente del genere. È stato perfetto. Lo è ancora» sussurrai mentre mi chinavo su di lui e stringevo i denti attorno al suo capezzolo. Le sue mani si strinsero tra i miei capelli e il suo gemito scosse tutto il mio corpo.

Gli torturai l'altro capezzolo tra le dita, amando il fatto di poter far tremare un uomo così potente e sexy. Stava gemendo e i suoi fianchi si inarcavano e mi chiesi se sarebbe venuto nei pantaloncini. Prima che potessi allungare una mano verso di lui, ci ribaltò e mi immobilizzò sotto il suo corpo imponente e il suo cazzo extra-large.

Il suo cazzo premeva contro la mia gamba mentre Aidan riservava ai miei capezzoli lo stesso trattamento che io avevo riservato ai suoi. Mi inarcai sul letto, palpitante di bisogno. Aidan si allungò tra noi e fece scivolare la mano nei miei pantaloncini, sotto le mutandine, fino al mio centro umido. Mi sfiorò una volta, facendomi gridare e inarcare contro la sua mano. Frustrata, mi sfilai i pantaloncini e le mutandine. Le dita di Aidan entrarono in me mentre i suoi denti mi pizzicavano il capezzolo. Il piacere e il dolore si mescolarono per creare una reazione esplosiva. I miei fianchi si sollevarono dal letto e le mie mani cercarono qualcosa a cui aggrapparsi, a cui tenersi mentre un orgasmo esplodeva nel mio corpo.

Sotto la sua abile manipolazione, l'oscurità calò intorno a me, oscurando tutto tranne le dita di Aidan su di me, dentro di me, la sua bocca su di me, il suo corpo sospeso sul mio. «Ho bisogno di te, Aidan. Ho bisogno di tutto te. Vuoi fare l'amore con me?»

Aidan si bloccò all'istante. Con le dita ancora dentro di me, il mio capezzolo in bocca e la sua erezione dura contro la mia gamba, smise di muoversi, smise di respirare.

«Non dobbiamo farlo, Claire. Se non sei pronta non dobbiamo fare assolutamente niente.»

Il mio cervello sentì le sue parole e le reinterpretò come: 'Non voglio davvero andare a letto con te, sono qui solo per farmi qualche scopata. E fare l'amore non accadrà. Potrei fotterti, ma questo è tutto.'

Mi ritrassi all'istante. Risalii sul letto, le sue dita che scivolavano fuori da me mentre mi allontanavo, il suo corpo che perdeva contatto con il mio. «È stato un errore. Penso che dovresti andare.»

«Claire, ti prego, non fare così. Niente tra noi è un errore. Ti voglio, Dio, da morire. Ma non voglio che tu prenda questa decisione mentre stiamo giocando e finisca per pentirtene. Voglio sapere che è questo ciò che vuoi davvero. Che sei davvero pronta.»

«Semplicemente non mi vuoi. Va bene, capisco. Ma penso che dovresti andare.»

Gattonò verso di me, i suoi muscoli che si flettevano e si gonfiavano mentre si avvicinava sempre di più a me. «Tesoro, oggi sono stato così duro che avrei potuto costruire una casa con tutti i chiodi che potevo piantare. Non c'è niente che io voglia più di te. Ma non mi perdonerei mai se mi approfittassi di te. Te l'ho già detto. Non ho nemmeno portato i preservativi perché non avevamo parlato di sesso. Se sei seria e sei pronta, possiamo aspettare la prossima volta che stiamo insieme. Assicurarci di essere protetti. Mi ucciderà non averti, credimi, ma non rischierò di farti del male.»

«È da un po' che ci penso. È quello che voglio, ma non voglio aspettare. Ti voglio adesso. Prendo la pillola, la prendo da un po'. Sono pulita, ho fatto le analisi. E se tu sei…»

«Sì, piccola, ho fatto le analisi. Non ti metterei mai a rischio, sono pulito anche io. Ma sei sicura? È davvero quello che vuoi?»

Mi morsi il labbro e annuii. Aidan non ebbe bisogno di altro incoraggiamento, si chinò e mi baciò di nuovo. Mi liberò dal lenzuolo che avevo avvolto intorno al corpo e interruppe il bacio. Mi guardò e sussurrò: «Sei bellissima, Claire. Ti voglio sempre. Ogni secondo di ogni fottuto giorno io ti voglio. Non posso sopportare che tu ne dubiti.»

Lo guardai e vidi sincerità e pura brama nei suoi occhi. Sapevo che mi desiderava tanto quanto io desideravo lui e che niente ci avrebbe fermati. «Baciami e basta», gli dissi. Lui sorrise e fu felice di accontentarmi.

La sua lingua esplorò la mia bocca, facendo ricominciare la nostra notte con un bacio delicato. Si mise in ginocchio di fronte a me, con le sue grandi mani che mi stringevano le guance. Mi sentivo come se potessi rimanere seduta così a baciarlo per sempre, imparando a conoscere la sensazione di ogni parte della sua lingua, gli incavi della sua bocca, le scanalature dei suoi denti. Volevo conoscere ogni centimetro del suo corpo, e c'erano molti centimetri che non vedevo l'ora di conoscere meglio.

A quel pensiero, la seduttrice che era in me, una persona che non sapevo nemmeno esistesse fino a quel momento, si fece avanti e prese il controllo. Portai la mano al petto di Aidan e lo spinsi indietro finché non fu seduto sui talloni, a guardarmi. Uno sguardo assonnato e sexy gli velava gli occhi e rimase lì, confuso.

Mi sollevai sulle ginocchia e mi inginocchiai proprio di

fronte a lui, portando il mio seno alla sua altezza. Lui mi guardò, io inarcai le sopracciglia e poi abbassai lo sguardo sui miei seni pieni. La sua bocca seguì i miei occhi e lo guardai mentre chiudeva le labbra sul mio capezzolo. Lo baciò dolcemente, facendo rotolare il capezzolo tra le labbra prima di prenderlo in bocca. Prigioniero tra il suo palato e la sua lingua, il mio capezzolo si tese e attirò il resto del mio corpo più vicino a lui.

Le mani di Aidan sostennero il peso abbondante dei miei seni e li unirono, mentre la sua bocca si muoveva su uno di essi, finché entrambi i capezzoli non furono insieme. Prese anche il secondo in bocca e li morse con forza; il piacere mi attraversò, schizzando dritto tra le mie gambe. Gemetti e allungai le mani verso di lui, trovando il suo petto. Gli torturai i capezzoli mentre lui mordicchiava i miei, entrambi ansimanti e disperati dopo solo pochi minuti.

Aidan mi spinse delicatamente sul letto e si alzò per togliersi i pantaloncini e i boxer. Con il suo bellissimo corpo nudo davanti a me, mi chiesi se avessi commesso un enorme errore di valutazione. Non c'era modo che potesse entrarci.

Quando Aidan tornò a letto, mi aspettavo che andasse dritto al sodo, ma invece cominciò dalle dita dei miei piedi. Baciò ogni dito, poi sfiorò con i denti l'arco di ogni piede, cosa che in qualche modo mi fece inarcare la schiena, sollevandomi dal letto. Continuò a baciarmi, passando sopra il tallone, mordicchiando il tendine che scendeva lungo la parte posteriore della caviglia, passando la lingua sotto la caviglia in un punto sorprendentemente sensibile.

«Sei così bella vista da quaggiù. Adoro vederti, bagnata e che mi aspetti. Non vedo l'ora di assaggiarti.»

«Di che cosa stai parlando? Pensavo avessimo concordato che avremmo fatto l'amore?» chiesi.

Mi baciò i polpacci, massaggiandoli entrambi delicatamente con le mani mentre la sua bocca scivolava sulla mia pelle. «Lo faremo, ma ho aspettato così tanto questo momento che ho intenzione di prendermi il mio tempo. Voglio assicurarmi che tu ricordi ogni singolo dettaglio. Voglio sapere che sapore ha ogni centimetro della tua pelle, dove si trova ogni tuo punto sensibile e che sensazione dà ogni parte di te. Stanotte ti adorerò, Claire, perché è quello che meriti ed è quello che muoio dalla voglia di fare.»

«Perché?» sbottai.

«Perché sei fantastica. E perché non voglio che nessun altro uomo entri nei tuoi pensieri quando sono nel tuo letto. Io non sono come lui e non lo sarò mai, e non potrò farlo se penso che ci sia la possibilità che tu possa paragonarci. E perché voglio che tu pensi sempre a me quando pensi al sesso fantastico. Ti rovinerò per ogni altro uomo. Non sarai in grado di pensare alle lettere S, E, S, S, O senza pensare a quello che ti sto facendo in questo momento.»

Sottolineò la sua ultima affermazione con una decisa spinta delle dita dentro di me. A essa seguì rapidamente la sua lingua che risaliva dal mio centro fino al clitoride. Gemetti profondamente. Le mie gambe si aprirono e il mio corpo si sciolse nel letto. Sapevo che da lì in poi mi avrebbe solo caricata di più, ma mio Dio, che sensazione meravigliosa.

La sua mano libera cercò la mia, intrecciando le nostre dita e appoggiando le nostre mani sulla mia pancia. Tutti i miei pensieri, tutte le mie preoccupazioni, svanirono mentre Aidan giocava con me. La sua bocca e la sua mano lavoravano insieme, i miei fianchi si muovevano al suo ritmo mentre mi mandava sempre più in alto, fino alla stratosfera.

Proprio quando pensavo che non potesse spingermi più in alto, arricciò le dita dentro di me e premette più forte. Urlai mentre il mio corpo balzava dal bordo del precipizio. Roteai, cadendo in picchiata nell'oblio, mentre i miei fianchi si spingevano contro il suo viso, contro la sua mano, un orgasmo dopo l'altro che mi reclamava.

L'oscurità fu sostituita da Aidan, sospeso sopra di me, con la mano che mi accarezzava la guancia. Sentii la sua erezione tra le gambe, che sfiorava la mia pelle ipersensibile. I miei fianchi si inarcarono verso di lui, lui gemette e chiuse gli occhi. Quando li riaprì, chiese: «Stai bene?»

«Dio, sì», sussurrai. «Sei fantastico.»

«Sei sicura di essere pronta per questo?»

«Sì, ne sono certissima.»

Aidan si chinò e mi baciò dolcemente. Si sollevò sulle ginocchia e si posizionò alla mia entrata. Mentre si chinava di nuovo su di me, scivolò appena dentro, abbastanza da farmi capire che era lì, ma non abbastanza. Neanche lontanamente abbastanza.

I suoi occhi si agganciarono ai miei e io mossi i fianchi, cercando di farlo entrare più a fondo. Rispose con un suo stesso movimento dei fianchi e scivolò un po' più dentro, la mia pelle che si allungava per accogliere le sue dimensioni eccezionali. Un altro movimento e scivolò ancora un po', poi ancora, e ancora.

Sapevo che stava andando piano per essere delicato con me, ma quella lentezza mi stava uccidendo. Mossi di nuovo i fianchi, disperata di sentirlo tutto dentro di me e lui cedette, affondando con forza in me.

I nostri corpi si unirono e io inspirai, chiedendomi se potessi quasi soffocare per il suo cazzo. Sembrava ancora più grande di quanto non apparisse, ma calzava a pennello. Fu la cosa più incredibile che avessi mai provato in vita mia. Abbassai lo sguardo e riuscii a malapena a vedere dove i nostri corpi si incontravano, i suoi peli scuri intrecciati con i miei più chiari. Il suo corpo sodo in bilico sul mio morbido. La sua pelle leggermente abbronzata accanto alla mia pallida.

Era la cosa più bella che avessi mai visto.

«Gesù, che sensazione meravigliosa. Ti sto facendo male?»

«Credo che potrei venire di nuovo», mi sfuggì dalle labbra.

Aidan mi guardò sorpreso. «Davvero?» Annuii. «Ho intenzione di muovermi, se sei pronta.»

«Oh, sì, ti prego.»

Aidan scivolò fuori finché solo la sua punta non fu ancora dentro di me, poi scivolò di nuovo dentro, così lentamente che pensai che sarei scoppiata a piangere. Lo fece ancora e ancora finché non mi ritrovai a gemere di bisogno, dolente per il piacere che era appena fuori dalla mia portata.

«Ti prego Aidan, ho bisogno che mi aiuti. Ti prego, fammi venire», mi lamentai.

Il suo controllo, mantenuto con cura, si spezzò e lui si puntellò sulle mani, ancora chino su di me, mentre affondava con forza dentro di me. Il suo cazzo extra-large mi colpiva perfettamente, il mio corpo si contraeva a ogni sua spinta.

Il letto tremava a ogni colpo del suo corpo contro il mio. Le braccia di Aidan fremevano per la forza necessaria a tenersi sopra di me. I suoi muscoli si contraevano e il sudore gli colava lungo il collo e tra i pettorali. Avvolsi le gambe attorno ai suoi fianchi e lui colpì il mio nuovo punto preferito ancora più forte. Mi dimenai sotto di lui, il mio corpo si avvolse stretto come un serpente pronto a colpire.

«Forza piccola, ho bisogno di te adesso. Vieni adesso, tesoro. Adesso», disse Aidan con voce soffocata, le parole che sembravano strangolate uscendo dalla sua gola. Ma mi bastò alzare lo sguardo nei suoi occhi, vedere l'oscurità del suo desiderio, la tensione che stava trattenendo, e l'amore, e andai in frantumi attorno a lui.

Un urlo mi uscì dalle labbra, il mio corpo che sembrava spaccato in due. Mi aggrappai ad Aidan sentendo il mio nome strappato dalla sua gola poco dopo aver urlato il suo.

Sentivo addosso il suo sudore, il suo calore, il nostro sesso. La lingua scattò fuori per catturare una goccia di sudore che gli scendeva lungo il collo e lui mi crollò addosso.

Lo strinsi forte, sentendomi confortata dal suo peso su di me. Le mie gambe erano ancora intorno a lui e sentivo il suo cuore battere all'unisono con il mio.

«Cazzo, tesoro, mi dispiace, stai bene?» chiese, allontanandosi da me. Lo stavo stringendo così forte che mi sollevai con lui quando cercò di mettersi seduto.

«Non andare», sussurrai contro il suo collo.

Si adagiò di nuovo su di me e si accoccolò contro il mio collo. «Mai.»

CAPITOLO 17

A UN CERTO punto della notte, Aidan e io ci scambiammo di posto, perché al mattino ero quasi completamente sopra di lui. La prima volta che avevamo passato la notte insieme eravamo entrambi vestiti, ma quella notte non ci alzammo mai dal letto per metterci i vestiti, così ci svegliammo nudi.

E un Aidan nudo era decisamente qualcosa al cui cospetto mi piaceva svegliarmi.

Era ancora buio fuori quando suonò la sveglia. La colpii e mi rigirai tra le sue braccia. Mi tirò il resto del corpo sopra di sé e io mi misi a sedere, a cavalcioni sui suoi fianchi. L'erezione mattutina di Aidan premette contro di me e io ruotai i fianchi sopra di lui, strappandogli un gemito.

«Sei diabolica», scherzò.

«"Diabolica" significa che non ho intenzione di farci niente. Ma credo proprio che tu mi abbia trasformata in una grande fan del sesso.»

«Davvero?» mi prese in giro, sollevandomi i fianchi per posizionarsi tra le mie cosce. Si sorresse con una mano mentre mi guidava lentamente lungo la sua asta. «Sei già bagnata. Mi hai sognato?»

«Te l'ho detto, mi hai resa una fan del sesso. Non credo che tornerò mai alla vita da casta che conducevo.»

Aidan mi tenne i fianchi, facendomi scivolare su e giù per il suo cazzo massiccio. Mi sentivo bene ad averlo dentro di me, una sensazione che non avrei mai pensato di desiderare. «Metti le mani sul mio petto e prendi tu il controllo», mi disse. «Usami per godere.»

«Voglio che goda anche tu.»

«Sono dentro di te. È una garanzia che sto godendo. Ecco, metti le mani qui. Come ti senti?»

Non riuscii a rispondergli a causa del mio respiro affannoso. Un solo movimento e stavo già per esplodere come un petardo. Mi sollevai sopra di lui, alzando i miei fianchi dai suoi per poi scivolare di nuovo giù. Era come una cavalcata erotica.

Cavalcai Aidan, la mia seduttrice interiore che amava il controllo, ma sapevo che non sarei riuscita a durare a lungo. A ogni spinta la mia forza svaniva, ogni briciolo della mia energia si concentrava sull'orgasmo che si stava accumulando nel fuoco al centro di me.

Aidan sentì che stavo perdendo il controllo e lo prese lui. Le sue dita si conficcarono nei miei fianchi mentre mi sollevava e mi sbatteva di nuovo giù contro di lui. Spinse i suoi fianchi contro i miei mentre scendevo, incontrandomi in un bacio appassionato delle nostre zone più intime. Il mio corpo si tese, il respiro accelerò, persi il controllo, la testa che mi cadeva all'indietro.

«Così, piccola. Fammi sentire. Fammi sentire la tua voce. Forza, Claire. Dimmi. Dimmi tutto, piccola. Lasciati andare.»

Mi chinai di nuovo su Aidan, le unghie che gli mordevano la pelle, i fianchi che si sollevavano più in alto e la nostra connessione che si faceva più intensa. I nostri corpi sussultarono insieme più e più volte, le sue dita che spingevano i miei fianchi ad andare sempre più veloci. Finché la diga cedette e io urlai, gemetti, mi lamentai mentre venivo. Aidan mi sollevò e mi abbassò, i miei muscoli non più funzionanti, mentre si conficcava in me un'ultima volta. Mentre il mio nome sgorgava dalle sue labbra, lui si riversò in me.

Mi accasciai, ancora sopra di lui, ma non volevo che scivolasse fuori da me. Aidan staccò le dita dai miei fianchi e le avvolse tra i miei capelli, tirandomi giù verso di sé. «Mi hai reso un tuo fan. Sei fo-t-tu-ta-men-te incredibile.»

«Sei un'ispirazione. E faremo tardi al lavoro. Risparmiamo tempo e facciamo la doccia insieme», suggerii.

Aidan gemette. «Tu mi ucciderai, senza dubbio.»

Dopo la doccia, e il terzo round, condividemmo una ciotola di cereali e del pane tostato prima di ficcare la pizza avanzata in una borsa e afferrare qualche bottiglia d'acqua, due mele e una manciata di biscotti. Portammo Brownie a fare una passeggiata veloce e poi ci precipitammo fuori dalla porta.

Aidan mi trascinò verso la sua auto. «Che stai facendo?» chiesi.

«Mi sto assicurando di poter tornare qui stasera. E non nasconderò più quello che provo per te. Non riuscirò a passare un'intera giornata senza baciarti e non mi interessa chi lo sa.»

Lo lasciai attirarmi tra le sue braccia per un bacio, poi mi accomodai nella sua auto con il nostro pranzo condiviso in grembo.

Aidan mi tenne la mano durante il tragitto e, una volta scesi dall'auto, tese di nuovo la mano verso di me. «Nessuno si arrabbierà perché stiamo insieme. Penso che sospettassero tutti da un po' che alla fine sarebbe successo.»

«Perché avrebbero dovuto aspettarsi che ci mettessimo insieme?»

Aidan mi strinse la mano. «Perché, a differenza tua, loro si sono accorti che ti faccio il filo da anni.»

«Non è vero», protestai.

Si fermò e mi tirò contro di sé, con le nostre mani unite sulla parte bassa della mia schiena. Si chinò molto vicino, le sue labbra a un respiro dalle mie. La sua mano mi accarezzò la guancia e lui sussurrò: «È verissimo. Solo che tu non mi hai mai voluto vedere come nient'altro che un amico. Ci hanno visti tutti da Malley's e sanno cosa provo per te. Saranno felici, fidati di me.»

Prima che potessi ribattere, annullò la distanza tra noi, sigillando le sue labbra sulle mie. Il suo pollice mi accarezzò la guancia e la sua lingua sfiorò la mia, scaldandomi in quella mattinata già calda. Mi aggrappai a lui, con il bisogno di stargli più vicino. Il mio corpo si inarcò contro il suo e lui ringhiò cupo e profondo dal petto. Una mano si strinse più forte attorno alla mia e l'altra si intrecciò tra i miei capelli, inclinandone la testa per servirsi meglio.

I fari di un'auto ci illuminarono e ci separammo. Vidi Jenn sorridere mentre ci superava in macchina e scossi la testa. «Immagino che la verità sia venuta a galla, ora», dissi ad Aidan.

«Già. Peggio ancora, se non entriamo subito, tutti sapranno che ti ho trascinata di nuovo a letto. Diavolo, potrei farlo comunque», mi prese in giro, voltandosi per tornare alla sua auto, trascinandomi dietro di sé.

Risi e gli tirai la mano. Lui si girò con un enorme sorriso sul volto. «Okay, ma è meglio che mi porti al lavoro presto o ti riporterò a letto e ti ci terrò finché non ne avrò avuto abbastanza di te. E sono abbastanza sicura che non succederà mai. Moriremo nel tuo letto per troppo sesso. Ma che bel modo di andarsene...»

Risi di nuovo e lo tirai verso l'aeroporto. «Noi non moriremo. E noi andiamo a lavorare. Tu stai cercando di comprare casa e a me piace troppo mangiare per smettere di lavorare. Ma puoi stare di nuovo con Brownie e me stasera, se vuoi. Magari possiamo replicare la scorsa notte. E stamattina.»

Aidan si girò di nuovo, tirandomi verso la macchina. Gettai la testa all'indietro e risi di lui finché non sentii la voce di Jenn dietro di noi. «Non ne hai mai abbastanza di lei ora che ce l'hai, eh Aidan?»

«No. Di' a tutti che stiamo male e che staremo a letto per il resto della giornata», disse Aidan.

Jenn rise e io alzai gli occhi al cielo. «Se non vi avessi visti avvinghiati l'uno all'altra pochi secondi fa, forse ci avrei creduto. In realtà, credo che stareste a letto tutto il giorno, ma sulla parte del "male" non sono così sicura.»

Alla fine Jenn ci raggiunse, Aidan si voltò e entrammo tutti insieme in aeroporto. «Sono solo contenta che finalmente tu l'abbia conquistata. Stavi diventando piuttosto patetico.»

«Sì, lo ero. Ma ne è valsa l'attesa. Aspetterei altri tre anni da capo se dovessi, ma spero proprio di no,» disse Aidan con voce spaventata, voltandosi verso di me.

Io e Jenn ci scambiammo un'occhiata, poi scoppiammo a ridere. Era terribile come tutti gli altri uomini, ma era il mio. Ed entrambe sapevamo che non avrebbe aspettato neanche lontanamente tre anni.

All'interno, Bob e Nicole furono altrettanto felici che io e Aidan stessimo insieme. Era strano che il nostro piccolo gruppo fosse così unito per certi versi e non per altri, ma era bello. Eravamo come una piccola famiglia e io ero entusiasta di condividere con loro la mia felicità. Anche se di quella felicità ne avevo solo scalfito la superficie.

La nostra giornata trascorse abbastanza tranquillamente. Io e Aidan fummo discreti con le nostre manifestazioni d'affetto di fronte ai passeggeri, ma lui mi baciò durante il pranzo e mi tenne stretta la mano mentre tornavamo a casa a fine giornata.

Casa. Ah! Come se vivesse con me. Stavo davvero iniziando a perdere la testa.

Mandy chiamò non appena rientrammo nel mio appartamento. Aidan portò fuori Brownie mentre io parlavo con lei. «Non sei appena tornata a casa?» mi chiese Mandy quando Aidan fu uscito.

«Sì, un minuto fa. Perché?»

«Aidan vive con te adesso?»

«No, certo che no. È rimasto ieri notte e rimarrà anche stanotte, ma non viviamo insieme.»

Mandy si strozzò con qualcosa, tossendo forte nel mio orecchio. Quando riuscì di nuovo a respirare, disse: «Passare tutti i giorni e le notti insieme non è forse la definizione di convivenza?»

«Allora tu vivi con Xander?» le rinfacciai.

Espirò rumorosamente e disse: «Mi arrendo. Che fate stasera?»

«Niente programmi. Domani dobbiamo lavorare, ma pensavamo solo di rilassarci stasera.»

«Eccellente. Venite qui. Entrambi. Aidan voleva comunque vedere la casa di Xander e questa sarà un'occasione perfetta per noi per conoscerlo meglio. Sai, senza tutti gli altri. In più, Xander ha bisogno di più amici. Da quando ha scaricato tutti quegli amici stronzi che aveva, ha solo Drew con cui uscire. Ha bisogno di più cazzi nella sua vita.»

Sentii Xander urlare: «Non ho bisogno di cazzi nella mia vita.» Io mi misi a ridere e Mandy gli tubò che si sarebbe trasformato in una donna se non avesse avuto uomini con cui uscire. «Ti faccio vedere io che uomo sono,» ringhiò Xander, più forte di prima, così capii che era vicino, poi prese lui il telefono.

«A Mandy va ricordato che di cazzo per lei ne ho più che a sufficienza. Ci vediamo tra un'ora. Fate con comodo,» disse Xander, poi la linea cadde.

Stavo ancora ridendo quando Aidan e Brownie rientrarono. Aidan diede a Brownie il suo osso e io gli raccontai della mia chiamata con Mandy e Xander. «Sembrano divertenti. E la sua casa sembrava fantastica. Ci sto, se ci stai anche tu. Ma abbiamo un'ora, giusto?» mi chiese mentre mi trascinava verso la camera da letto.

Un'ora e mezza dopo stavamo entrando nel vialetto di Xander, con grandi sorrisi stampati in faccia. Xander e Mandy ci aprirono la porta con sorrisi identici. Gli uomini si strinsero la mano e Mandy mi fece l'occhiolino. «La tua casa è fantastica. E questa è una zona bellissima,» disse Aidan.

«Grazie. La adoro. Il quartiere è carino e tranquillo, qualcosa di cui avevo bisogno. Ho superato la fase delle feste, sai. Mi piace avere il mio spazio.» Mandy lo colpì sulla spalla. «Cioè, mi piace condividere il mio spazio con questa qui,» scherzò Xander. Le avvolse un braccio intorno e le diede un bacio schioccante sulle labbra, che lei accettò con un sorriso.

«Perché non ti faccio fare un giro mentre le donne parlano. A giudicare dall'espressione di Mandy, ha qualcosa da dire quando non ci saremo.»

Aidan acconsentì e seguì Xander verso le camere da letto, mentre Mandy e io ci dirigemmo in cucina.

«Porca miseria, sei raggiante. Non ti ho mai vista così,» sussurrò Mandy con un'occhiata verso il corridoio dove erano scomparsi gli uomini.

«Sì, lui è decisamente diverso. In senso buono, però. Aidan è l'uomo che non avrei mai pensato di trovare. È praticamente perfetto.»

Mandy prese quattro calici da vino e tirò fuori una bottiglia di vino dal frigo, muovendosi nella cucina di Xander con una familiarità possibile solo per qualcuno che ci aveva passato molto tempo. Mandy mi aveva detto che lei e Xander avevano parlato di una sua possibile convivenza, ma non c'era ancora nulla di ufficiale. Anche se aveva già trasferito il suo gatto da Xander. Non potei fare a meno di chiedermi quando fosse stata a casa sua l'ultima volta.

«Sono solo felice che tu sia felice. È la persona giusta per te.»

Annuii e presi un bicchiere di vino da Mandy. «Lo è. Gli ho anche parlato di BJ. Ieri sera gli ho raccontato tutto.»

«Wow,» disse Mandy, scioccata. Non parlavo mai di BJ. Persino Sam e Addi sapevano solo le basi di quello che era successo, non tutti i dettagli. Mandy sapeva tutto, dato che era stata lì con me. Sapeva quanto fosse enorme il fatto che ne avessi parlato con Aidan. «Cosa ha detto?»

«Che voleva ucciderlo, ovviamente. Ha anche detto che non farebbe mai una cosa del genere e che odia il fatto che io abbia dovuto passare tutto quello. E poi mi ha dimostrato quanto siano diversi.»

«Cosa intendi?» chiese maliziosamente, sapendo cosa stavo insinuando ma volendo che glielo dicessi chiaramente.

«Siamo andati a letto insieme ieri notte. E di nuovo stamattina. E prima di venire qui.»

«Porca miseria!» gridò Mandy. «Piccola birichina. Sono così fiera di te. Questo significa che ti piace davvero il sesso?»

Annuii e sorrisi da un orecchio all'altro. «Finalmente capisco di cosa parlavate sempre voi. Aidan è fantastico. Mi capisce, sai, e sa come toccarmi per farmi sentire viva. Il sesso con lui è solo… Wow. È solo wow.»

Mandy saltellò in un piccolo cerchio, poi mi abbracciò stretta, entrambe che ridevamo come scolarette. «Sono così felice per te! Ora dobbiamo solo convincere Aidan a comprare una casa in questo quartiere e potremo essere tutti vicini di casa.»

«Credo di averlo quasi convinto, tesoro. Adora questo posto e gli piace il fatto che il quartiere abbia bei cortili e buoni sentieri per passeggiare. Ha detto che sarà ottimo per Brownie,» disse Xander con un'occhiolino d'intesa.

Fissai Aidan a bocca aperta, incerta su cosa dire. Voleva dire che stava valutando le case basandosi su di me, che io sarei stata un fattore nella sua decisione? Cosa diceva questo della nostra relazione? O di quello che provava per me?

E perché ero così entusiasta del fatto che sembrava stesse pianificando di fare di me una presenza fissa nel suo mondo?

CAPITOLO 18

Ci sedemmo tutti a cena al tavolo da pranzo di Xander. Lui grigliò pollo in salsa barbecue con verdure, e noi bevemmo vino e chiacchierammo. Mandy cercava di conoscere meglio Aidan, e Aidan e Xander stavano legando come due migliori amici. A turno, ci facevamo domande a caso.

«Se potessi fare qualsiasi cosa, senza considerare i soldi, tipo se vincessi alla lotteria o qualcosa del genere, cosa faresti?» chiese Aidan.

«Oh, andiamo, è una domanda così noiosa,» si lamentò Xander. «Tutti vogliono sempre saperlo, ma la verità è che tutti noi ce ne staremmo semplicemente seduti sul sedere a guardare la TV o qualcosa del genere.»

«Beh, immagino che la tua risposta la sappiamo. Io non lo farei. Farei la psicologa per bambini. Lavorerei in una scuola, aiutando i bambini che non hanno una bella situazione familiare o che hanno subito abusi. Vorrei aiutarli a capire che non sono soli e che non devono nascondere la verità. Li aiuterei ad avere abbastanza coraggio da affrontare la persona che li ha feriti.»

La mano di Aidan si strinse sulla mia mentre Mandy

parlava. Sapevo che avrebbe risposto così. Mi aveva sempre detto che avrebbe voluto aiutare altre ragazze che avevano sofferto come me, e che avrebbe voluto esserci di più per me. Era la migliore amica che avrei mai potuto desiderare e so che senza di lei non sarei stata abbastanza forte da dare una possibilità ad Aidan.

«Saresti bravissima a farlo,» le dissi. «Sei portata per aiutare le persone.»

«Immagino sia per questo che sei così brava al servizio clienti, tesoro,» disse Xander. «Ma sì, ti ci vedo ad aiutare i bambini. Hai un gran cuore. Sono un uomo fortunato, questo è sicuro.»

Xander la tirò a sé per un dolce bacio e Aidan si portò la mia mano alle labbra, poi posò le nostre mani unite sulla mia coscia. «Credo che viaggerei. Andrei a vedere il mondo, tutti i posti che ho sempre voluto vedere ma che ho avuto troppa paura di visitare,» ammisi. «Dopo aver avviato il mio programma per la prevenzione dello stupro.»

«Quale programma?» chiese Xander.

Lanciai un'occhiata a Mandy e poi ad Aidan, un po' imbarazzata per non aver ancora parlato a nessuno dei due della mia idea. «Sto pensando di avviare un programma per la prevenzione dello stupro. Ci sono molte cose che aiutano dopo, ma io voglio fermare l'atto prima che inizi. Parlare ai ragazzi del rispetto per le ragazze e parlare alle ragazze di come farsi valere e di essere intelligenti. Mi ci sto informando. L'azienda di Lexi mi darà dei fondi. Sto mettendo insieme un business plan ora e sto pensando a tutte le cose che voglio includere. Sto considerando corsi di autodifesa, autostima e in generale consigli intelligenti per le ragazze. Voglio anche che i ragazzi capiscano cosa significa 'no'.»

«Voi due dovreste lavorare insieme,» scherzò Xander. «Sareste una forza della natura.»

Mandy mi fece l'occhiolino e io sorrisi. Ovviamente

Xander non conosceva la mia storia, ma era bello sapere che ci sosteneva.

Aidan si strofinò contro il mio collo e mi baciò sotto l'orecchio. «Penso che sia un'ottima idea. La prevenzione è molto meglio del... dopo. Farei di tutto per togliere quel dolore a qualcuno a cui tengo.»

Tutto il mio corpo si scaldò, in un modo dolce e meraviglioso. Era bello sentirgli dire che teneva a me, anche se lo sentivo in ogni bacio, in ogni tocco.

«Ho come la sensazione che mi stia perdendo qualcosa,» rifletté Xander, guardando da uno all'altro di noi tre.

La paura mi attanagliò, ma Mandy si limitò a ridere. «Ti senti solo escluso perché Aidan sta baciando Claire e noi ce ne stiamo qui seduti.»

Ridacchiammo mentre Xander si sporgeva per pressare le labbra su quelle di Mandy. Lei gli avvolse le braccia intorno al collo e prolungò il bacio. Aidan si rivolse di nuovo a me, ignorandoli, e chiese: «Dove andresti per primo?»

Il suo pollice mi stava accarezzando la coscia, distraendomi da tutto. Mi ci volle un minuto per capire di cosa stesse parlando. Poi ricordai: i viaggi.

«Al Grand Canyon. Ho sempre voluto andarci. I miei genitori ci sono andati in luna di miele e mi hanno sempre detto quanto fosse bello. Vogliono tornarci quando mio padre andrà in pensione. Sembra proprio un posto fantastico da visitare.»

Ero cresciuta sfogliando i vecchi album di foto dei miei genitori. Tra l'album del loro matrimonio e tutte le foto che avevano scattato in luna di miele, passavo ore a rivivere le prime settimane del loro matrimonio. Mia madre rimase incinta di mia sorella durante quel viaggio, una cosa che trovavo incredibilmente romantica, e un po' disgustosa. Voglio dire, davvero, a chi piace pensare ai propri genitori che fanno sesso?

Mia madre raccontò a Rebecca e a me tutto della loro luna di miele, di come si accamparono nel Grand Canyon National Park e alloggiarono nella vicina Flagstaff. Quando ci torneranno, non hanno intenzione di campeggiare, ma vogliono rivedere il Grand Canyon. Ho sempre pensato che fare un tour di quella zona sarebbe stato divertente, per vedere il luogo dove i miei genitori erano così felici e dove hanno creato la vita per la prima volta.

«Se dovessi viaggiare, andrei alle Hawaii. Sembra un posto divertente dove fare festa. Immagino che sarebbe difficile essere alle Hawaii e sentire che c'è qualcosa che non va nella tua vita,» disse Xander, staccandosi finalmente da Mandy e tornando alla conversazione.

«Ci sono stato con la mia famiglia quando ero al liceo. Mio padre ricevette un grosso bonus per qualche motivo e mia madre aveva sempre desiderato andarci. È stato molto bello. Certo, essere un ragazzino del liceo in vacanza con i tuoi genitori non è il massimo, ma ho trovato delle persone con cui uscire,» ci disse Aidan.

«Vuoi dire che hai incontrato una ragazza e ti sei cacciato in qualche guaio,» interpretò Xander.

Aidan arrossì e mi guardò. «Non è andata così male,» rettificò. I suoi occhi cercavano i miei, cercando di capire se mi avesse turbata. Gli sorrisi e scossi la testa. Sì, ero un po' gelosa, lo ammetto, ma era successo tanto tempo fa e non potevo rinfacciargli nulla di quello che aveva fatto al liceo.

«Ci tornerei subito, però. Eravamo a Oahu, a Waikiki Beach, e il surf era fico, la spiaggia era incredibile e la gente era divertente. Una sera siamo andati a un luau ed è stato fantastico. Sanno davvero come organizzare una festa da quelle parti.»

«Dovremmo andarci tutti un giorno. Prenderci una vacanza,» disse Mandy allegramente. Sorrideva, ma sentii il panico risalirmi lungo la nuca. No, aspetta, quella era solo la mano di Aidan. Eppure, stavo iniziando a farmi prendere dal panico. Salire su un aereo non era ancora nel mio mondo. Sì, lo so, lavoravo in un aeroporto. Era ironico, e faceva schifo.

Alla fine Mandy guardò il mio viso e si rese conto di aver detto qualcosa che non avrebbe dovuto. Cambiò rapidamente argomento e chiese ad Aidan: «Cosa ne pensi della casa? Xander non ha fatto un ottimo lavoro?»

Lui si attaccò subito al cambio di discorso, con la testa di Xander che oscillava avanti e indietro come un pupazzetto. Senza dubbio era confuso, ma per me andava bene così per il momento. Ero abbastanza certa che Mandy gli avrebbe dato la versione edulcorata del mio passato dopo che ce ne fossimo andati. Speravo solo che non significasse che mi avrebbe trattata con i guanti bianchi dopo.

«La casa è fantastica. E adoro il quartiere. C'erano alcune case in vendita che abbiamo visto passando. Ho quasi abbastanza soldi per un acconto e spero di poter comprare qualcosa presto.»

«Che tipo di casa stai cercando?» chiese Xander, entrando in modalità costruzione. Essendo un elettricista, poteva rifare l'impianto elettrico di una casa a occhi chiusi e aveva una squadra di ragazzi nell'azienda in cui lavorava che erano sempre disposti ad aiutare per qualsiasi cosa Xander non potesse fare da solo. Mandy disse che sembrava ansioso di mettere le mani su qualcos'altro e che probabilmente avrebbe aiutato Aidan in ogni modo possibile se avesse comprato una casa lì vicino.

«Un giardino recintato, assolutamente, così Brownie può uscire e correre senza che dobbiamo preoccuparci. Penso che tre o quattro camere da letto andrebbero bene, una bella cucina, una sala da pranzo e un soggiorno di buone dimensioni. Il mio divano attuale è piuttosto piccolo e mi piacerebbe avere qualcosa su cui potermi stendere. Quello di Claire è perfetto»

Rimasi lì a fissarlo a bocca aperta, di nuovo scioccata dal fatto che stesse includendo me e Brownie nei suoi piani per la casa. E quattro camere da letto? Significava forse che voleva così tanti figli?

All'improvviso fece caldo lì dentro. Balzai in piedi dalla sedia e mi precipitai in bagno, sentendoli chiamarmi ma senza curarmene.

Chiusi la porta a chiave alle mie spalle e fissai il mio riflesso. Aidan stava preparando il suo futuro perché io ne facessi parte. Non mi aveva ancora nemmeno detto di amarmi e già parlava di andare a vivere insieme, o almeno così sembrava. Una parte di me si sentì ipocrita, perché anch'io stavo immaginando il mio futuro con lui e non avevo ancora pronunciato quelle parole, eppure le sentivo. Ne ero certa.

Mi sciacquai il viso con dell'acqua fredda, cercando di schiarirmi le idee. Aidan poteva essere innamorato di me? Era possibile? Sapevo che era diverso da come era mai stato BJ e sapevo che stare con lui era una cosa nuova, eccitante e migliore di quanto avessi mai immaginato potesse essere con un uomo. Avevamo passato la notte insieme alcune volte e avevamo in programma di continuare a farlo. Era davvero un passo così grande andare a vivere insieme?

No. Non si trattava solo di andare a vivere insieme. Si trattava di comprare una casa insieme. O meglio, che Aidan comprasse una casa e io vivessi con lui. Sarei stata la sua coinquilina, ma con dei benefit extra. Si sarebbe aspettato che pagassi metà del suo mutuo? E se le cose non avessero funzionato? E se la casa non mi fosse piaciuta?

All'improvviso divenne tutto troppo. Stavo iniziando a sentirmi la primadonna che ero un tempo. La prima cosa che dovevo sapere era se Aidan fosse innamorato di me, se provasse per me quello che io provavo per lui. Tutto il resto sarebbe venuto dopo.

Quando finalmente uscii dal bagno, la cucina era pulita e loro tre erano in piedi vicino alla porta d'ingresso a parlare. «Aidan ha detto che domani dovete alzarvi presto per lavoro e che dovevate andare. Scommetto che Brownie si sta chiedendo dove siete finiti», disse Mandy. Mi stava fissando come se stesse cercando di leggermi nel pensiero, come se, guardandomi abbastanza intensamente, potesse capire cosa stesse succedendo.

«Sì, ha ragione. Grazie per la cena, ragazzi. È stata una serata fantastica. Speriamo di poterla ripetere presto».

Mandy mi abbracciò forte mentre gli uomini si stringevano la mano. Aidan promise di chiamare Xander se fosse andato a vedere qualche casa e Mandy mi sussurrò di chiamarla appena avessi potuto per spiegarle cosa stava succedendo. Annuii, poi mi girai per abbracciare Xander mentre Mandy abbracciava Aidan.

Il tragitto di ritorno al mio appartamento fu silenzioso. Aidan percepiva che non stavo del tutto bene, ma o voleva aspettare di essere in casa per parlare, o stava semplicemente per dileguarsi.

Aprii la porta e lui disse: «Vai a cambiarti, o a farti una doccia, o quello che vuoi. Porto fuori io Brownie. Tu rilassati».

Annuii, non avendo l'energia per protestare che era il mio cane e che dovevo occuparmene io. E che diavolo, non importava. Ero stanca ed era bello avere qualcuno che mi desse una mano.

La porta si chiuse silenziosamente alle loro spalle e io mi diressi in camera da letto. Mi sfilai i vestiti e andai a farmi una doccia, sperando che il vapore mi schiarisse le idee.

Dopo molto più tempo di quanto avrei dovuto, chiusi l'acqua della doccia e mi vestii. Aidan era seduto sul divano con Brownie raggomitolato ai suoi piedi. Stava guardando la partita degli Yankees ma spense la TV quando entrai nella stanza. Gli occhi di Aidan mi seguirono mentre attraversavo la stanza e infine mi sedevo accanto a lui.

«Mi dispiace», disse senza preamboli. «Immagino che non dovrei includervi nei miei piani, ma non posso fare a meno di vedervi lì. Non è stato giusto da parte mia parlarne davanti ai tuoi amici, però. Ovviamente ti ha turbata e non era mia intenzione».

Feci un respiro profondo e cercai di trovare un buon modo per spiegargli cosa stavo pensando, come mi sentivo, senza che sembrasse che lo stessi implorando di dirmi che mi amava. Volevo che quelle tre paroline uscissero quando fosse stato pronto lui, non quando lo avessi costretto io a dirle.

«Non sono turbata dal fatto che tu stia pensando a me e Brownie. Anzi, a dire il vero, ne sono piuttosto commossa. Anch'io ho pensato al futuro come a qualcosa di condiviso. Immagino che la mia preoccupazione sia che abbiamo appena iniziato a uscire insieme e non abbiamo detto… voglio dire, non abbiamo parlato di tutto questo. Mi sembra solo che tu stia facendo dei piani senza di me, piani con cui potrei essere d'accordo, ma non stiamo parlando di nulla che possa aiutarmi ad arrivarci più facilmente».

Aidan mi studiò per qualche minuto, il suo viso indecifrabile. Mentre lui era stabile e calmo, io ero un fascio di nervi. Eravamo seduti fianco a fianco ma senza toccarci, le nostre mani appoggiate sul divano tra di noi, ma nessuno dei due faceva la mossa di prenderle. Il cuore iniziò a sprofondarmi sotto i piedi mentre mi chiedevo se fosse la fine. Se fosse finita perché ero in ansia per il fatto che stesse pianificando un futuro che non mi aveva detto di volere.

Poi si sporse in avanti e mi baciò. Con passione. Le sue labbra premevano sulle mie, la sua lingua cercava un varco nella mia bocca. Una mano si intrecciò tra i miei capelli e l'altra mi tirò sotto di sé. Inclinò il suo corpo sul mio, sistemandosi tra le mie gambe, mentre io cercavo di capire che diavolo stesse succedendo.

Il mio corpo gli rispose immediatamente. Un gemito sommesso mi sfuggì dalle labbra quando la sua mano scivolò sul mio seno. Spinse i fianchi contro i miei, colpendomi nel punto perfetto, proprio come aveva fatto la prima notte che avevamo passato sul mio divano.

Aidan si ritrasse all'improvviso e mi guardò dall'alto. «È stato proprio qui, su questo divano, che ho capito che saresti stata nella mia vita per sempre. È stato proprio qui che ho sentito il tuo corpo premuto contro il mio per la prima volta e ho saputo che nessun altro corpo sarebbe mai andato bene, non sarebbe mai stato giusto. È stato proprio qui che ho deciso che avrei fatto qualsiasi cosa per renderti mia per sempre. Ed è proprio qui che ti dirò per la prima volta che ti amo. Ti amo con tutto me stesso e da molto tempo. Lo so da un po', ma sapevo che saresti andata fuori di testa se te lo avessi detto. Oggi ho detto a Xander che te lo avrei detto stasera, ma mi sono lasciato prendere dall'entusiasmo per la casa e non ci ho pensato. Mi dispiace di non averti detto che ti amo prima di dire a Xander e Mandy che comprerò una casa che piaccia anche a te».

Le lacrime scivolarono via dai miei occhi e corsero verso il divano sotto di me. Nessun uomo mi aveva mai detto quelle parole, eccetto mio padre e mio cognato. Sapevo che non avrei mai dimenticato di avergliele sentite dire.

«Come facevi a sapere che era per questo che ero turbata?»

«Perché ti amo. Ti conosco meglio di quanto tu creda, forse anche meglio di come ti conosci a volte tu stessa. Ho visto l'espressione di panico sul tuo viso quando Xander ha detto qualcosa dopo averti fatto fare il giro e quando ne ho parlato sei andata così fuori di testa che sei scappata via. Sapevo che non era perché non ti piaceva l'idea, era perché temevi che fosse troppo e troppo in fretta. E il fatto che tu mi abbia detto che non avevamo detto certe cose, be', me lo ha confermato».

«Non voglio che tu lo dica perché ti senti obbligato a-»

«Non ti direi mai qualcosa che non sia la verità. Ti amo, Claire Murphy. Con ogni battito del mio cuore. E voglio comprare una casa che ami perché voglio che tu la condivida con me».

«Grazie. Non so nemmeno cosa dire. Io… sono un po' sbalordita. E voglio condividere la casa anche con te, ma non ho i risparmi che hai tu. Non mi sentirei a mio agio a vivere alle tue spalle».

«Risolveremo tutto più tardi, tesoro. In questo momento, voglio solo portarti a letto e fare l'amore con la donna che amo. Va bene?»

Annuii. «Sì, e Aidan?»

«Mmm?»

«Ti amo».

Il suo sorriso mi disse che aveva avuto paura di sperarlo ma che era felice quanto lo ero stata io a sentire quelle parole. «Grazie», sussurrò mentre mi strofinava il viso contro l'orecchio. Poi andammo in camera da letto e ci mostrammo a vicenda esattamente quanto significassero davvero quelle tre paroline.

CAPITOLO 19

Io e Aidan passammo il mese successivo a lavorare come matti e a guardare case. Ah, e a fare l'amore a ogni occasione. Lui diede la disdetta per il suo appartamento e si trasferì da me e Brownie mentre cercavamo casa. I miei genitori e i nostri amici pensavano che fossimo pazzi, ma per noi aveva senso risparmiare più soldi possibile per comprare una casa.

Mi feci convincere da Aidan piuttosto in fretta, innamorata dell'idea di una casa per noi. A Brownie sarebbe piaciuto da matti avere un giardino e, se mai avessimo avuto dei figli, sarebbe stato bello anche per loro. Certo, facevamo un sacco di discorsi seri, ma la nostra relazione era ancora divertente e semplice. Faticavo a immaginare come le cose potessero non essere semplici con Aidan.

La sua agente immobiliare chiamò un giovedì mentre eravamo al lavoro e chiese se potessimo incontrarci quel pomeriggio per vedere una casa. Era appena stata messa sul mercato e lei era abbastanza sicura che fosse quello che stavamo cercando. Aidan accettò e passammo dall'appartamento per far uscire Brownie prima di dirigerci verso il quartiere di Xander per vedere l'ultima casa.

Avevamo già visto tre case vicino a Xander e Mandy, qualcuna vicino ai miei genitori, un po' in periferia e persino qualche casa a schiera. Sia io che Aidan eravamo d'accordo che, sebbene una casa a schiera ci avrebbe dato più spazio del mio appartamento, non era ciò che volevamo davvero. Avevamo bisogno di una casa con dello spazio per far correre Brownie, un posto in cui mettere radici.

Eravamo ancora molto attenti a quanto spendevamo. Quando Aidan disse alla sua agente immobiliare che avremmo comprato la casa insieme, lei iniziò a cercare di alzare il budget, dato che non sarebbe stato un grosso sforzo con due stipendi, ma noi fummo irremovibili su quanto avevamo da spendere. A lei non piacque, ma si attenne al budget originale di Aidan.

Mentre entravamo nel quartiere, fui colpita di nuovo dalla travolgente sensazione di essere a casa. Era come se qualcosa mi stesse dicendo che dovevamo stare in quel quartiere, che era giusto per noi. Lo tenni per me, perché non volevo che Aidan pensasse che non avrei considerato di vivere da qualche altra parte. Dopotutto, quella era ancora casa sua, in realtà. Era lui a mettere la maggior parte dei soldi e il suo stipendio avrebbe pagato la maggior parte delle bollette, dato che faceva più straordinari di me.

Ma era bello essere inclusa in tutto ciò.

Accostammo nel vialetto della casa di cui Ann ci aveva parlato e rimasi a bocca aperta. Era una vecchia casa monofamiliare in mattoni con un portico che si estendeva per tutta la lunghezza della facciata. Sulla destra c'era un garage per due auto e delle enormi querce coprivano il terreno.

Sembrava uscita da una favola.

Io e Aidan scendemmo dall'auto e camminammo verso la porta d'ingresso, tenendoci per mano e con lo stesso sorriso stampato sul volto. Ann aprì la porta dall'interno, con un sorriso identico al nostro. «Credo che questa vi piacerà da matti. È un po' da ristrutturare, ma niente di terribile. Entrate a dare un'occhiata.»

Entrammo, mettendo piede su un parquet in rovere a listoni larghi che si estendeva a perdita d'occhio. Ci trovavamo in un ingresso con un armadio a destra e la sala da pranzo a sinistra. Riuscivo a vedere il soggiorno di fronte a noi e le finestre panoramiche che si affacciavano sul giardino recintato.

«Passiamo dalla sala da pranzo», suggerì Ann. La seguimmo nella sala da pranzo color grigio. Le grandi finestre lasciavano entrare molta luce naturale e la stanza era abbastanza grande da ospitare almeno dieci persone, a giudicare dal tavolo che avevano gli attuali proprietari.

Poi c'era la cucina, e capii dove fossero necessari i lavori. Per quanto fosse bella la semplice sala da pranzo, la cucina era carente. I mobili erano antiquati e danneggiati. Ad alcuni mancavano le ante e altri, disse Ann, erano bloccati. Il cuore mi sprofondò nel petto quando mi resi conto della mole di lavoro da fare. Avevo visto abbastanza programmi di ristrutturazioni per sapere che i lavori in cucina erano costosi, e tutto cominciò a sommarsi nella mia testa.

Il soggiorno era bello come la sala da pranzo, con lo stesso pavimento in rovere, le pareti blu acciaio e tanto spazio per il grande divano che Aidan sperava di avere. Dal soggiorno si apriva un corridoio che conduceva alle quattro camere da letto. Le prime due erano in buone condizioni, ma le ultime due avevano bisogno di qualche lavoro. Entrambe erano coperte da una vecchia moquette, ma Ann ci assicurò che sotto c'era il parquet. I due bagni erano in condizioni discrete, ma avrebbero decisamente beneficiato di una rimodernata.

Dopo aver sistemato la cucina.

«Credo che sia un progetto troppo impegnativo», dissi,

volendo assicurarmi che Aidan sapesse che non era facile come aveva immaginato.

«Ma è fantastica, a parte la cucina, le camere da letto e i bagni. La posizione è ottima e la casa nel complesso è esattamente quello che volevamo».

«Lo so, tesoro, ma mi preoccupa farci carico di così tanto. Tu stai già lavorando come un matto e questa casa sarà molto da gestire. So che Xander aiuterebbe, ma ci saranno alcune cose per cui dovrai assumere qualcuno», dissi.

«Forse posso aiutarvi con questo. Il prezzo di questa casa è di 50.000 dollari inferiore al vostro budget. I proprietari si rendono conto che ci sono molti lavori da fare e semplicemente non se la sentono di farli. Si tratta di una coppia di anziani che ha costruito questa casa, ci ha cresciuto i figli e ora è pronta a trasferirsi in un posto che non richieda così tanto impegno».

«50.000 dollari? Davvero?» chiesi io, sapendo che con quella cifra avremmo potuto assumere qualcuno per fare quasi tutto.

«Sì. E se il vostro amico può aiutarvi con alcune cose, non avrete problemi ad assumere qualcuno per il resto con quei soldi. Vi consiglierei di togliere la moquette e occuparvi della demolizione da soli, ma di assumere qualcuno per tutto ciò che il vostro amico non può fare. È una casa fantastica. Nel quartiere che volevate. E ha quasi tutto quello che avete chiesto. L'unica cosa che manca è un capanno in giardino».

«La adoro. Penso che sia perfetta. Claire, tu che ne pensi? Possiamo fare un'offerta adesso. Prezzo pieno. E saremo comunque in largo anticipo. È questa?»

Mi guardai intorno nel soggiorno e fuori, in giardino. Potevo immaginare Aidan là dietro che lanciava una palla a Brownie, che grigliava bistecche per i nostri amici, che rincorreva i nostri figli. Potevo sentire le urla della nostra famiglia mentre facevamo dei giochi in soggiorno e le risate mentre guardavamo un film. Non c'era alcun dubbio nella mia mente che avessimo finalmente trovato la casa perfetta.

Mi voltai verso Aidan con un sorriso e annuii. Lui lanciò un grido di gioia e mi sollevò tra le braccia, facendomi girare. Mi baciò con fermezza, le sue labbra che si chiudevano sulle mie mentre mi stringeva a sé. Si tirò indietro e disse: «La prendiamo», senza staccare gli occhi dai miei.

E proprio così, trovammo la nostra casa.

Tornati al mio appartamento poche ore dopo, dopo aver firmato più scartoffie di quante avessi mai immaginato fosse possibile firmarne per fare un'offerta su una casa, Aidan aprì una bottiglia di vino per festeggiare. Non avremmo avuto notizie dai venditori per un giorno o due, ma eravamo abbastanza sicuri che tutto sarebbe andato per il meglio, quindi festeggiammo lo stesso.

Dopo cena, Aidan mi tirò sul divano e disse che voleva parlarmi di una cosa. Era nervoso, si tormentava le mani e la sua gamba si muoveva su e giù. La cosa mi mise in agitazione. Non pensavo che mi avrebbe lasciata lo stesso giorno in cui avevamo trovato una casa fantastica da comprare insieme, ma non avevo idea di cosa stesse succedendo e questo mi rendeva nervosa.

«Sputa il rospo, Aidan. Mi stai facendo impazzire».

«Ho una sorpresa. Ho cercato di trovare un buon modo per dirtelo ma non ci sono riuscito… Non so come dirtelo, ma ne sono entusiasta. Spero solo che lo sia anche tu».

«Elettrizzata per cosa, Aidan?» chiesi. Il cuore mi batteva più forte e iniziavo a emozionarmi. Sembrava che avesse qualcosa di bello da dirmi, qualcosa di cui sarei stata felice. Qualcosa di buono. Certo, ero confusa dal fatto che fosse nervoso all'idea di dirmi qualcosa di bello, ma forse non' era sicuro che mi piacessero le sorprese.

«Andiamo' al Grand Canyon. Ho prenotato un viaggio. Partiamo tra pochi giorni e staremo lì per una settimana. Ho prenotato l'hotel e organizzato un giro in elicottero sul Grand Canyon e-»

«Aspetta, hai fatto cosa?»

«Tesoro, so come la pensi riguardo al volare, ma sembravi così entusiasta di andare al Grand Canyon quando eravamo da Xander e Mandy' e ho semplicemente pensato che sarebbe stato divertente. Ho iniziato a pianificare il giorno dopo che abbiamo cenato con loro, il mese scorso.»

Le pulsazioni mi martellavano nelle orecchie e il battito cardiaco accelerò a dismisura. Non' potevo credere che pensasse che spendere così tanti soldi fosse una buona idea, ma c'era molto di più. Lui conosceva il mio passato. Sapeva come mi sentivo riguardo al volo. Sapeva quanto fossi terrorizzata.

E comunque aveva prenotato un volo senza dirmelo.

«Come hai potuto fare una cosa del genere? Come hai potuto non parlarmene? Non' posso salire su un aereo. Te' l'ho detto. Non' voglio affrontarlo. Non posso farlo. Non' riesco a credere che non hai mai pensato a ciò che avrei voluto io.»

Uscii barcollando dal mio appartamento, stordita, scesi di corsa le scale e attraversai il parcheggio. Aidan mi chiamò, ma continuai a correre. Avevo bisogno di stare lontana da lui.

Quando spalancai la porta di Mordimi!, trovai Charlie e Lexi che chiacchieravano in fondo al bancone. Diedero una sola occhiata alla mia faccia e mi circondarono, portandomi a un tavolo.

«Cos'è successo?» chiese Lexi. Charlie si chinò dietro il bancone e poi mi portò due cupcake e una bottiglietta d'acqua. Le sorrisi per ringraziarla e feci un respiro profondo.

Queste erano due donne a cui tenevo. Donne che consideravo amiche. Donne che non sapevano nulla del mio passato o del perché fossi così sconvolta dal fatto che Aidan mi avesse comprato dei biglietti aerei per la vacanza dei miei sogni.

Oh, al diavolo, ero andata da loro quindi era meglio che parlassi, pensai.

«Quando ero al liceo sono andata in vacanza per le vacanze di primavera con il mio ragazzo e la sua famiglia. Mentre eravamo lì mi ha violentata, una sera che i suoi genitori erano andati a cena fuori.»

«Oh mio Dio, Claire,» esclamò Charlie. «Mi' dispiace tanto.»

«Wow, che cosa orribile. Il primo ragazzo di cui ti sei fidata,» aggiunse Lexi a bassa voce.

Lexi aveva colto nel segno. Aveva capito come mi sentivo senza che dovessi spiegarlo chiaramente. Speravo che lei non' avesse mai passato la stessa cosa, ma non' potei fare a meno di chiedermi se non fosse così, data la rapidità con cui aveva capito esattamente come mi'ero sentita.

«Sì, è stato orribile. Ma da allora non' sono più riuscita a salire su un aereo. Il mio ex è fuori dalla mia vita, ovviamente, ma ho questa paura folle che lui' possa essere su un aereo se ci vado. Che in qualche modo mi' possa trovare, anche se ho un ordine restrittivo. So che' è pazzesco, ma... comunque, quindi da allora non ho più preso un aereo. Aidan sa tutto questo e capisce il perché, ma ci ha comprato i biglietti aerei per il Grand Canyon.»

Lexi e Charlie si scambiarono un'occhiata. Era una di quelle occhiate che mi dicevano che pensavano fossi da ricovero. Sembravano avere una conversazione silenziosa, una di quelle in cui le migliori amiche si scambiano sguardi invece di parole e in qualche modo si capiscono. Mandy e io avevamo un sacco di quelle conversazioni, specialmente quando vivevamo insieme al college.

«Okay, devo chiedertelo. È per via dei soldi o per la tua paura di volare?» chiese infine Charlie.

«Beh, non' sono molto entusiasta per i soldi, dato che stiamo' per comprare una casa, ma la cosa più grossa per me è il volo. Lui sa quanto ho paura di salire su un aereo. Semplicemente non' so perché mi abbia fatto questo.»

«Penso che' sia la prima cosa che devi capire. Perché avrebbe prenotato questo viaggio? Ti aveva parlato di volerci andare?»

Scossi la testa e presi un morso del mio cupcake. Masticai e cercai di calmarmi. «Gli ho detto che se avessi vinto alla lotteria avrei viaggiato e il primo posto dove sarei andata sarebbe stato il Grand Canyon.»

Si scambiarono un'altra occhiata e cominciai a chiedermi se non stessi perdendo il lume della ragione. Stavo esagerando? Stavo facendo la ridicola? Mi importava di quello che pensavano?

Era così che mi sentivo. Ero io quella che aveva paura di volare e, come uomo che mi amava, Aidan avrebbe dovuto rispettarlo. Invece, mi sentivo come se stesse ignorando i miei sentimenti.

Per fare qualcosa di fantastico per me.

Oh, cazzo.

«Non' voglio sembrare una stronza, Claire, ma mi piacerebbe da morire se un ragazzo facesse una cosa del genere per me. Deve essere la cosa più dolce del mondo. Capisco perché' sei sconvolta e perché'hai paura, ma se hai detto ad Aidan che volevi andarci e lui lo ha reso possibile, come puoi essere arrabbiata con lui?» disse Charlie in difesa di Aidan.

Emisi un respiro pesante. Forse non capiva.

«Sono' arrabbiata perché vorrei che' mi avesse parlato. Forse' è egoista, ma mi sento come se mi' stesse costringendo ad affrontare qualcosa che non' sono pronta ad affrontare.»

«O forse pensa solo che' sarai abbastanza forte da affrontarla quando' lui sarà lì con te. Ti ama e sta cercando di renderti felice facendo l'unica cosa che non faresti mai per te stessa. Sì, ti' sta spingendo, ma ti' sta spingendo a fare qualcosa che sa che ameresti,» disse Lexi. «Oltre a questo, stai' lavorando a un programma che aiuterà le ragazze che hanno passato quello che hai passato tu, prevenzione e post-evento. Probabilmente pensa che se' sei disposta a fare questo, allora sei pronta ad affrontare le tue altre paure. A cacciare via i tuoi demoni per sempre.»

Finii il mio primo cupcake, pensierosa. Quelle donne erano vere amiche perché non' mi stavano solo dicendo quello che pensavano volessi sentirmi dire, mi stavano dicendo la verità.

«Perché sono venuta qui?» chiesi, volendo essere infastidita da loro.

«Perché sapevi che ti avremmo detto la verità e dato il consiglio che non' volevi sentire. Oh, e anche perché' è l'unico posto che potevi raggiungere a piedi e che ti avrebbe anche fornito i migliori cupcake della città,» scherzò Lexi.

Risi e cominciai il mio secondo cupcake. «È' una fortuna che vi voglia bene. E che mi riforniate di buoni consigli e cupcake.»

Sorrisero e mi tennero compagnia mentre finivo il mio cupcake. Lexi mi parlò di un progetto a cui' stava lavorando e Charlie ci aggiornò su come andavano le cose con il negozio. Per fortuna, finora stava avendo successo e il negozio andava bene. Penso che non avere Mordimi! a pochi passi sarebbe stata la parte più difficile del trasloco.

Charlie chiuse mentre finivo il mio cupcake e Lexi mi diede un passaggio a casa così non' dovetti camminare da sola al buio.

Salii le scale, incerta su cosa avrei trovato dall'altra parte della porta.

CAPITOLO 20

Aprii la porta del mio appartamento e andai a sbattere contro un muro. Un muro con le braccia. Di nuovo.

Aidan.

«Mi dispiace tanto, amore. Mi dispiace tanto. Non avrei dovuto farlo. Possiamo annullare il viaggio. Volevo solo farti felice. Volevo fare qualcosa di meraviglioso per te. Ma possiamo fare qualcos'altro. Qualcosa che non ti faccia stare male. Mi dispiace tanto.»

Mi liberai dolcemente dalla sua stretta soffocante e lo guardai. «Anche a me dispiace. Sei stato dolcissimo e io sono andata fuori di testa come una pazza. Sono andata da Mordimi!»

«Lo so. Ho chiamato e Charlie mi ha detto che eri lì con loro. E non sei una pazza. Sono stato uno stronzo insensibile. Pensavo solo che forse…»

«Avevi ragione», lo fermai. «Qualunque cosa tu abbia pensato, era giusta. Non sarò mai pronta a salire su un aereo. È una cosa che mi spaventerà sempre e spingermi a farlo e basta mi dimostra quanto mi ami.»

Aidan fece un respiro profondo e mi strinse di nuovo tra

le sue braccia. Avvolsi le mie intorno alla sua vita e lo tenni stretto, ascoltando il battito regolare del suo cuore. Il cuore che batteva per me, proprio come il mio batteva per lui. Sapevo che mi avrebbe tenuta al sicuro, che mi avrebbe distratta sull'aereo e non avrebbe permesso che succedesse nulla.

Mentre stavo nel cerchio delle sue braccia, seppi che niente avrebbe potuto portarci via quella sensazione. Che lui ci sarebbe stato per me e che io avrei fatto lo stesso per lui, costringendolo ad affrontare le sue paure se questo lo avesse reso una persona migliore.

Quando mi allontanai da lui, lo guardai nei suoi dolci occhi castani e dissi: «Parlami del viaggio. Voglio sapere cosa hai programmato.»

Mi condusse al divano e mi descrisse il nostro viaggio nel dettaglio. Aveva programmato di stare lì per un'intera settimana, con solo alcuni giorni già organizzati. Voleva avere la possibilità di esplorare la zona intorno al Grand Canyon, magari anche facendo delle gite in altre città vicine, mentre eravamo lì.

Mentre Aidan mi raccontava tutte le cose che aveva organizzato per noi, per me, mi sentivo sempre più eccitata. La mia ansia scivolò via, ma la gioia che lui avesse fatto una cosa così incredibile si fece sentire ed esultò. Non ci volle molto prima che mi ritrovassi ad aspettare con ansia che passassero i tre giorni successivi per poter partire per il nostro viaggio.

BEN PRESTO, facemmo le valigie e ci dirigemmo all'aeroporto. Entrammo mano nella mano e superammo i controlli di sicurezza al Buffalo Niagara Falls International Airport. Aidan disse che era più facile partire da lì invece che da Winterville, ma sapevo che mi sarei sentita un po' meglio a passare per Winterville, a vedere i nostri amici e sapere che ci avrebbero tenuti al sicuro.

Dopo tutti gli anni in cui avevo lavorato alla sicurezza, era solo la seconda volta che passavo attraverso il checkpoint per andare dall'altra parte. Raccogliemmo le nostre cose e ci dirigemmo lungo il corridoio verso il nostro gate.

L'aeroporto era molto più grande di quello di Winterville, e anche un po' più caotico. La parte migliore era che non avremmo dovuto vedere Zoey. C'era un lato positivo. Al nostro gate, Aidan e io trovammo un posto e aspettammo. L'ansia che si era dissolta giorni prima mi colse di soppiatto e mi strinse forte. Ogni uomo alto con i capelli biondo scuro era BJ che mi aspettava. I miei occhi scrutavano l'area, temendo di incrociare i suoi brillanti occhi azzurri che mi guardavano.

Balzai in piedi dal mio posto, nel disperato tentativo di allontanarmi per qualche minuto. «Stai bene?» chiese Aidan.

«Sì», borbottai. «Vado solo in bagno prima di imbarcarci.»

Sembrava una cosa logica. Almeno, supposi che lo fosse, perché Aidan tornò a scorrere il suo telefono mentre mi allontanavo. Il bagno aveva una decina di cabine, ma non c'era fila. Chiusi a chiave la porta della mia cabina e mi sedetti, cercando di calmare il respiro.

Il sangue mi rimbombava nelle orecchie e il cuore batteva all'impazzata. Mi chiesi se stessi avendo un infarto. Mi costrinsi a fare respiri profondi e appoggiai la testa tra le mani. Andare fuori di testa in un aeroporto è generalmente malvisto. L'avevo imparato nel corso degli anni. Le probabilità erano piuttosto alte che sarei stata scortata *fuori* dall'aeroporto se non mi fossi data una cazzo di calmata.

Alla fine uscii dalla cabina e mi guardai allo specchio. Riuscivo ancora a vedere il panico nei miei occhi, ma mi schizzai dell'acqua fredda sul viso per cercare di mascherare la follia. Quando uscii dal bagno, mi concentrai su Aidan e non lasciai che i miei occhi vagassero su nessun altro. Mi sedetti accanto a lui e gli presi la mano, stringendola forte nella mia, e chiusi gli occhi, appoggiando la testa sulla sua spalla.

«Ehi, tesoro… stai bene?» chiese Aidan. Sentii la preoccupazione nella sua voce, che stava per trasformarsi in terrore.

«No», gli dissi onestamente. «Sto un po' andando nel panico. Credo di aver avuto un attacco di panico in bagno.»

«Cazzo, amore. Guardami, parlami. Che succede?»

Scossi la testa, rifiutandomi di aprire gli occhi. «Ogni ragazzo che vedo che assomiglia anche solo vagamente a BJ mi fa pensare che sia lui. Ho solo bisogno di tenere gli occhi chiusi e non guardarmi intorno. Quello che ha fatto mi ha rubato troppi momenti della mia vita e non gli permetterò di portarci via anche questo. Sono entusiasta del viaggio e mi rifiuto di lasciare che lo rovini.»

Aidan mi avvolse con un braccio e mi strinse al suo petto. Mi diede un bacio tra i capelli e sussurrò qualcosa che non riuscii a capire. Gli chiesi cosa avesse detto ma non rispose, mi disse solo di schiarirmi le idee e di pensare solo a quanto sarebbe stato incredibile vedere dal vivo tutte quelle foto della luna di miele dei miei genitori.

Scorsi mentalmente l'album di foto e fui sollevata quando sentii annunciare l'imbarco per il nostro volo. Mi alzai e diedi un'occhiata all'aeroporto, pronta a salire sull'aereo.

E poi lo vidi.

La paura mi squarciò, spezzandomi in due. Non riuscivo a respirare. I miei piedi erano incollati al pavimento e il mio cuore martellava contro il petto. Erano passati dieci anni, ma sapevo che era lui.

I suoi capelli erano più lunghi di quanto ricordassi, e un po' più scuri. La barba incolta gli copriva la mascella, dandogli un'aria ancora più dura di quella che aveva dieci anni prima.

«Aidan» sussurrai. «È lui. Proprio laggiù.»

Aidan si mise subito in allerta. Ero grata di non dovergli spiegare di chi stavo parlando. Si guardò intorno con noncuranza, come se stesse solo osservando la scena che ci circondava, e poi guardò l'uomo che mi aveva cambiato la vita.

«Sei sicura? Pensavo che avessi un ordine restrittivo.»

«Ce l'ho.»

«Resta qui» disse Aidan con fermezza prima di andare verso il banco. Parlò con l'addetto al gate per qualche minuto, poi indicò BJ. Dopo qualche altro minuto si strinsero la mano e Aidan si voltò di nuovo verso di me.

«Non è lui, tesoro. Non c'è nessuno sull'aereo che si chiami Brian Joseph Ziegler. Hanno controllato ogni combinazione. Guarda di nuovo, tesoro. Sei sicura che sia lui?»

Guardai di nuovo l'uomo. Era rivolto verso il gate, lasciandomi osservare il suo profilo. Lo fissai, studiando l'uomo che avevo davanti e facendolo combaciare con il ragazzo che ricordavo. Più lo guardavo, più notavo delle differenze. Il suo naso era leggermente più grande e più appuntito. I capelli potevano essere diventati più scuri con l'età, ma potevano anche essere semplicemente di una tonalità più scura. Poi lui si girò e mi guardò. I suoi occhi erano diversi. Invece del blu minaccioso e malvagio che mi aspettavo, l'uomo aveva dolci occhi azzurri, occhi gentili. Mi fece un cenno col capo, vedendomi che lo guardavo, e continuò a scrutare l'aeroporto.

«Mi sbagliavo» dissi, scuotendo la testa. «Non è lui. Ci assomiglia, ma non è lui.»

Aidan mi avvolse tra le sue braccia, mettendo la mia testa sotto il suo mento. Ero al sicuro con lui. Non avrebbe permesso che mi accadesse nulla.

Ci imbarcammo sull'aereo con gli altri passeggeri, incluso

il sosia di BJ. Si sedette qualche fila dietro di noi. Averlo vicino, anche se non era BJ, mi rendeva ansiosa. Mi appoggiai ad Aidan una volta seduti, traendo conforto da lui.

Alzai lo sguardo e i miei occhi incontrarono i suoi, colmi di un amore che splendeva nelle profondità di quelle pozze di cioccolato fondente. «Guarda me, nessun altro» disse. Annuii e concentrai tutta me stessa su Aidan. «Non voglio che tu abbia mai paura di parlarmi. Vorrei che non fossi scappata in bagno quando hai iniziato a dare di matto, vorrei che mi avessi parlato. Ma, mi assicurerò che tu non abbia un altro attacco di panico.»

«Come f-»

Le mie parole furono interrotte dalle sue labbra premute contro le mie. Sull'aereo, circondati da altri passeggeri, Aidan mi baciò con la stessa passione che usava in camera da letto. La sua lingua stuzzicò le mie labbra e queste si schiusero per lui. Scivolò contro la mia mentre la sua mano mi accarezzava la guancia. Inclinò la testa e si spostò sopra di me, proteggendomi dagli altri passeggeri, mentre continuava a baciarmi.

La sua lingua cercò la mia più e più volte e si intrecciarono. Gemetti piano, assaporando il ritmo delle sue spinte, sapendo che corrispondeva al ritmo che aveva imposto con i fianchi quel giorno, il ritmo che mi aveva fatto gridare per averne ancora. La sua mano scivolò sul mio fianco e mi strinse dolcemente prima di ritrarsi.

Le nostre fronti si toccavano, gli occhi chiusi e il respiro affannoso. «Ti amo così tanto, tesoro» mormorò Aidan, il suo fiato che si spargeva sul mio viso. Aprii gli occhi per guardarlo e vidi tutto quell'amore nei suoi.

«Ti amo, Aidan. Sei fantastico.»

I suoi occhi brillarono di malizia. «Se inizi a innervosirti di nuovo, fammelo sapere così posso distrarti.»

«Oh, be', in tal caso penso che mi sto innervosendo. Sento il cuore che martella e-»

Non ebbi il tempo di dire altro. Aidan mi baciò di nuovo, la passione del primo bacio che si riversava in quello nuovo. Non potei fare a meno di chiedermi se ci fosse un modo per noi di fare qualcosa di più che baciarci, ma decisi che non era una buona idea. Eppure, avrei preso i suoi baci tutto il giorno, ogni giorno.

Raggiungemmo la quota di crociera mentre mi baciava, con Aidan che estirpava tutte le mie paure mentre le sue mani scivolavano dolcemente sui miei vestiti, stuzzicandomi fino a una frenesia che quasi mi fece esplodere. Quando le sue dita scivolarono dal mio fianco per vagare tra le mie gambe e poi salire sul mio seno, avrei voluto spogliarmi e lasciargli fare di me ciò che voleva.

Aidan alla fine si ritrasse con un sorriso malizioso e un'espressione di pura gloria sul viso. «Ti ho distratta?»

«Se mi avessi distratta ancora un po' sarei nuda e tu saresti dentro di me» sussurrai.

Mi strofinò il naso contro l'orecchio mentre rideva, il suono profondo che mi rimbombava dentro. Mi tenne stretta e io mi godetti la sua vicinanza. Mi aveva decisamente fatta uscire dalla mia testa e allontanata dalle mie paure su BJ. Lo aspettava una sorpresa molto grande più tardi.

Aidan mi tenne la mano per il resto del volo per Chicago. Sedemmo in silenzio fianco a fianco, leggendo e baciandoci di tanto in tanto. Atterrammo e cambiammo aereo per dirigerci a Phoenix. Ebbi qualche problema con la folla a Chicago, ma Aidan mi distrasse con una sveltina nel bagno di famiglia dopo la nostra pizza in stile Chicago.

Phoenix era affollata quanto Chicago, ma stavamo uscendo dall'aeroporto per trovare la nostra macchina, quindi Aidan mi tenne semplicemente stretta mentre mi guidava fuori. Trovammo un SUV che ci aspettava e gettammo le borse nel retro prima di sistemarci davanti.

Aidan puntò la macchina in direzione di Flagstaff e partimmo.

CAPITOLO 21

LA MATTINA dopo Aidan mi svegliò presto. Era già vestito quando mi alzai. Mentre facevo la doccia, andò a prenderci la colazione e la portò in camera. Mangiammo e uscimmo per andare a vedere il Grand Canyon.

Il viaggio in macchina mi agitava. Avevo fantasticato così a lungo su come sarebbe stato affacciarsi su quelle scogliere che non ero sicura che sarebbe stato all'altezza delle mie aspettative. Io e Aidan facemmo i giochi da auto di quando eravamo bambini, cercando le targhe, urlando quando vedevamo auto d'epoca e una folle partita a "Vedo vedo", che ovviamente vinsi io.

Aidan si fermò all'ingresso del Grand Canyon National Park, pagammo il biglietto e prendemmo una mappa. Ero così emozionata che ero praticamente elettrizzata. La strada ci portò più in profondità nel parco, ma non riuscivamo ancora a vedere il canyon.

Il Visitor's Center sembrava un buon punto per fermarsi, quindi Aidan accostò. Camminammo dal parcheggio fino a Mather Point, il punto panoramico più vicino al Visitor's

Center, e finalmente vedemmo per la prima volta il Grand Canyon.

Non avevo mai visto niente di così bello in vita mia. Il canyon si estendeva davanti a noi e più lontano di quanto potessimo vedere da entrambi i lati. I colori erano spettacolari, un miscuglio di rosa, marroni e ocra con qualche spruzzata di verdi e grigi. Potevamo vedere gli strati di roccia e le depressioni e le curve della terra. Era incredibile, davvero spettacolare.

Poche altre persone si avvicinarono accanto a noi e Aidan si rivolse all'uomo al suo fianco. «Potrebbe farci una foto?»

L'uomo, che era lì con la moglie e i figli, fece un passo indietro e Aidan gli porse il telefono, dicendogli qualcosa al riguardo.

Tornò verso di me e il resto della famiglia dell'uomo si allontanò per non essere nella foto. Sorrisi loro e non vidi affatto Aidan in ginocchio davanti a me.

Sussultai quando mi afferrò la mano e lo guardai. Le lacrime mi salirono agli occhi e lui mi sorrise. «Claire... ti amo con tutto il mio cuore. Ti amo per la donna bellissima che sei, la donna gentile e premurosa che sei, per come ti apri a me e mi lasci amare anche se so che a volte hai paura. Ti amo da anni e anche se stiamo insieme da poco tempo, so che sei l'unica con cui voglio passare la mia vita. Devo saperlo, Claire Murphy, mi farai l'onore di essere mia moglie?»

Il fiato mi si mozzò in gola e le lacrime mi rigavano il viso. Aidan mi teneva ancora le mani e mi sentivo paralizzata. Il viso di Aidan cominciò a rabbuiarsi mentre realizzava che non stavo rispondendo. Si girò verso la famiglia che ci guardava attentamente e poi di nuovo verso di me.

Finalmente ritrovai il fiato e sussurrai: «Sì.»

Aidan si bloccò. «Hai detto di sì?»

Sorrisi e annuii. «Sì, non desidererei altro che sposarti. Sì.»

Aidan balzò in piedi e mi sollevò, facendoci girare mentre mi baciava. «Oh, merda. Ho dimenticato l'anello.»

Mi mise giù e frugò in tasca, tirando fuori una piccola scatola di velluto nero. Aprì il coperchio e mi mostrò un anello di platino con un'ametista con taglio a smeraldo. Due diamanti si aprivano a ventaglio dall'ametista, quasi come un enorme segno più. Era stupendo. E decisamente troppo.

«Aidan, dove hai trovato i soldi per questo? Stavi risparmiando per una casa.»

Lui sorrise mentre sfilava l'anello dalla scatola e me lo infilava al dito. «La nostra casa è costata molto meno di quanto avevamo previsto e tenevo d'occhio questo anello da un po'. Ci sono andato l'altro giorno quando ho capito che i soldi che ci servivano per la casa non erano tanti quanti pensavamo. Ora la mia donna perfetta ha l'anello perfetto.»

Gli sorrisi e lo attirai a me per un bacio, sigillando il nostro fidanzamento. Ci staccammo e Aidan andò finalmente a recuperare il suo telefono dalla famiglia, che si congratulò con noi, per poi tornare a guardare il canyon. «Stavano registrando tutto,» disse Aidan quando tornò da me.

«Cosa? Hai ripreso tutto? Oh, Dio, sarò sembrata una pazza!»

«Sei bellissima, mia fidanzata.

«Ooh, mi piace come suona,» feci le fusa mentre gli avvolgevo di nuovo le braccia intorno al collo. Gli stampai un bacio sulla gola e lui emise un suono strozzato prima di posare le mani sulla mia vita.

Lo sentii indurirsi contro il mio ventre e passai la lingua lungo la sua mascella, facendo scattare il suo cazzo contro di me. «Gesù. Avrei dovuto aspettare di tornare in albergo. Non so se ce la farò per tutto il giorno senza starti dentro. Specialmente se continui a fare così.»

Mi strofinai contro di lui e gemette prima di catturare la mia bocca con la sua. Il suo bacio fu rude e aggressivo, rivendicandomi tanto quanto il suo anello. Mi appoggiò alla ringhiera che ci separava dal fondo del canyon e lasciò che le sue mani mi scivolassero lungo i fianchi per coprirmi il sedere.

«Cazzo, che bella sensazione che mi dai,» gracchiò al mio orecchio. «Voglio prenderti qui e ora, lasciare che le tue meravigliose urla echeggino nel canyon sotto di noi.»

«Pensavo che avessimo un giro in elicottero da fare, no?» chiesi, in parte per prenderlo in giro e in parte perché non volevo perderlo.

«Possiamo prenderne un altro. Penso che sto per esplodere. Vederti con il mio anello al dito, sapere che ci apparteniamo, tu che mi provochi… sarà una lunga giornata.»

Aidan si allontanò da me, la sua erezione che tendeva la parte anteriore dei suoi pantaloncini. Si appoggiò alla ringhiera accanto a me e guardò lo splendido scenario intorno a noi. «Non volevo eccitarti così tanto,» lo presi in giro.

«Certo che volevi. Ma mi è piaciuto. Ti amo, Claire. Grazie per aver accettato di essere mia moglie. Niente mi renderà mai più felice.»

«Ti amo, Aidan. Ora andiamo a prendere quell'elicottero.»

Prendemmo un pranzo leggero al Visitor's Center e poi ci dirigemmo verso l'eliporto. Il tragitto lungo il South Rim fino a Tusayan non durò molto. Aidan si fermava ogni tanto per farci ammirare diverse vedute del Grand Canyon. Scattai più foto di quante pensassi che il mio telefono potesse contenere, compresa una foto del mio nuovo anello di fidanzamento da inviare a Mandy, Sam, Addi, Lexi e Charlie.

Avevamo ancora tempo prima del tour in elicottero, quindi girovagammo per il museo e le rovine, poi aspettammo il nostro volo. C'erano poche altre persone con noi e scambiammo qualche chiacchiera mentre aspettavamo che l'elicottero fosse pronto.

«Sei nervosa?» chiese Aidan mentre aspettavamo.

«No, sono emozionata. Non siamo in un aeroporto, quindi non sono paranoica come prima. E poi, ho il mio fidanzato qui a prendersi cura di me.

Mi avvolse la vita con le braccia e si mise dietro di me mentre il pilota si avvicinava e si presentava. Spiegò che il viaggio sarebbe durato circa un'ora e che avremmo sorvolato l'intero Grand Canyon, scendendo un po' più in basso in alcuni punti dove gli era permesso. Saremmo sempre stati a distanza di sicurezza dal suolo, ma c'erano le normali precauzioni di sicurezza da prendere, come allacciare le cinture e rimanere seduti. Il gruppo entrò nell'elicottero e prese posto. Ancora una volta, Aidan mi lasciò sedere vicino al finestrino.

L'elicottero decollò e girò per sorvolare il Grand Canyon. Era mozzafiato, ancora più che vederlo da terra. Attraverso le cuffie, il pilota indicò i canyon più piccoli che si diramavano dal Grand Canyon principale. Seguimmo il Colorado River verso ovest mentre serpeggiava. Potevamo vedere puntini di persone che scendevano il fiume in kayak e alcuni gruppi che facevano trekking giù nel canyon.

Tornò indietro volando più vicino al North Rim e indicò una varietà di templi e una formazione rocciosa chiamata Dragon Head. Io non riuscivo a vedere il drago, ma Aidan insisteva che ne avesse proprio l'aspetto. Pensai che fosse un po' matto.

Prima che ce ne rendessimo conto, l'ora era trascorsa e stavamo atterrando di nuovo sulla terraferma. Con il telefono pieno di foto e lo stomaco vuoto, uscimmo dal Grand

Canyon National Park, promettendoci che vi avremmo trascorso un altro giorno.

Durante il viaggio di ritorno in hotel, Aidan mi bombardò di domande sul mio matrimonio ideale. Dovetti ammettere che non ci avevo mai pensato molto. «Onestamente non ho mai pensato che mi sarei sposata, quindi non l'ho pianificato. Inoltre, non sono una di quelle ragazze super femminili che sognano di essere una principessa un giorno. Non so come vorrei che fosse il nostro matrimonio.»

«Beh, vuoi un matrimonio grande o piccolo?»

«Decisamente piccolo. Non mi piace essere al centro dell'attenzione e non voglio avere un sacco di gente che a malapena ci conosce. Una parte di me preferirebbe che fossimo solo noi due per la cerimonia e poi dare una grande festa per tutti i nostri amici e parenti più tardi. Devono davvero essere presenti per sentire le nostre promesse?»

Aidan rise e scosse la testa. Avevo la sensazione che avrebbe passato il resto della sua vita a farlo. «E i tuoi genitori e Rebecca? O Mandy e i tuoi amici?»

Feci spallucce. «Non lo so. Penso che se facessimo un matrimonio, inviterei solo quelle persone. I matrimoni mi sembrano una gran confusione. Sam a volte parla delle spose con cui lavora ed è come se fossero più preoccupate di come appare ogni cosa che di divertirsi. La gente dice che il giorno del matrimonio è il più felice della vita, ma sembra che la gente se lo renda più difficile da sola, o almeno non se lo goda davvero.»

«Sì, posso capirlo. Forse faremo qualcosa di piccolo per le nostre famiglie più strette e poi una festa per tutti. Mi piace quest'idea. E per quanto riguarda il grande abito bianco?»

Inarcai un sopracciglio verso di lui. «Penso che della parte in bianco ti sia già occupato tu. Magari indosserò un abito color lavanda da abbinare al mio anello, per spiazzare tutti.»

La risata di Aidan riempì la macchina e fece ridere anche me. «È per questo che ti amo,» disse. «Mi fai sempre ridere. Non riesco a immaginare la mia vita senza di te.»

Si portò la mia mano alle labbra e mi baciò le dita. Gli strinsi la mano e lui abbassò le nostre mani giunte sulla mia coscia. «Okay, matrimonio intimo, vestito color lavanda… Quale sarebbe il nostro primo ballo?»

«Ho sempre amato 'At Last' di Etta James. Ha questo sottofondo di tristezza, ma è una canzone così bella. Credo che in un certo senso la senta adatta a noi perché non ho mai pensato di trovare qualcuno come te ma, alla fine, ce l'ho fatta.»

Aidan si portò di nuovo la mia mano alle labbra. «È una canzone fantastica. La penso allo stesso modo. Sei esattamente la persona che ho sempre sperato di trovare e sono fuori di me dalla gioia che tu provi lo stesso.»

Entrammo nel parcheggio dell'hotel e ci dirigemmo verso la nostra stanza. «E per la prima notte di nozze? Sesso o non sesso?» chiese Aidan mentre mi avvolgeva con le braccia, già duro contro il mio ventre.

«Assolutamente sesso. Forse questo è un altro voto a favore di un matrimonio intimo. Non voglio essere troppo sfinita dal matrimonio per godermi la nostra prima notte da marito e moglie.»

«E per la nostra prima notte da fidanzati? Si dice così? Sei troppo stanca per goderti la nostra prima notte di fidanzamento ufficiale?»

Risi e allungai le mani per afferrargli il culo. «Penso che potrei essere persuasa a divertirmi un po' stasera. A un certo punto però devi darmi da mangiare. Hai detto che ti piace una donna che divida una bistecca con te e poi smaltisca tutto con il sesso.»

«Oh, e mi piace eccome,» disse mentre si strofinava contro il mio collo. La sua lingua danzò sulla mia pelle e la mia testa si rovesciò all'indietro per dargli pieno accesso. «Credo che ti piaccia,» scherzò.

Spinsi i fianchi contro i suoi, la sua erezione che si strofinava tra di noi. «Sono abbastanza sicura che anche tu ti stia divertendo.»

Le sue dita si conficcarono bruscamente nei miei fianchi. «Cazzo, piccola. Lo sai che mi sto divertendo. È da tutto il giorno che a malapena riesco a trattenermi. Ma ora devo mostrarti esattamente quanto ti amo.»

La sua bocca fu sulla mia prima che potessi rispondere. Mi morse il labbro inferiore, strappandomi un gemito di cui approfittò. La sua lingua scivolò nella mia bocca mentre le sue dita scivolavano sul mio sedere. Aidan mi fece indietreggiare verso il letto king size mentre mi baciava. Il suo bacio era delicato, morbido, e non era quello che mi aspettavo. Dopo essersi trattenuto tutto il giorno, pensavo che fosse pronto per del sesso veloce e rude. Invece, stavo ricevendo lentezza e dolcezza.

Raggiungemmo il letto con le labbra ancora incollate. Mi abbassai mentre lui mi si arrampicava sopra. Una volta sdraiata, mi coprì, posizionandosi tra le mie gambe come aveva fatto la nostra prima notte insieme sul divano. Si spinse contro di me più e più volte e sentii il mio corpo già eccitarsi in risposta a lui. Ruppi il nostro bacio con un gemito e lui intrecciò le dita tra i miei capelli.

«Vieni per me, piccola. Proprio così. Proprio come la prima volta. Voglio prima sentirti, poi voglio percepirti, poi voglio assaggiarti.»

La sua voce roca amplificò il bisogno del mio corpo e persi irrimediabilmente il controllo mentre il suo cazzo si strofinava contro di me. «Meno vestiti. Ora,» lo supplicai quando tornai con i piedi per terra.

Aidan scese da me e si sfilò la maglietta dalla testa. Si abbassò i pantaloncini e in pochi secondi fu di nuovo sul letto, nudo. Io, tuttavia, ero ancora completamente vestita. «Ehi, hai detto meno vestiti. Perché non sei nuda?» scherzò.

Cercai di sollevare le mie membra già doloranti e lui rise della mia sceneggiata prima di allungarsi per aiutarmi. Mi fece scivolare su la maglietta, scoprendomi la pancia, baciando la pelle man mano che veniva rivelata. Mi mossi per aiutarlo a spingerla verso l'alto finché la mia maglietta non fu sul pavimento. Abbassò la testa sul mio capezzolo e chiuse la sua bocca calda attorno a uno mentre con la mano stringeva l'altro seno.

Il mio corpo stava già ricominciando a contrarsi, solo sotto la manipolazione delle sue mani e della sua bocca sui miei seni. Chiusi gli occhi e le mie mutandine si inzupparono mentre Aidan succhiava, torceva e stuzzicava i miei capezzoli finché non mi contorsi sotto di lui.

Aidan mi fece scivolare le braccia intorno alla schiena, aprì il gancio del reggiseno e lo gettò sul pavimento. La sua bocca tornò sul mio seno ma le sue mani andarono verso i miei pantaloncini. Fece lentamente scivolare il tessuto lungo le mie gambe, lasciando andare il mio capezzolo con uno schiocco quando non riuscì più a raggiungerlo. La sua bocca si allineò con il mio pube e quasi venni con una sola passata della sua lingua su di me.

Mi inarcai e gemetti e urlai mentre la lingua di Aidan mi scivolava addosso. Mi infilò le dita dentro e il mio orgasmo mi travolse in un lampo. Inarcai il bacino contro di lui, tenendo il suo viso premuto contro di me, mentre cavalcavo il mio orgasmo. Quando finalmente riuscii a respirare di nuovo, lo lasciai andare e lui si fece strada baciandomi su per il corpo, immergendo la lingua nel mio ombelico, nelle pieghe sotto i miei seni e nello spazio vuoto tra le mie clavicole.

«Dio, hai un sapore così buono,» gemette contro le mie labbra. Il suo cazzo sondò la mia entrata e mi aprii per lui, stuzzicata dalla sensazione di lui che si strofinava contro la mia pelle sensibile.

Aidan fece scivolare la sua lingua oltre le mie labbra mentre entrava in me. Gemetti per entrambe le sensazioni, sentendomi piena e molto soddisfatta dal mio fidanzato. Lentamente scivolò fuori, tenendo a malapena la punta dentro di me. Mentre si inarcava di nuovo dentro di me, mi riempì lentamente e gemetti a quella sensazione.

«Me ne puoi dare un altro, tesoro?» chiese Aidan al suono del mio gemito.

«Penso di sì. Sei così piacevole,» gemetti a un'altra spinta delicata.

Aidan si mosse lentamente dentro e fuori dal mio corpo, prolungando il mio piacere e amplificando il suo. Tutto il mio corpo pulsava, l'energia fluiva da lui a me e di nuovo a lui. Ci muovemmo come un corpo solo, i nostri fianchi che si incontravano a ogni inarcamento delle nostre schiene, la nostra velocità che aumentava all'unisono come se potessimo leggere i nostri pensieri.

In quel momento seppi che Aidan mi avrebbe amata per sempre, e che la mia vita non sarebbe mai più stata la stessa.

La pressione e il piacere aumentarono rapidamente mentre le nostre spinte diventavano più veloci ed erratiche. Aidan grugnì sopra di me e lo tirai giù per un bacio mentre esplodevo. Il mio corpo si spaccò, aggrappandosi disperatamente al suo per prolungare il mio piacere. Aidan ruppe il nostro bacio urlando il mio nome con un brusco sussulto del suo corpo mentre mi seguiva oltre il limite.

Aidan crollò su di me, il suo respiro che diventava il mio, il suo sudore che diventava il mio, il suo battito che diventava il mio. Lo tenni stretto a me anche se il peso del suo corpo mi rubava il fiato. Dopo qualche secondo rotolò di lato, portandomi con sé. «Ti amo,» sussurrò contro i miei capelli.

«Ti amo,» gli risposi, baciandogli il collo mentre le nostre braccia si circondavano a vicenda e ci tenevamo stretti.

«Ti prego, dimmi che possiamo dormire fino a tardi domani. Ho bisogno di riprendermi. E sperare di rifarlo.»

Risi e mi mossi contro di lui, mettendomi comoda. «Possiamo decisamente dormire fino a tardi. Ma prima che ti metta troppo comodo, mi hai promesso la cena. Non puoi negare del cibo a una donna grassa. Non è un bello spettacolo.»

«Non sei grassa, sei perfetta. Ma sì, ti offrirò la cena. E poi il dessert quando torniamo. Forse domani potremmo fare un viaggio in macchina. Tipo a Phoenix, a Vegas o da qualche parte in California.»

«Vegas? Davvero?»

Aidan si tirò indietro e mi guardò con evidente sorpresa. «Vuoi andare a Vegas? Perché?»

Risi del suo stupore e spiegai: «La cheerleader che è in me ha sempre voluto vedere il Cirque du Soleil. Quando ero al liceo sognavo davvero di partecipare a quegli spettacoli. Non succederebbe ora, ma sono sbalordita dal modo in cui si muovono. Pensi che potremmo trovare i biglietti?»

«Per te, piccola, qualsiasi cosa. Dormiamo fino a tardi, poi andiamo a Vegas per il pomeriggio e la sera. Penso che sia solo a poche ore da qui, quindi dovremmo farcela a tornare in macchina dopo lo spettacolo.»

Balzai in piedi e battei le mani. «Ehi, forse dovremmo sposarci mentre siamo lì,» scherzai mentre cercavo vestiti puliti nella mia valigia.

Mi girai quando non sentii Aidan alzarsi, pronta a supplicarlo di farlo. Invece, era lì sdraiato con un sorriso ebete sul viso. «Seriamente? Vuoi sposarti domani? A Vegas?»

«Stavo solo scherzando, Aidan. Siamo fidanzati ufficialmente solo da poche ore.»

«Già, ma non c'è nessuna regola su quanto tempo

dobbiamo essere fidanzati prima di sposarci. Penso che dovremmo farlo.»

Risi di lui e finii di vestirmi mentre lui finalmente si alzava dal letto. Si vestì in fretta e uscimmo per trovare un posto dove cenare. «Non dobbiamo per forza, era solo un'idea,» disse Aidan mentre salivamo in macchina. «È solo che non vedo l'ora di averti come moglie.»

Gli accarezzai la guancia e gli sorrisi. «Ne parleremo domani. Per ora, ho solo bisogno di cibo. Un sacco, un sacco di cibo, se la tua performance di prima è un'indicazione di come sarà il resto di questo viaggio.»

Aidan rise e si diresse verso la città alla ricerca di bistecche, birra e carburante sufficiente per la notte.

CAPITOLO 22

LA MATTINA dopo dormimmo fino a tardi, proprio come voleva Aidan. Non che mi stessi lamentando. Aidan mi svegliò nel suo modo speciale, che stava decisamente diventando il mio preferito per iniziare la giornata. Dopo una colazione veloce ci mettemmo in viaggio per Las Vegas.

Guidare lungo la Strip fu un'esperienza di per sé. Era pieno giorno, ma le luci erano comunque brillanti e bellissime. Avevo immaginato che Las Vegas fosse pacchiana e di cattivo gusto, e in parte lo era di certo, ma era anche bella ed elegante. Ogni hotel gareggiava con quelli circostanti per essere il più sbalorditivo, dalle attrazioni all'esterno agli ornamenti in cima, fino all'hotel vero e proprio. Se c'era così tanta cura per l'esterno, potevo solo immaginare come fossero gli interni.

La sera prima Aidan aveva trovato online i biglietti per il Cirque du Soleil, così potemmo parcheggiare al Mirage per la giornata. Appena messo piede nell'hotel, capii che avremmo potuto passarci l'intera giornata. Tra l'acquario nella hall, l'atrio che sembrava una vera foresta pluviale, e i ristoranti, i negozi e il casinò, compresi come ci si potesse perdere senza mai lasciare un unico posto.

Con gli occhi pieni di meraviglia, io e Aidan ci dirigemmo al casinò per giocare a qualche slot machine e magari a qualche altro gioco. Cambiammo un po' di soldi e ci dirigemmo verso le slot da cinque centesimi. Vincemmo e perdemmo, ma alla fine decidemmo che eravamo abbastanza vicini ad andare in pari. Aidan voleva tentare la fortuna a blackjack, così lo seguii a un tavolo.

Si sedette a un tavolo da dieci dollari con altre tre persone. Consegnò la sua fiche e ricevette le carte, aspettando il suo turno. Misi il broncio quando Aidan non volle mostrarmi le sue carte. Prese una carta, poi attese la fine della mano. Girò le sue carte e fece 19, battendo il banco, ma non il giocatore alla sua destra.

Dopo qualche altra mano, Aidan rinunciò, per fortuna. Temevo che avrebbe perso il nostro acconto se avesse continuato ancora a lungo. «Portami fuori dal casinò prima che mi lasci risucchiare troppo», disse prendendomi la mano. Incassammo le nostre misere fiches e ci dirigemmo verso il sole troppo abbagliante della Strip di Las Vegas.

Mentre camminavamo, un hotel dopo l'altro sembrava attirarci. In qualche modo eravamo riusciti a passare due ore al Mirage, forse era un trucco dell'hotel, e stavamo morendo di fame. Aidan insistette per pranzare in un altro hotel e tornare al Mirage per cena prima dello spettacolo.

Restringere la scelta fu difficile, ma alla fine optammo per il New York, New York per pranzo. Aidan scelse il ristorante italiano e ci gustammo un pranzo delizioso che minacciò la mia capacità di camminare. Fui contenta di aver indossato un maxi abito e delle infradito per la giornata.

Uscimmo dal ristorante quasi barcollando e andammo in cerca di qualcos'altro da fare. Le opportunità non mancavano, ma cercavamo di non spendere tutti i nostri soldi. Un altro spettacolo sarebbe costato più di quanto volevamo spendere e, non avendo una camera in uno degli hotel, non potevamo usare i servizi, come le incredibili piscine che avevano tutti.

Il caldo e il sole iniziarono a pesarmi e mi lamentai, dicendo ad Aidan di trovare un posto con l'aria condizionata dove potessi almeno entrare e riposare. Lui si fermò e mi sorrise, poi annuì con la testa verso il posto di fronte al quale ci trovavamo. «Perché non entriamo qui?»

Alzai lo sguardo e mi resi conto che si era fermato davanti a una delle cappelle nuziali che a Las Vegas erano quasi tanto abbondanti quanto i casinò. Scossi la testa e alzai gli occhi al cielo. «Probabilmente c'è qualcuno che si sta sposando. Penseranno che vogliamo sposarci anche noi se entriamo.»

«Beh», disse lui con un'alzata di spalle, «è quello che vogliamo. Forza, piccola, sposiamoci. Adesso. Indossi l'abito color lavanda che dicevi di voler mettere, siamo solo noi due, e potremo dare quella festa tra qualche mese, quando ci saremo sistemati nella nuova casa. È perfetto.»

«Aidan, non è divertente. So che stai solo scherzando sul sposarci così e mi ferisce che tu pensi che il nostro matrimonio sia qualcosa su cui scherzare.»

Mi prese le mani e si accovacciò per guardarmi negli occhi. «Non sto scherzando, tesoro. Non sono mai stato più serio. Non voglio aspettare un altro secondo per dire che sei mia moglie. Se non è questo che vuoi, per me va bene. Voglio solo sposarti e non mi importa se sarà a Las Vegas adesso, o tra un mese nel nostro cortile, o tra un anno in una chiesa. Per me, prima è, meglio è, perché ti amo. Ti ho detto che non ti avrei mai forzata a fare nulla e non lo farò, ma devi sapere che sono assolutamente serio in questo momento. Ti sposerò all'istante, se mi vorrai.»

Lo fissai a bocca aperta, incerta su cosa dire. Sposarlo era tutto ciò che volevo, ma volevo davvero un matrimonio a Las

Vegas? Camminai avanti e indietro sul marciapiede di fronte alla cappella. Tutti i miei pensieri mi rimbalzavano in testa.

Volevo sposarmi senza la mia famiglia?

O i miei amici?

Ero pronta a essere sposata?

Sentivo che Aidan mi stava facendo pressione?

Ero pronta per i cambiamenti?

Cosa volevo veramente?

Quando smisi di camminare avanti e indietro, alzai gli occhi su Aidan. Stava in piedi sul marciapiede e mi guardava. Non sembrava affatto stressato. Appariva calmo e contento.

«A cosa stai pensando in questo momento?» Avevo bisogno di saperlo.

«Sto pregando che tu non cambi idea e non dica che in realtà non vuoi sposarmi affatto», rispose senza esitazione.

Mi bloccai. Pensava davvero che non lo volessi? Che avrei mai potuto cambiare idea su di lui?

«Come puoi pensare una cosa del genere?»

«Io sono coinvolto in questa storia da molto più tempo di te, tesoro. Sono innamorato di te da anni, ti ho desiderata, amata in ogni modo possibile. Per te, è tutto piuttosto nuovo. Immagino che una parte di me si preoccupi che tu non sia pronta a sposarti e che io ti abbia sopraffatta con tutto questo.»

«Wow, davvero? Semmai, sono io che mi aspettavo che te ne scappassi. Mi è sembrato di vivere in una favola con te. Ma non sei stato solo per anni. Mi sono innamorata di te anch'io. Non è una novità per me, e sono coinvolta in questa storia tanto quanto te. Sposarsi adesso sembra una pazzia, ma penso che sia giusto. Non voglio aspettare per averti come marito. Entriamo.»

«Sei seria?» chiese Aidan facendosi verso di me. Feci cenno di sì mentre le sue braccia mi avvolgevano la vita, mi sollevava in aria e mi faceva girare. Ridemmo insieme come due pazzi sul marciapiede della Strip di Las Vegas. Alla fine Aidan mi rimise a terra e mi prese il viso tra le sue mani forti.

Aidan avvicinò le sue labbra alle mie e ci baciammo dolcemente. La sua lingua stuzzicò brevemente le mie labbra prima di ritrarsi. «Andiamo. La prossima volta che ti bacerò, sarai la signora Claire Matthews.»

Afferrai la sua mano ed entrammo nella cappella.

«Salve, posso aiutarvi?» chiese una voce dolce quando entrammo.

Ci voltammo e vedemmo una donna alta sulla cinquantina che si avvicinava. Indossava un tailleur grigio con una camicetta rosa. Aveva un aspetto professionale e molto gentile. Aidan mi strinse la mano e seppi che stava pensando la stessa cosa che pensavo io. Eravamo capitati in un buon posto.

«Salve, vorremmo sposarci. Il prima possibile», disse Aidan facendosi verso di lei.

«Beh, siete venuti nel posto giusto. Stiamo finendo una cerimonia proprio adesso, ma abbiamo il resto della giornata libero. Vi andrebbe bene?»

«Sì, è perfetto», le disse Aidan.

«Okay, mi serviranno i documenti d'identità di entrambi e dovrete rispondere a qualche domanda per assicurarci che siate qui di vostra spontanea volontà e non sotto l'effetto di alcol o costretti. Se volete seguirmi, possiamo iniziare.»

Un'ora dopo, io e Aidan fummo autorizzati a sposarci nella cappella. Non era quello che mi aspettavo da un matrimonio a Las Vegas, ma supponemmo di aver trovato un posto un po' migliore degli altri.

«Le piacerebbe dare un'occhiata ai nostri abiti? Abbiamo abiti da sposa a disposizione da indossare, se lo desidera» disse Marilyn. Ci aveva aiutati fin dall'inizio e scoprimmo che sarebbe stata lei a celebrare la cerimonia per noi.

«Ha detto che voleva sposarsi con un abito color lavanda

da abbinare all'anello, quindi penso che sia perfetta così» disse Aidan prima che avessi la possibilità di rispondere. Gli sorrisi e lo tirai a me per un bacio veloce. Lui si accostò al mio orecchio e sussurrò: «Così bari. Volevo che il nostro prossimo bacio fosse da marito e moglie.»

«Non ho saputo resistere. E poi, ho potuto godermi i baci del mio fidanzato solo per un giorno.»

Si chinò di nuovo verso di me per un altro bacio, poi mi strinse la mano prima di sparire attraverso la porta che Marilyn gli aveva indicato. Lei mi condusse attraverso un'altra porta, dove potei scegliere un bouquet di fiori, e poi in un bagno per sistemarmi i capelli e il trucco. Quando uscii, Marilyn aveva una tiara da farmi indossare, se avessi voluto, cosa che feci, e disse che eravamo pronti.

L'agitazione minacciò di sopraffarmi. Mi stavo per sposare! Con Aidan. Nei miei sogni più sfrenati non avrei mai immaginato di ritrovarmi in una cappella di Las Vegas sul punto di sposare Aidan Matthews.

Dopo qualche minuto, la porta di fronte a me si aprì ed entrai nella piccola cappella. Aidan era in piedi davanti, vicino all'altare, con la sua maglietta granata e i pantaloncini beige che sembravano fuori luogo nella stanza bianca e fiorita. Nella cappella c'erano una manciata di banchi ma, ovviamente, erano vuoti. Mi guardai intorno e quasi mi pentii di non avere lì le nostre famiglie e i nostri amici. Potevo immaginare Mandy in piedi accanto all'altare ad aspettarmi come mia damigella d'onore. Potevo sentire il braccio di papà infilato nel mio mentre percorrevo la navata.

Il mio passo vacillò al pensiero di tutto ciò che ci stavamo perdendo. Mi fermai a metà della navata e il volto di Aidan si rabbuiò. Annuì, sapendo esattamente cosa stavo provando e pensando.

Con un'occhiata a Marilyn, Aidan scese dall'altare e venne verso di me. Lei fece un cenno alla persona nell'angolo che si occupava della musica e le note romantiche furono abbassate, continuando a fluttuare dolcemente intorno a noi.

«Non vuoi farlo, vero?» chiese Aidan non appena mi raggiunse.

Feci spallucce e alzai lo sguardo verso i suoi dolci occhi castani. Vi scorsi un tale amore che mi mozzò il fiato. «Non lo so. Voglio sposarti, sì, ma sento che le nostre famiglie e i nostri amici dovrebbero essere qui. Mi sento quasi come se stessimo facendo qualcosa di sbagliato a non coinvolgerli. Come se stessimo facendo le cose di nascosto o qualcosa del genere.»

Aidan tirò fuori il cellulare dalla tasca e me lo porse. «Chiamali. Chiama chi vuoi e di' loro cosa sta succedendo. Chiedi se si arrabbieranno o se stai facendo la cosa sbagliata. Parla quanto vuoi. Te l'ho detto prima: aspetterò tutto il tempo necessario per sposarti. Se vuoi andartene da qui adesso, ce ne andremo. Deve essere la cosa giusta.»

«A te non dispiace che i tuoi genitori non siano qui? O i tuoi amici? Non vorresti condividere questo momento con loro?» chiesi, cercando di dominare quella follia che mi stava stringendo un nodo alla gola.

Aidan mi baciò dolcemente. «L'unica persona con cui ho bisogno di condividere questo momento sei tu. Capisco il tuo desiderio di avere altre persone intorno, ma io ho bisogno solo di te. In un modo o nell'altro ti sposerò, che sia oggi o un altro giorno, e finché ti sposerò, sarò felice.»

Guardai il suo telefono nella mia mano e mi resi conto che aveva ragione. Stavo andando fuori di testa perché pensavo che la mia famiglia e i miei amici ci sarebbero rimasti male per la loro assenza. Ma sposarsi non aveva niente a che fare con loro. Riguardava me e Aidan.

Ma aveva ragione. Forse mi conosceva meglio di quanto io conoscessi me stessa. Avevo bisogno di parlare con i miei genitori e con Mandy, di dire loro cosa stavamo facendo. Di spiegare prima che accadesse, nel caso ci fossero rimasti male.

Per primo composi il numero di telefono dei miei genitori. Mia madre rispose al secondo squillo. «Pronto?»

«Ciao mamma, sono io.»

«Claire, tesoro. Come stai? Com'è il viaggio?»

«È fantastico, mamma. Ci stiamo divertendo un mondo.»

«Oh, bene tesoro. Io e tuo padre siamo così gelosi che voi siate lì, ma siamo contenti che vi stiate divertendo. Aidan è un uomo così gentile. Sarà anche un ottimo marito.»

Li avevo chiamati la sera prima per comunicare loro del fidanzamento e i miei genitori avevano confessato che lo sapevano già. Aidan era andato da loro prima che partissimo e li aveva messi al corrente del suo piano di farmi la proposta al Grand Canyon. Erano più che estasiati all'idea che si unisse alla nostra famiglia.

«Lo sarà, e in realtà è in parte per questo che chiamo. Oggi abbiamo fatto una gita. Volevo vedere uno spettacolo del Cirque du Soleil, quindi siamo a Las Vegas. Stiamo pensando di sposarci. Ehm, proprio adesso.»

Mamma rimase in silenzio per un momento e sentii la voce di papà in sottofondo che le chiedeva cosa stesse succedendo. Finalmente parlò, ma sentii le lacrime nella sua voce. «Oh, tesoro, è meraviglioso. Vorrei che io e tuo padre potessimo essere lì, ma capisco che non vogliate aspettare oltre per sposarvi. Possiamo organizzare un rinfresco dopo il vostro ritorno a casa?»

«Non sei arrabbiata, mamma?» chiesi, scioccata e stupita.

«Non potrei mai essere arrabbiata. Tu e Rebecca siete state cresciute per prendere le vostre decisioni. Se questo è ciò che è giusto per te, allora siate felici e godetevelo. I matrimoni possono essere più una seccatura di quanto valgano, ma il matrimonio è ciò che conta davvero. Sii felice, tesoro mio.»

Le lacrime mi rigavano il viso e annuii. «Grazie, mamma. Posso parlare con papà?»

«Ti voglio bene, Claire. Congratulazioni, tesoro» disse.

La ringraziai e sentii il telefono passare di mano tra i miei genitori, prima che la voce di mio padre tuonasse in linea: «Congratulazioni, piccolina.»

«Grazie, papà. Vorrei che foste qui.»

«Beh, se Aidan ci avesse informato di questa parte del piano, saremmo saltati su un aereo.»

Risi. «Non era programmato, papà. Semplicemente non volevamo aspettare. Cioè, non in quel senso, solo…»

«Va tutto bene, tesoro. Tuo padre non si fa illusioni sul fatto che tu o tua sorella abbiate aspettato il matrimonio per amare vostro marito. Neanch'io volevo aspettare a sposare tua madre. Ci amavamo così tanto che eravamo pronti ad andare dal giudice di pace, ma conosci le tue nonne.»

Risi immaginando le mie nonne che facevano una scenata all'unisono perché i miei genitori non avevano organizzato un grande matrimonio. «Immagino che non l'avrebbero presa molto bene.»

«Nemmeno un po'. Ascolta, tesoro, forse non è il momento giusto, ma io e tua madre abbiamo messo da parte dei soldi per il vostro matrimonio. Volevamo aiutarvi come abbiamo fatto con Rebecca, ma visto che state facendo le cose in modo un po' diverso, magari vorrete usare i soldi per la casa. Decidete voi e Aidan, ma volevo che lo sapeste. Potete parlarne nei prossimi giorni e vedere cosa ne pensate.»

«Wow, papà, grazie. Sei sicuro?»

«Sì, piccolina. Avevamo messo via quei soldi per te. Senti, posso parlare un attimo con Aidan?»

Guardai il mio futuro marito e salutai mio padre prima di passargli il telefono. Cercai disperatamente di origliare la loro conversazione, ma non ci riuscii. Aidan acconsentì a qualunque cosa mio padre gli stesse dicendo e dopo un minuto riattaccò.

«Di che si trattava?»

«Voleva assicurarsi che non ti stessi forzando a farlo. E voleva darmi il benvenuto in famiglia. Sei pronta?»

Alzai lo sguardo su Aidan e seppi di non essere mai stata più pronta per qualcosa in vita mia. «Assolutamente.»

CAPITOLO 23

AIDAN TORNÒ al suo posto all'altare. La musica ricominciò da capo e io tenni la testa alta mentre percorrevo il resto della breve navata.

«Siamo pronti?» chiese Marilyn quando Aidan mi prese la mano. Eravamo di fronte a lei, uniti come non mai, e annuimmo.

«Bene, allora possiamo cominciare. Siamo qui riuniti oggi per unire queste due persone. Quello di Aidan e Claire è il tipo di amore che ci piace vedere da queste parti. Il loro è un amore vero e puro, un amore che si manifesta in ogni sguardo, tocco e parola che si scambiano. Dal momento in cui voi due siete entrati, ho capito che eravate speciali, ma non sapevo veramente quanto fino a pochi istanti fa, quando Aidan era disposto a rinunciare a tutto questo se fosse stato ciò che tu, Claire, volevi. E guardare Aidan darti esattamente ciò di cui avevi bisogno per avere la fiducia di andare fino in fondo mi dimostra quanto voi due vi conosciate e quanto profondi siano la vostra fiducia, il vostro amore e il vostro rispetto reciproci.»

Aidan e io ci guardammo e lui mi fece l'occhiolino. Gli

strinsi le mani. Il calore mi inondò guardando negli occhi il mio sposo, l'uomo con cui avrei passato il resto della mia vita. In quel momento ero così piena di felicità che temetti di scoppiare.

«Avete entrambi preparato delle promesse che volete condividere e vi invito a pronunciarle ora. Aidan, prima tu per favore.»

Lui sorrise a Marilyn, poi tornò a concentrarsi su di me. «Claire, ti'amo da anni. Ti'ho detto tutte le ragioni per cui ti amo, ma quello che non ti'ho detto è della prima volta che ti ho vista. Era il tuo primo giorno di lavoro e stavi seguendo Jenn. Quando sono entrato nella sala riunioni, ti stavi versando una tazza di caffè. Non'riuscivo a vederti il viso, ma ti ho sentita ridere per qualcosa che aveva detto Jenn e il suono della tua risata mi ha riempito il cuore. In quel momento avrei voluto gettarti sulla mia spalla e portarti via da tutti e da tutto. Ho guardato le tue mani mentre aggiungevano panna e zucchero alla tua tazza e ho immaginato il tuo tocco delicato su di me. Quando ti sei girata e i nostri occhi si sono incontrati, ho pensato che qualcuno avesse aspirato tutta l'aria dalla stanza. Eri, e sei ancora, la donna più bella che abbia'mai visto. Quella sera ho detto ai miei genitori che in un modo o nell'altro avrei trovato il modo di averti nella mia vita, per tutto il tempo che mi'avresti voluto. Oggi, prometto di mantenere quella parola. Ti amerò, ti adorerò, ti venererò, per tutti i giorni della mia vita. Sarò al tuo fianco e sconfiggerò i tuoi demoni, combatterò i tuoi aggressori e ti difenderò da chiunque osi metterti in discussione. Passerò il resto dei miei giorni, quelli belli e quelli brutti, a ringraziare Dio per averti portata nella mia vita e a cercare di essere all'altezza dell'uomo che vedi quando mi guardi. Ti amo così tanto, Claire.»

Le lacrime mi rigavano le guance mentre ascoltavo le sue parole. Il mio cuore batteva rapido nel petto, ricordando lo stesso giorno che stava descrivendo. Pensavo fosse pazzo per il modo in cui mi fissava. Era una delle ragioni per cui non'volevo conoscerlo. Sentire che mi voleva sin da quel primo momento fu lo shock più grande della mia vita.

«Ricordo quel giorno. Anche io ti'amo da anni, lo sai. Oggi, e ogni giorno d'ora in poi, prometto di renderti la vita il più difficile possibile. Prometto di sfidarti a vivere ogni giorno con passione. Prometto di spingerti a inseguire i tuoi sogni. Prometto di litigare con te quando non'sei fedele a te stessa. Prometto anche di migliorare la tua vita ogni giorno. Prometto di essere la tua partner in ogni decisione. Prometto di sostenerti anche se non'ne capisco il motivo. Prometto di essere abbastanza coraggiosa da correre dei rischi con te. Prometto di affrontare la vita insieme. Prometto di amarti con tutto il mio cuore. Ora e per sempre, sono'tua, Aidan.»

Aidan e io ci inclinammo l'uno verso l'altra, a metà di un bacio, quando ci immobilizzammo e guardammo Marilyn. Lei ci sorrise, gli occhi che brillavano di lacrime non versate. Ci allontanammo l'uno dall'altra, desiderando quel bacio per seal il nostro matrimonio.

«È stato bellissimo. Ora, gli anelli?»

Il cuore mi balzò in gola. Non solo non avevamo pianificato questo momento, ma non'avevamo gli anelli. Il panico mi sopraffece finché non guardai Aidan, che frugava nella sua tasca. Socchiusi gli occhi e inclinai la testa verso di lui, chiedendomi cosa diavolo stesse facendo.

Due gioielli lucenti uscirono dalla sua tasca mentre io ansimavo per lo stupore. Aidan mi fece l'occhiolino mentre posava gli anelli sul libro che Marilyn teneva in mano. «Hanno anche una gioielleria. Li ho scelti mentre ti preparavi. Se non'ti piacciono, Marilyn ha detto che possiamo cambiarli.»

Allungai di nuovo la mano verso la sua e il mio sorriso perenne tornò. «Sei perfetto.»

Aidan mi fece di nuovo l'occhiolino, poi ci voltammo verso Marilyn. «Questi anelli sono un simbolo esteriore del vostro amore. Indossate questi anelli per dire al mondo che fate parte di un'unione, metà di un intero. Offro una benedizione su questi anelli affinché vi leghino per sempre l'uno all'altra, nell'amore e nella felicità. Aidan, per favore, prendi l'anello di Claire.

Sollevò un anello dal libro e mi prese la mano sinistra. Aidan tenne l'anello coperto dalle dita mentre me lo infilava dicendo: «Con questo anello, io ti sposo.»

Mentre la fede scivolava alla base del mio dito, finalmente la guardai. Aidan aveva scelto una semplice fede di platino con diamanti e schegge di ametista incastonate al centro. Scintillava nel mare di bianco che ci circondava ed era il complemento perfetto per il mio anello di fidanzamento.

Le lacrime mi salirono di nuovo agli occhi, offuscandomi la vista. Aidan mi strinse le dita, riportandomi al momento presente, e io sollevai la testa dai miei bellissimi anelli, ancora nuovi al mio dito.

Presi dal libro di Marilyn'l'anello che Aidan aveva scelto per sé e ripetei le sue parole, infilandogli al dito la sua fede di platino, con una scheggia di diamante e due di ametista incastonate.

La voce di Marilyn'ruppe la mia nebbia di felicità. «Vi dichiaro marito e moglie. Finalmente puoi darle quel bacio, Aidan.»

Ridendo, Aidan e io ci lasciammo cadere l'uno nelle braccia dell'altro. Le nostre labbra si incontrarono in uno stato frenetico. Mi sembrava di non'baciarlo da un'eternità. La sua mano mi scivolò intorno al collo, tirandomi più vicina, mentre la sua lingua sondava le mie labbra. Cedetti a lui, la sua lingua si fece strada tra le mie labbra non appena si separarono. Mi tenne più stretta a sé, il suo bacio prometteva il piacere a venire. Mi aggrappai a lui, incapace di lasciare andare mio marito.

Oddio! Avevo un marito.

Sorrisi al pensiero, rompendo involontariamente il nostro bacio. Aidan'aveva gli occhi socchiusi e sexy, ma niente eguagliava il sorriso sul suo volto. «Che ne dici di ballare?» chiese, il suo sorriso si allargava di secondo in secondo.

«Non'so, Aidan. Non'voglio ballare su una canzone qualsiasi. Voglio ballare su-»

Smisi di parlare quando sentii le prime note di *At Last*, la canzone che avevo'detto ad Aidan che volevo come nostro primo ballo. Mi sorrise come se avesse'vinto alla lotteria.

«Ce l'avevano. Balla con me, moglie.»

Gli sorrisi a mia volta e lo lasciai stringermi tra le sue braccia. Durante il nostro bacio, Marilyn aveva spostato alcune sedie e ora c'era abbastanza spazio nella navata per ballare insieme la nostra canzone. Aidan mi teneva stretta, i nostri corpi premuti l'uno contro l'altro, le nostre mani intrecciate e appoggiate sul suo petto. L'altra mia mano era appoggiata sulla sua vita e la sua era bassa sulla mia schiena, guidandomi sulla piccola pista da ballo improvvisata.

«Questo è perfetto, marito,» dissi, senza sollevare la testa dal suo petto. Il suo battito cardiaco costante mi calmava e si accordava perfettamente con la melodia lenta e tranquilla della musica. Ballammo lentamente, girando e tenendoci stretti, godendoci i primi istanti del nostro matrimonio. Quando la canzone finì, Aidan mi baciò di nuovo e ci voltammo per ringraziare Marilyn. Lei ci porse una macchina fotografica usa e getta. «Abbiamo scattato qualche foto. Ce ne saranno altre anche online. Vi'manderò il link. Tutte le foto sono libere da diritti d'autore, quindi potete stamparne quante ne'volete e usarle per qualsiasi scopo vogliate senza preoccuparvi dei diritti. È stata una gioia sposarvi. Mi avete ricordato perché abbiamo creato questo posto. Godetevi la vita insieme.»

Abbracciammo Marilyn e uscimmo. Il sole era sceso basso nel cielo. Con sorrisi giganti tornammo al The Mirage per la cena e il Cirque du Soleil.

La cena e lo spettacolo furono fantastici. Non'avevo mai visto niente di così spettacolare o fantasioso come il Cirque du Soleil. Anche Aidan ammise che era sensazionale. Quando lo spettacolo finì e fummo di nuovo in macchina, confessammo entrambi quanto eravamo esausti.

«Qualcosa mi dice che non manterremo la promessa di fare l'amore la nostra prima notte di nozze. Ho la sensazione che crollerai dal sonno.»

Sbadigliai rumorosamente, stiracchiando braccia e gambe. Esausta non iniziava nemmeno a descrivere quanto fossi sfinita. La giornata era stata emotivamente intensa, ma anche uno dei giorni più belli della mia vita. No, non era vero. Era stato il giorno più bello della mia vita. Senza alcun dubbio. Sposare Aidan era stata la decisione migliore che potessi prendere.

Mi accomodai sul sedile e appoggiai la testa sulla spalla di Aidan mentre guidava. Parlammo dello spettacolo e dei nostri ultimi giorni in Arizona. Fummo d'accordo di tornare di nuovo al Grand Canyon e parlammo di passare la nostra ultima notte a Phoenix. Aidan propose una gita in California, ma convenimmo che volevamo esplorare Flagstaff e Sedona.

In poco tempo mi addormentai mentre Aidan mi accarezzava il ginocchio. Quando mi svegliai di nuovo, lui era chino su di me con l'hotel che si stagliava alle sue spalle. «Ehi, mogliettina, siamo in hotel.»

Borbottiai la mia disapprovazione al dovermi alzare. Aidan mi aiutò a scendere dall'auto, poi mi prese in braccio, svegliandomi con una rapidità scioccante. «Aidan, ti farai male. Sono troppo pesante perché tu possa portarmi.»

«Beh, prima di tutto, ahi. Sono abbastanza forte da portarti. E poi, un marito dovrebbe portare la moglie oltre la soglia.»

«A casa, e non dalla macchina. Aidan, ti farai seriamente male.»

«Se non smetti di muoverti potrei, ma se riesci a stare ferma, non avrò problemi a portare la mia bellissima moglie fino al nostro letto.» Il mio corpo s'infiammò come se fossi stata colpita da un fulmine all'idea di essere di nuovo a letto con Aidan. «Questo sembra averti svegliata.»

«Credo di aver recuperato le energie,» dissi appoggiandomi al suo collo. Premetti le labbra sulla sua pelle nuda e lo baciai proprio accanto al pomo d'Adamo, poi passai la lingua sullo stesso punto.

«Oh, Cristo, piccola. Non resisterò se continui così.»

E così, ovviamente, lo feci di nuovo. Aidan si fermò in mezzo al corridoio e fece un respiro profondo. Feci scorrere i denti sulla sua clavicola e lasciai che le mie dita danzassero sul suo capezzolo.

«Sei diabolica, mogliettina,» ringhiò mentre riprendeva a camminare. Sospesi le mie provocazioni finché non fummo davanti alla nostra porta. Tirai fuori la mia chiave e aprii la serratura. Aidan aprì la porta con un calcio e si precipitò dentro. La porta si richiuse sbattendo alle nostre spalle e Aidan mi adagiò sul letto, sfilandosi la maglietta mentre si abbassava su di me.

«Ti amo,» disse. Scaricava il peso lontano da me, ma mi stava toccando dalla testa ai piedi. Il calore che irradiava dal suo corpo mi rese ancora più accaldata.

«Ti amo, Aidan,» risposi prima che mi baciasse.

Le sue labbra si posarono sulle mie lentamente, stuzzicandomi come io avevo stuzzicato lui. I suoi baci delicati accesero un fuoco lento nel mio corpo, un calore che si diffuse dalle nostre labbra a tutto il resto di me, un incendio che si concentrò dove i nostri corpi si incontravano tra le mie cosce. L'unica parte di Aidan che si muoveva erano le labbra, facendomi impazzire sempre di più. Gemetti per la frustrazione e lui rise.

«Stai diventando impaziente, mogliettina?»

«Sì, maritino. Voglio fare l'amore con mio marito, ma lui mi sta stuzzicando.»

«Non ti sto stuzzicando. Voglio solo fare le cose con calma con te stanotte. Abbiamo solo una prima volta da marito e moglie. Non ho intenzione di affrettarla.»

Tornò a baciarmi mentre il mio cuore si riempiva dello stesso calore che si era accumulato tra le mie gambe. Passai le mani sulla pelle liscia di Aidan, memorizzando la sensazione che mi dava, il guizzo dei suoi muscoli, le colline e le valli del suo corpo. Quando le mie dita si spostarono sul suo petto, il suo controllo vacillò. Mi immerse la lingua in bocca, spingendo contemporaneamente i fianchi contro di me.

Gemetti a quella sensazione, alla promessa che mi stava offrendo. Mi baciò finché non mi dimenai contro di lui, disperata di sentire di più del suo corpo. Insieme ci spogliammo, liberandoci di tutti i vestiti finché non rimase solo il mio perizoma color pesca a separarci.

«Sono contento di non aver saputo che indossavi solo questo sotto quel vestito. Questo,» disse facendo scivolare un dito sul sottile pezzo di stoffa, «è sexy.»

I miei fianchi scattarono contro la sua mano, disperati per il suo tocco.

«Ti amo, Claire.»

«Ti amo, Aidan.»

Con gli occhi fissi nei miei, si abbassò tra le mie gambe, il suo respiro che si diffondeva sul mio ventre e sulle mie cosce. Abbassò lo sguardo su di me, ancora coperta dalle mutandine, e calò il viso proprio lì. Le sue labbra si chiusero su di me, succhiando il perizoma nella sua bocca insieme al resto di me. Lo sfregamento del tessuto sulla mia pelle sensibile fece fremere tutto il mio corpo.

La sua lingua scattò fuori per affondare dentro di me, inchiodandomi al letto. «Oh, Aidan,» gemetti, amando la sensazione di averlo tra le mie gambe.

«Mi prenderò sempre cura di te per prima, mogliettina. Ma ho bisogno che tu venga per me. Non posso resistere ancora a lungo prima di fare l'amore con mia moglie.»

Con l'ultima parola, Aidan immerse le dita in profondità dentro di me e strinse forte il mio clitoride. Tutta la tensione che aveva accumulato nel mio corpo si sciolse, lasciandomi tremante e scossa da spasmi, bagnando completamente le mie mutandine.

Mentre scendevo dal mio glorioso orgasmo, Aidan si sistemò sopra di me, la sua erezione dura tra noi. Le mie mutandine erano finalmente sparite e sentii mio marito annidato tra le mie gambe.

«Sei così bella, mogliettina.»

«Non sei affatto male neanche tu, maritino.»

Aidan scivolò dentro di me mentre parlavamo, riempiendomi fino a scoppiare. Il calore inondò le mie vene e si riversò dal mio corpo. Sollevai le ginocchia ai suoi fianchi e avvolsi le gambe attorno ai suoi fianchi per tenerlo vicino. «Sei così piacevole, mia bellissima moglie. Ti amo.»

«Ti amo,» sussurrai, le sensazioni che esplodevano dentro di me erano più di quanto potessi sopportare. Inarcai i fianchi contro quelli di Aidan, alla disperata ricerca del rilascio di quel piacere accecante.

Aidan percepì il mio bisogno e spinse più forte e più a fondo dentro di me, mantenendo le sue spinte lente e costanti. Il fuoco cresceva dentro di me a ogni incontro dei nostri corpi, come due bastoncini che si sfregano insieme. Quel fare l'amore lento e appassionato mi lasciò ansimante, disperata di venire, gemente di bisogno.

Tirai Aidan verso di me per un bacio, prendendo il controllo e forzando la mia lingua nella sua bocca, desiderando ardentemente un rilascio. I suoi baci alimentarono il fuoco dentro di me. Interruppi il bacio ansimando, gridando. Aidan si mosse più velocemente, il suo corpo che si schiantava contro il mio e mi spingeva sempre più a fondo nel tornado del mio desiderio.

«Lasciati andare, piccola. Fammi sentire. Sfogati, mogliettina.»

Al suono del mio nuovo titolo, il mio corpo superò il limite, gridando il suo nome e vibrando mentre venivo in un'ondata potente e sorprendente. La mia risposta spazzò via l'ultimo briciolo di controllo di Aidan e in pochi secondi stava gemendo il mio nome e spingendo forte contro di me, riversandosi dentro di me.

Crollò su di me, non più in grado di sostenersi. Lo tenni stretto con le braccia e le gambe, prosciugando le ultime forze che mi restavano solo per trattenerlo. Quando si spostò di fianco, mi girò verso di sé e mi sistemò la testa sotto il mento.

«Cristo, ti amo. Claire, questo è il giorno più bello della mia vita. Averti come moglie... Non riesco nemmeno a iniziare a dirti quanto ti amo.»

Lo strinsi più forte e sentii la stessa ondata di emozioni. «Anche per me,» fu tutto ciò che riuscii a dire. Aidan parve capire e mi strinse ancora di più, tenendomi forte finché il suo respiro non rallentò ed entrambi ci addormentammo.

Marito e moglie.

CAPITOLO 24

IL RESTO del nostro viaggio nel West passò troppo in fretta. Prima che ce ne rendessimo conto, eravamo di nuovo a Winterville, di ritorno alla nostra vita di sempre.

Dopo che ci fummo sposati, decisi che non avrei chiamato le mie amiche. Avevo detto a Mandy che ci eravamo fidanzati e lei avrebbe sparso la voce, ma volevo aspettare e dire a tutte di persona che avevamo deciso di sposarci.

Il martedì dopo il nostro ritorno, una settimana esatta dopo esserci sposati, entrai al Mordimi! per la nostra serata settimanale tra ragazze. Aidan era andato con Xander a vedere la casa nuova, così che potesse farsi un'idea di cosa avremmo dovuto sistemare. Avevamo deciso di usare i soldi dei miei genitori per assumere qualcuno che facesse le riparazioni che non potevamo fare da soli, e Xander disse che avrebbe aiutato Aidan a capire quali fossero.

Aidan aveva anche intenzione di dire a Xander che ci eravamo sposati mentre ispezionavano la casa.

L'odore familiare dei cupcake mi riempì le narici quando aprii la porta del Mordimi! Charlie alzò lo sguardo, mi vide per prima e sorrise. Aggirò il bancone per venirmi incontro a metà strada verso il tavolo che le altre ragazze avevano occupato nell'angolo.

Charlie mi abbracciò, poi passai a Sam, poi ad Addi, poi a Lexi e infine a Mandy, prima di essere spinta delicatamente su una sedia. Charlie mi mise davanti un piatto con tre cupcake mentre tutte si congratulavano con me e mi sommergevano di domande sul matrimonio.

«Facci vedere l'anello», disse Sam, sovrastando le altre.

Allungai la mano al centro del tavolo perché guardassero i miei anelli, chiedendomi se si sarebbero accorte che ne indossavo due.

«Perché ti ha preso un secondo anello? Non si usa per quando ci si sposa?» chiese Addi innocentemente.

Arrossii e Mandy squittì. «Non ci posso credere. Vi siete sposati, vero?»

Annuii e si alzarono tutte di scatto per abbracciarmi di nuovo. «Come?» «Quando?» «Dove?» mi piovvero addosso tutte insieme. Charlie sparì, ma tornò subito con una bottiglia di vino e sei bicchieri.

«Ecco, di solito ci cucino, ma è un buon vino. Dobbiamo fare un brindisi.»

Charlie aprì la bottiglia e lei e Sam versarono il vino e lo distribuirono a tutte noi. Mentre Sam si sporgeva verso di me, si fermò e ritrasse la mano come se si fosse scottata. «Aspetta, non sarai incinta, vero?»

«Gesù Sam, dici sul serio?» disse Mandy, ma poi anche lei si bloccò. Tutte e cinque si voltarono verso di me e attesero la mia risposta.

Risi. «Onestamente, ragazze? È l'unica ragione che vi viene in mente per cui Aidan mi avrebbe sposata?»

«No, certo che no», disse Lexi gentilmente. «Ma sappiamo tutte che non state insieme da molto e tornate sposati. È una domanda piuttosto lecita.»

«Beh, di occasioni per rimanere incinta ce ne sono state

parecchie, ma no, non lo sono. Non stiamo ancora pensando ai figli. Tra qualche settimana rogitiamo per la casa e ci concentreremo su quello. Preferiremmo anche goderci un po' il matrimonio prima di buttarci a fare figli. Abbiamo tempo.»

Sam mi scrutò per un minuto prima di accettare finalmente quello che avevo detto. Mi porse il bicchiere di vino e li alzammo tutte. Mandy disse: «Ad Aidan e Claire. Per un matrimonio lungo e felice, pieno di tanto amore.»

«E di tanto sesso», aggiunse Sam.

Ridemmo tutte e sorseggiammo il nostro vino prima che ricominciassero con le domande sul nostro matrimonio.

«Aidan mi ha fatto la proposta al Grand Canyon. Stavamo guardando il panorama, eravamo lì in piedi e lui ha chiesto a un tizio vicino a noi di farci una foto, ma in realtà il tipo stava registrando la sua proposta. Pensavo che scherzasse, ma ovviamente ho detto di sì. Quando siamo tornati in albergo, stavamo cercando di decidere cosa fare e Aidan ha detto che Las Vegas era vicina. Io volevo andare a vedere uno spettacolo, così ci siamo andati. Ci siamo imbattuti in una piccola cappella carinissima e abbiamo deciso di sposarci. Mentre eravamo lì, ho parlato con i miei genitori ed erano d'accordo. Una volta sistemata la casa, daremo una grande festa per celebrare il matrimonio e per l'inaugurazione. Ragazze, è stato dolce e meraviglioso. Non avrei potuto organizzarlo meglio neanche se ci avessi messo un anno, ma sono contenta di non aver aspettato. Sono sposata da una settimana e so che è perfetto. Lui è perfetto.»

«È dolcissimo. Sono davvero felice per voi, ragazzi», disse Mandy.

«Aidan lo avrebbe detto a Xander stasera mentre guardavano la casa.»

«Magari convince Xander e vi sposate anche voi», scherzò Sam.

«*Oh, no*», protestò Mandy. «Non mettermi nel mucchio. Amo Xander, ma ci stiamo ancora conoscendo anche noi. Claire e Aidan lavorano insieme da anni. Non è una cosa improvvisa.»

«È quello che abbiamo detto anche noi. Siamo amici da tanto tempo. Fidanzarsi e sposarsi era la cosa giusta per noi. Non abbiamo voluto aspettare perché sapevamo entrambi di aver smesso di cercare.»

«Neanch'io sto più cercando, ma non è ancora il momento giusto per me e Xander. Mi ci vedo a sposarlo, e ne abbiamo parlato, ma non è il momento giusto per noi.»

Temetti che Mandy stesse iniziando a mettere in discussione la sua relazione con Xander. L'ultima cosa che volevo era che la sua felicità fosse compromessa dalla mia. Per me era come un'altra sorella e non volevo che pensasse che Xander non l'amasse perché non erano ancora sposati.

La conversazione continuò intorno a noi e le chiesi se andasse tutto bene. «Sì. Sono felice per voi. È solo che non voglio che adesso tutti spingano me e Xander a sposarci. Temo che scappi se pensa che gli stia mettendo pressione.»

«Lui ti ama, Mandy. Non andrà da nessuna parte. Ma se sei pronta a sposarti, dovresti parlargliene.»

Lei fece spallucce e lanciò un'occhiata alle altre, ancora immerse nella loro conversazione. «Onestamente, non ci avevo nemmeno pensato finché non vi siete fidanzati la settimana scorsa. Tu e Aidan state insieme da meno tempo di me e Xander, e suppongo di chiedermi se non mi ami abbastanza se non è pronto a impegnarsi con me.»

«Lui è impegnato con te, Mandy. Lo sai. Non puoi paragonare la tua relazione alla mia. Come hai detto tu, io e Aidan ci conosciamo da anni. Non c'è niente di sbagliato nel fatto che tu e Xander non siate ancora sposati o fidanzati. Non farti venire le paranoie solo perché io mi sono sposata.»

Mandy scosse la testa e sembrò schiarirsi le idee. «Hai

ragione. Amo Xander ed è questo che conta. Ci sposeremo quando sarà il momento giusto per noi.»

«Sì, lo farete. Ooh, eccoli che arrivano.»

Gli occhi di Xander non lasciavano Mandy e io sapevo che non sarebbe passato molto tempo prima che lui le facesse la proposta. Aidan mi fece l'occhiolino mentre si avvicinava, leggendomi nel pensiero come faceva da anni.

«Stiamo interrompendo la vostra serata, signore?» chiese Aidan.

«Niente affatto. Stavamo brindando alla novella sposa», gli disse Lexi. Aidan mi tirò su e mi diede un bacio da togliere il fiato davanti a tutti. Alle mie spalle scoppiarono fischi e applausi mentre Aidan mi piegava all'indietro per approfondire il nostro bacio. Quando finalmente mi lasciò raddrizzare, mi rubò la sedia e poi mi fece sedere sulle sue ginocchia. Guardò il piatto davanti a me, con un cupcake rimasto. Lo stesso cupcake che mi aveva dato da mangiare mesi fa, la prima sera che eravamo usciti.

Aidan inarcò un sopracciglio verso di me, i suoi occhi si scurirono, e mi strinse a sé. «Questo ce lo portiamo a casa, moglie. E mi divertirò a divorarlo, dopo averti cosparso il corpo con la glassa.»

Mi leccò la gola e mi mordicchiò l'orecchio, inviando scariche di piacere attraverso il mio corpo.

Xander alzò il bicchiere e brindò di nuovo a noi, facendo eco alle parole di felicità di Mandy. Bemmo tutti un altro sorso e io guardai intorno al tavolo i miei amici e mio marito. «Xander ha delle ottime idee per la casa. E sembra che potremo finire tutto in circa sei settimane.»

«Mi sembra fantastico. Potremo fare la festa dopo.»

«Già, 27 settembre, tenetevi tutti liberi. Sarà il nostro ricevimento di nozze e la festa di inaugurazione della casa. Ci aspettiamo che ci siate tutti. Oh, e Charlie, ci serviranno qualche centinaio di cupcake. Sam, spero che tu possa farci qualche foto.»

«Certo», risposero entrambe.

Parlammo tutti dei piani per la casa e per il ricevimento e del resto dell'estate. Dopo un po', tutti iniziarono ad andarsene. Io e Aidan ci alzammo con Xander e Mandy e uscimmo insieme, con l'ultimo cupcake.

Saluttammo i nostri amici e ci voltammo verso il nostro appartamento. «Andiamo, moglie, ti porto a casa e ti farò l'amore.»

Sorrisi. La vita non poteva essere migliore di così.

EPILOGO

LEXI

«A Claire e Aidan,» risuonò in coro intorno a me. Alzai il bicchiere e brindai alla coppia. Claire e Aidan stavano festeggiando il loro matrimonio e la casa nuova, e tutti erano venuti per congratularsi con loro.

Ero felice per loro. Anche se conoscevo a malapena Claire quando si erano sposati, mi piaceva molto. Anche Aidan sembrava farle bene. La tirò fuori dal suo guscio e l'aiutò a guarire, qualcosa che era chiaro non fosse riuscita a fare prima di lui.

Sorseggiai il mio bicchiere di champagne, desiderando invece una birra. C'era birra da qualche parte, ma avevano distribuito lo champagne per i brindisi. Parlò Mandy, poi il padre di Claire, poi il padre di Aidan. Fu un momento dolce.

Conoscendo Claire negli ultimi mesi, mi resi conto di quanto fosse importante per loro che i genitori fossero presenti e felici. Claire lavorava più sodo di chiunque altro conoscessi, e Aidan non era da meno. Era riuscita a far decollare il suo programma in tempo per l'anno scolastico e l'aveva portato prima nella scuola di Addi. Never Alone era partito con un'enorme risposta da parte di insegnanti e genitori. Gli studenti con cui Claire parlò per la prima volta accettarono il suo messaggio e Addi disse che c'erano alcuni studenti che si erano fatti avanti per aiutare gli altri dopo aver sentito parlare Claire.

Never Alone si stava rivelando un enorme successo. Proprio come il loro matrimonio e la loro casa nuova.

Xander e Aidan lavorarono alla casa nuova e la resero qualcosa di veramente spettacolare. Una volta terminati i brindisi, girovagai per la casa con una birra. La cucina era stata completamente sventrata e sostituita con armadietti, piani di lavoro ed elettrodomestici nuovi. I pavimenti originali in legno massello si estendevano per tutta la casa, abbinandosi agli armadietti e collegando l'intero spazio.

Un enorme divano riempiva il soggiorno, uno su cui avrei voluto stendermi. Sorrisi tra me e me, pensando a Claire e Aidan che inauguravano il divano. Sperai che l'avessero fatto. Continuai a girovagare, superando l'ufficio di Claire, un ripostiglio, la camera degli ospiti, e alla fine finii nella camera da letto di Claire e Aidan.

Diedi un'occhiata veloce, non volendo invadere la loro privacy. Un letto king-size dominava la stanza, con cassettiere e comodini abbinati. Una grande fotografia di Aidan in ginocchio davanti al Grand Canyon era appesa su un lato della stanza e un'altra grande stampa del loro matrimonio sull'altro. Era chiaramente un posto in cui condividevano molto amore.

Amore.

Era una parola straniera per me. Una parola che sentivo a malapena, se non quando uno dei miei genitori voleva qualcosa. Essendo figlia di divorziati, venivo sballottata avanti e indietro e manipolata da entrambi i miei genitori. L'amore non era qualcosa che conoscevo bene.

Credo fosse per questo che avevo legato con Claire quando lei e Aidan avevano appena iniziato a frequentarsi.

Sentivo di aver incontrato qualcuno che la pensava come me riguardo all'amore.

Alla fine, però, sono contenta che Claire non fosse come me. Sono contenta che sia stata in grado di aprire il suo cuore e accettare l'amore. Non volevo che nessun altro subisse la mia stessa sorte. L'amore sembrava qualcosa di meraviglioso. Le persone che conoscevo e che affermavano di essere innamorate erano solitamente felici, e quando non lo erano avevano qualcuno con cui condividere il loro dolore.

Ma io no. Io ero sola.

Beh, non del tutto. Avevo i miei nuovi amici. Avevo Charlie. E quando ne avevo bisogno, avevo anche Mike.

«Dov'è Mike stasera?» chiese Charlie, interrompendo i miei pensieri quando mi trovò nella stanza di Claire e Aidan.

Le lanciai un'occhiata imbarazzata, ma Charlie si limitò a stringere le spalle. Non le importava che fossi in camera da letto.

«È a casa, credo. Non ne sono molto sicura.»

Mike era il mio amico di letto. Stavamo insieme da molto tempo, ma la nostra era una relazione puramente fisica. Non era il mio ragazzo, e a me andava bene così. Anzi, lo preferivo. Era più facile.

«Non so se ti capirò mai. Io non riesco a dormire con un ragazzo a meno che non sia più di semplice sesso.»

Feci spallucce. «Per me funziona.»

Charlie e io ci conoscevamo da anni. Sapeva dei miei genitori, ma non le avevo mai raccontato i dettagli di come mi avevano trattata, di come avevano usato il mio amore per loro per farsi del male a vicenda. Era il mio segreto da portare, il mio problema. Il mio passato.

«Lo so che funziona. È solo che mi preoccupo che finirai per farti male.»

Risi. Per farsi male bisognava avere un cuore, ma non lo

dissi a Charlie. Sapevo che non mi avrebbe creduta se le avessi detto che non ne avevo uno. Lei era una romantica, e dolce come i suoi cupcake. Non poteva immaginare che fossi senza cuore come sapevo di essere. Certo, non avere un cuore mi aveva aiutata nella mia carriera. Potevo tenere testa a qualsiasi uomo senza lasciare che le emozioni avessero la meglio su di me.

Fu così che conobbi Mike.

Essendo uno dei miei colleghi e il responsabile dell'Edificio X-7L, uno degli edifici di produzione della EAAC Pigments, Mike mi aveva vista in azione. Sapeva che ero agguerrita e inflessibile. Sapeva anche che ero focosa e passionale. Vivevo così il mio lavoro, e mi aveva detto più di una volta che portavo la stessa passione anche a letto.

Ecco perché io e Mike funzionavamo bene. Potevamo discutere al lavoro, e lo facevamo, continuamente, per poi sfogare quell'aggressività in camera da letto. Era ciò di cui entrambi avevamo bisogno. Niente emozioni complicate, niente sentimenti, solo sesso. Sesso bollente, sudato, passionale.

«Ti prometto che non mi farò male,» assicurai a Charlie. Era sempre preoccupata per me. La verità era che era lei quella che rischiava di farsi male. Charlie si innamorava più velocemente di quanto io mi cambiassi le mutande. Era stata abbandonata dai suoi genitori da piccola ed era stata cresciuta dalla nonna. Quando la nonna morì, mi disse che era crollata. Non era preparata a stare da sola, e da allora aveva cercato l'amore, solo per vederselo sbattuto in faccia più e più volte.

Io non avrei mai vissuto quella situazione. Conoscevo la verità sull'amore. E non c'era modo che rischiassi che mi facesse di nuovo del male.

«Nessuno si accorgerà se spariamo per qualche minuto,» sussurrò una voce fuori dalla porta della camera. Io e Charlie ci scambiammo un'occhiata e poi ci dirigemmo verso la porta.

Una risatina sommessa mi toccò nel profondo. Sembravano felici. Speravo che lo fossero. Però mi frustrava. Essere così fiduciosi, così spensierati... Per una volta, mi sarebbe piaciuto sentirmi così. Non preoccuparmi di quanto male le cose mi sarebbero esplose in faccia. Ma succedeva sempre. «Aidan, ma abbiamo ospiti,» la protesta di Claire terminò con un gemito sommesso, uno che ero sicura Aidan avesse provocato di proposito. «Beh, se facciamo in fretta,» acconsentì alla fine.

La porta si aprì e trovò me e Charlie in flagrante. «Stavamo giusto uscendo,» dicemmo insieme mentre chiudevamo la porta a chiave dietro di noi. Sentii le loro risate per un secondo prima che un altro gemito riempisse l'aria.

Dannazione. Solo quel suono mi aveva eccitata. «Dovrò chiamare Mike quando me ne vado da qui.» «Tutti questi "e vissero felici e contenti" ti stanno facendo riconsiderare il tuo accordo?» Scossi la testa. «No. Il nostro accordo va bene. E poi, siamo entrambi in lizza per quella promozione. Se uno di noi due la ottiene, dovremo comunque porre fine a quello che abbiamo.» «Perché?» Charlie sembrava perplessa.

«Chiunque ottenga il posto diventerà il capo. Non posso andare a letto con qualcuno che lavora per me. Diventerebbe troppo... complicato.» Increscioso. Difficile. Spiacevole. Scegli pure, non sarebbe una bella cosa. Essendo sullo stesso piano, potevamo avere una relazione fisica senza che fosse un grosso problema. Se fossi stata il capo di Mike, o lui il mio, il sesso si sarebbe trasformato in un modo per manipolare l'altro. Un orgasmo extra per essermi schierata con lui su una questione, una cena fuori per avergli dato i dipendenti migliori, più sesso per più soldi.

Non ci sarei cascata.

Quindi, mentre speravo di ottenere il lavoro, una parte di

me voleva che le cose rimanessero come stavano. Comode. Alla pari.

Peccato non potessi controllare il risultato.

~

GRAZIE MILLE PER aver conosciuto Claire e Aidan! Spero che la loro storia vi abbia toccato come ha toccato me!

La serie continua con la storia di Lexi. Non ha mai voluto l'amore. Le ha causato troppi danni durante la crescita per permettergli di incasinare la sua vita da adulta. Era felice della sua relazione di sesso e amicizia con Mike. Ma quando lui diventa il suo capo e si rifiuta di fare un passo indietro, deve decidere se nella vita c'è qualcosa di più del lavoro. Acquistate subito la vostra copia di *Formosa e favolosa*!

VOLETE QUALCOSA CON UN PO' più di suspense? Iniziate oggi la mia serie di romantic suspense. Lei è una donna formosa che ha quasi rinunciato all'amore. Lui è il migliore amico di suo fratello e un sexy e cazzuto SEAL. Insieme, devono trovare suo fratello, e forse anche se stessi. *Libertà* è disponibile ora.

TROVATE tutti i miei libri italiani qui.

L'AUTRICE

Autrice di bestseller per *USA TODAY*, Mary E Thompson ha passato gran parte della sua infanzia desiderando di avere qualche curva in meno. Si rifugiava tra le pagine dei libri, perché ai suoi personaggi preferiti non importava che taglia portasse. Ora, neanche a Mary importa più, e scrive storie che celebrano le donne come lei. Donne vere con le curve, che inseguono i loro sogni e trovano l'amore, perché tutte meritiamo di essere felici, a prescindere dalla taglia che portiamo.

Quando non scrive, Mary trascorre il suo tempo con il marito e i due figli, guardando troppa TV, tifando per la squadra di football della sua città (Go Bills!) e nascondendo la cioccolata al resto della famiglia.

Visita https://maryethompson.com/pages/italiano per iscriverti alla newsletter di Mary. Chi si iscrive riceve ebook gratuiti e altre sorprese, come contenuti esclusivi, giveaway per i soli iscritti e anteprime su nuove uscite e sconti!